일의 기쁨과 슬픔

The Pleasures and Sorrows of Work

일의 기쁨과 슬픔

알랭 드 보통

정영목 옮김

The Pleasures and Sorrows of Work

Alain
de
Botton

은행나무

새뮤얼에게

집짓기, 치수 재기, 톱으로 판자 썰기,

대장간 망치질, 유리 불기, 못 만들기, 통 만들기, 양철 지붕 만들기, 지붕널 덮기,

배 만들기, 부두 건설하기, 생선 절이기, 보도에 포석 깔기,

펌프, 말뚝 박는 기계, 기중기, 석탄 가마, 벽돌 가마,

탄광과 저 아래 있는 그 모든 것, 어둠 속 램프,

메아리, 노래, 그리고 깊은 생각들……

― 월트 휘트먼, 〈직업의 노래〉에서

차례

• 일러두기
1. 본문의 굵은 글씨는 저자가 강조한 것입니다.
2. 본문의 각주는 옮긴이 주입니다.

One

화물선 관찰하기

1

현대 세계의 큰 도시 하나를 가로지르는 여행을 상상해보자. 가령 몹시 흐린 10월 말의 어느 월요일에 런던을 가로지른다고 해보자. 런던의 유통 센터, 저수지, 공원, 영안실 위를 날아간다. 런던의 범죄자들과 대한민국에서 온 관광객들도 보일지 모른다. 파크 로열의 샌드위치 만드는 공장, 하운슬로우의 항공사 기내식 공급 시설, 배터시의 DHL 배달 창고, 시티 공항의 걸프스트림 제트기, 스머글러즈 웨이에 자리 잡은 홀리데이 인 익스프레스 호텔의 청소 수레를 보라. 사우스워크 파크 초등학교 식당의 시끌벅적함과 임페리얼 전쟁 박물관 대포의 소리 없는 포성에 귀를 기울여보자. 운전학원 강사, 계량기 검침원, 머뭇거리며 불륜을 저지르는 사내도 있다. 세인트 메리 병원의 산과 병동 안으로 가보자. 석 달 반 일찍 태어나는 바람에 스위스 옵발덴 주에서 제작된 플라스틱 상자 안에서 온갖 튜브를 꽂은 채 자고 있는 아슈리타를 보라. 버킹엄 궁 서면에 있는 의전실로 가보자. 장애인 운동선수 200명과 함께 점심을 먹고, 이어 커피를 마시면서 굳은 결의를 찬양하는 연설을 하는 여왕에게 감탄하게 될 것이다. 의회에서는 공공건물의 전기

10

소켓 높이 규제법안을 소개하는 장관을 따라가보라. 18세기 이탈리아 화가 조반니 파니니의 그림 구입 문제를 놓고 투표를 하는 국립미술관 이사들도 주시하라. 옥스퍼드 스트리트의 셀프리지스 백화점 지하실에서 면접을 치르는 미래의 산타클로스의 얼굴을 훑어보고, 햄스테드의 프로이트 박물관에서 편집증과 모유 수유에 관해 강연하는 헝가리 정신분석학자의 영어 구사 능력에 놀라기도 해보자.

그사이에 영국 수도의 동쪽 가장자리에서는 또 다른 사건이 벌어지고 있다. 대중의 뇌리에 별다른 인상을 남기지 못할 뿐더러 직접 관계된 사람들 외에는 그 누구의 눈길도 끌지 못할 사건이지만, 그렇다고 해서 기록할 가치가 떨어지는 것은 아니다. 지금 '바다의 여신'이라는 이름의 배가 아시아에서 런던 항구로 들어오고 있다. 10년 전 나가사키의 미츠비시 중공업이 건조한, 이 주황색과 회색이 섞인 배는 길이가 390미터인데, 이름이 좀 오만하다는 느낌이 든다. 이 배는 전통적으로 '여신'하면 떠오르는 우아함이나 아름다움 같은 특질을 표현하는 데는 무관심한 것 같기 때문이다. 외려 땅딸막한 몸매에 무게는 8만 톤이나 나간다. 고물은 속을 너무 많이 넣은 쿠션처럼 불거져 있고, 화물창에는 색깔도 다양한 강철 컨테이너 천여 개가 화물을 가득 실은 채 높다랗게 쌓여 있다. 고베의 회랑지대로부터 아틀라스 산맥의 숲에 이르기까지 다양한 곳에서 모여든 화물이다.

이 거대한 배는 관광객들이 디젤 엔진 냄새 속에서 아이스크림

을 사 먹는 강변 명소 대신, 강물은 더러운 흙빛으로 물들어 있고 강둑은 배다리와 창고들로 북적이는 곳으로 간다. 이곳은 수도의 거주자들이 거의 찾지 않는 산업지대이지만, 사실 이곳에서 복잡한 일들이 제대로 이루어져야만 그들의 생활이 질서 있게 돌아가게 된다. 무엇보다도 탱고 오렌지에이드와 시멘트 골재가 제대로 공급될 수 있다.

이 배는 어제 저녁 늦게 영국 해협에 도착하여, 부채꼴의 켄트 해안을 따라 마게이트에서 북쪽으로 몇 킬로미터 떨어진 곳까지 흘러왔다. 그리고 새벽녘 템스 강 하류를 따라 마지막 남은 항해를 시작했다. 귀신이라도 나올 듯 을씨년스러운 느낌을 주는 이곳 템스 강 하류를 보면 원시시대와 디스토피아적인 미래가 동시에 떠오른다. 다 타버린 자동차 공장의 껍데기 뒤에서 브론토사우루스라도 나타날 것만 같은 느낌이다.

강은 넓어 보이지만 실제로는 배 한 척이 겨우 지나다닐 만한 좁은 수로 역할밖에 못한다. 수백 미터 폭의 물에서 노는 데 익숙해 있던 배가 이제 아주 조심스럽게 움직인다. 당당한 야생동물이 동물원에 갇혀버린 것 같다. 수중 음파탐지기는 삐이 삐이 희미한 발신음을 쉬지 않고 내뱉고 있다. 말레이시아인 선장은 함교에서 해도를 훑어본다. 해도에는 캔비 섬에서 리치먼드에 이르기까지 해저의 모든 융기와 퇴적층이 빠짐없이 그 윤곽을 드러내고 있다. 하지만 실제로 눈에 보이는 주위 풍경은, 아무리 기념물과 공공건물이 빽빽이 들어찬 곳이라 해도, 초기 탐험가의 해도에 표

시된 '테라 인코그니타'*처럼 보일 뿐이다. 배 양쪽에서 플라스틱 병, 깃털, 코르크, 바닷물에 반질반질해진 널빤지, 사인펜, 빛바랜 장난감과 함께 강물이 소용돌이친다.

'바다의 여신'은 열한시 조금 넘어 틸베리 컨테이너 터미널로 들어간다. 그 순간 이제껏 겪은 시련을 생각하며, 하급 관리라도 마중을 나왔을 것이라고, 아니면 합창단이 〈엑술타테, 유빌라테〉**라도 불러줄 것이라고 기대했을지 모른다. 그러나 달랑 십장 한 명이 여신을 맞아줄 뿐이다. 그나마 필리핀 승무원에게 통관 서류 한 묶음을 건네주고 바로 사라져버린다. 말라카 해협에서 마주친 새벽은 어떠했는지, 스리랑카 근처에서 돌고래를 만나지는 않았는지 물어보지도 않고.

이 배는 그 항로만으로도 인상적이다. 배는 3주 전 요코하마에서 출발하여 욧카이치, 선전, 뭄바이, 이스탄불, 카사블랑카, 로테르담에 들렀다. 불과 며칠 전, 틸베리의 창고 위로 둔탁한 소리를 내며 빗방울이 떨어지던 날, 그녀는 지부티에서 날아온 황새 가족에게 둘러싸여 무자비한 땡볕을 쬐며 홍해를 따라 올라갔다. 지금 그녀의 선체 위에서 움직이는 강철 크레인은 팬 오븐, 운동화, 계산기, 형광등, 캐슈넛, 형형색색의 장난감 동물 등이 담긴 잡다한 뱃짐들을 해체하고 있다. 모로코 레몬이 담긴 상자들은 저녁이면 런던 중심가의 가게 선반에 올라갈 것이다. 새벽녘의 요크에는 새

---

* 미지의 땅.
** "환호하라, 기뻐하라"는 뜻으로, 모차르트가 작곡한 모테트 제목.

텔레비전이 들어가게 될 것이다.

그렇다고 그 많은 소비자들이 자기가 먹는 과일이 어디서 왔는지 궁금해한다는 이야기는 아니다. 하물며 자기 셔츠를 만든 사람은 누구인지, 자기 집 샤워 호스를 세면대와 연결시키는 고리를 만든 사람은 누구인지는 전혀 알고 싶어 하지 않는다. 자신이 구입하는 물건이 어디에서 태어나 어떤 여행을 했는가 하는 문제에는 관심을 기울이지 않는 것이다. 그럼에도 상상력이 풍부한 몇 사람은 판지 상자 바닥에 남은 약간의 물기, 컴퓨터 케이블에 인쇄된 희미한 코드에서 제조와 운송 과정에 관한 어떤 암시를 받을지 모른다. 그리고 물건 자체보다도 그것이 더 고상하고 신비롭다고, 또 더 놀랍고 연구해볼 가치가 있다고 여길지도 모른다.

2

'바다의 여신'은 10월의 이날 템스 강을 따라 올라온 수십 척의 배 가운데 한 척일 뿐이다. 핀란드 국적의 배는 폭이 철도 터널만 한 종이 롤을 잔뜩 싣고 발트 해에서 왔다. 와핑과 웨스트 페리 지역의 달가닥거리는 인쇄기에 들어갈 종이다. 틸베리 발전소 옆에는 화물선 한 척이 콜롬비아에서 싣고 온 석탄 5천 톤의 무게가 힘겨운지 물속에 푹 잠겨 있다. 이 정도 연료면 연말까지 잉글랜드 동부에서 물을 끓이고 헤어드라이어로 머리를 말리는 데는 문제가 없을 것이다.

부두에서는 자동차 운송선이 짐승의 묵직한 아가리처럼 보이는 화물 출입구를 열고, 한반도 울산에 있는 공장을 출발해 바다에서 20일을 보내고 도착한 패밀리 세단 3천 대를 토해낸다. 하나같이 똑같은 생김새의 이 현대 '아미카'*들은 새 차답게 플라스틱과 합성 카펫 냄새를 진하게 풍기지만, 머지않아 샌드위치 점심식사와 말다툼, 정사 또는 도로의 노래를 목격하게 될 것이다. 이들은 명승지로 달려가기도 하고 학교 주차장에서 낙엽을 뒤집어쓰기도 할 것이다. 몇 대는 주인을 죽음으로 몰고 갈지도 모른다. 아직 누구도 손대지 않은 이 차량들 안을 살펴보니, 의자는 갈색 종이에 싸여 있고, 종이에는 우아하고 신비해 보이는 한글로 주의사항이 인쇄되어 있다. 하지만 그렇게 안을 들여다보는 것은 어떤 순수를 깨뜨리는 행동 같다. 마치 잠들어 있는 갓난아기를 방해하는 것 같은 느낌이랄까.

　　그러나 항구는 이런 서정적인 연상에는 아무런 관심을 보이지 않는다. 틸베리 근처 선박회사들은 간유리를 두른 사무실 안에서 무뚝뚝하게 서비스를 제공한다. 자기네 배가 설사 한겨울에 희망봉을 돌거나 제트엔진 서른 개를 짊어지고 태평양을 가로지른다 해도, 마치 지하철을 타고 가까운 역에 가는 것처럼 아무렇지도 않게 이야기한다. 그래야 고객이 안심하고 일을 맡길 테니까.

　　그럼에도 부두는 결코 진부하게만 보이지 않는다. 거대한 바다

---

* 현대자동차의 수출용 경차 모델명.

와 비교하면 사람은 늘 아주 작아 보인다. 그래서인지 머나먼 항구 이름만 나와도 그곳에서 펼쳐지는, 우리가 여기서 알고 있는 삶보다 훨씬 생생할지도 모르는 다른 삶에 대한 혼란스러운 갈망을 느끼게 된다. 요코하마, 알렉산드리아, 튀니스 같은 이름에서는 낭만적인 느낌이 진하게 묻어난다. 실제로는 그런 곳들 역시 권태와 훼손에서 자유롭지 못하겠지만, 멀리 있다는 이유만으로도 한 동안은 혼란스러운 행복의 백일몽을 지탱해줄 수 있는 것이다.

3

사실 배의 목적지는 일관성을 갖춘 단일한 항구가 아니라, 그레이브젠드와 울리치 페리 사이의 공간에 지저분하게 뻗어 있는 터미널과 공장의 느슨한 결합체다. 무더운 여름이든 안개가 걷힐 줄 모르는 겨울이든, 런던이 사용할 자갈과 강철, 콩과 석탄, 우유와 펄프, 비스킷의 원료가 되는 사탕수수와 발전기에 들어갈 탄화수소를 배달하는 배들이 이곳으로 끊임없이 들어온다. 사실 이 도시의 여느 박물관 못지않게 주목할 만한 지역이지만, 관광 안내 책자들은 이곳에 관해 하나같이 입을 다문다.

수많은 공장들이 바로 강둑 위에 자리를 잡고 있다. 배의 화물창에서 바로 원료를 퍼올리거나 빨아들이기에 충분히 가까운 거리이다. 이 공장들은 뒤에 숨어서 우리의 공리적인 문명이 순조롭

게 기능하도록 세상에 별로 알려지지 않은 원료 몇 가지를 열심히 생산한다. 예를 들어 치약에 첨가하는 폴리올은 치약의 습기를 유지해준다. 구연산은 세제를 안정시키는 데 이용된다. 글리세릴 트리스터레이트는 비누를 만드는 데 이용되고, 잔탄검은 육즙의 점도를 확보해준다.

이런 과정을 책임지는 사람들은 타고난 게으름을 억누르고 화학과 물리학의 괴로운 딜레마들을 정복하기 위해 노력하는 엔지니어들이다. 이들은 가연성 용매의 저장이나 펄프의 수증기에 대한 반응을 전공으로 삼고 20년을 보냈을 것이며, 여가 시간에는 원유와 화학물질의 안전한 처리와 운송을 다루는 세계 유일의 월간지 《위험한 화물 속보*Hazardous Cargo Bulletin*》를 넘길 것이다.

항구 설비들의 규모가 아무리 비인간적으로 보인다 해도, 그토록 거대한 항구를 창조해낸 것은 결국 우리 자신의 개인적이고 산문적인 욕망이다. 몸통 둘레에 뱀처럼 뻗은 히드라의 촉수 같은 튜브를 두르고 머리에는 씨근덕거리며 주황색 연기를 뿜어대는 굴뚝을 왕관처럼 쓰고 있는 강변의 어느 공장은 얼핏 불길하고 신비해 보이지만, 사실 치즈 비스킷을 만드는 곳이다. 탱커 한 척은 아이들이 마시는 레모네이드에 거품을 일으키는 이산화탄소를 싣고 로테르담에서 흙갈색 북해를 건너왔다. 노스플리트에 자리 잡은 킴벌리-클라크 공장의 강철로 만든 회색 상자 같은 건물은 8층 높이에 항공모함이라도 들어갈 만한 크기인데, 이곳에서는 두 겹 두루마리 화장지가 든 상자들이 쏟아져 나온다. 먼 대륙들로부터 배가 몰려들고 세인트 폴 성당의 돔과 다투는 산업용 타워가 세워지는 것은 과자와 견과, 음료와 티슈를 좋아하는 우리의 집단적 취향 때문이다.

항구 주위에서 벌어지는 일들은 너무 신비하여 한 사람의 힘으로는 그 전체의 한 조각 이상을 파악하기 어렵다. 배의 선장은 항구로 들어올 때까지는 가장 좋은 자리에서 템스 강 하류의 윤곽을 굽어보며 즐거워할지 모르지만, 배가 닻을 내리는 순간 돌제(突堤)의 공학과 감귤의 장기 냉동이라는 작업의 수습 관찰자 지위로 전락한다. 그의 관할권은 해도의 권위만큼이나 갑작스럽게 끝나버리는 것이다.

혹시 만물박사가 사라진 것에 슬픔을 느끼는 사람이 있다면, 우리 시대가 특정한 업무, 가령 역청의 보관이나 배에 화물을 선적하는 컨베이어의 건설 같은 업무에는 더할 나위 없이 훌륭한 장인들을 보유하고 있다는 사실을 깨닫는 순간 슬픔이 좀 덜어질지도 모르겠다. 이것은 인체의 간 효소의 활동만 연구하는 의대 교수가 존재한다는 사실이나 또는 세상의 학자들 가운데 수백 명은 오직 프랑크족 역사 중에서도 메로빙거 왕조 후기만 연구하면서 그 결과를 튀빙겐 대학 인문학부에서 발간하는 학술 정기간행물《중세 고고학 Zeitschrift für Archäologie des Mittelalters》에 발표한다는 사실처럼, 그 자체만으로도 위로가 된다.

전문화를 향한 경향은 기계에도 나타난다. 항구 지역에는 일반 대중은 쓸 수 없는 기계가 가득하다. 이런 기계들은 트럭이나 밴

같은 일반 수송 기관과는 달리 유연성이 없지만, 딜레탕트적인 허약함 또한 찾아볼 수 없다. 이 기계들은 고립된 환경에서 평범한 기술 없이 살아가는 대신 묘한 능력, 가령 진흙에서 코로 딱정벌레를 빨아들인다든가, 지하의 강 위에 거꾸로 매달리는 능력을 보상으로 받은 독특한 동물들과 비슷하다. 오하이오 주 클리블랜드의 하이스터 사에서 제작한 R30XM2 적재 트럭은 최고 속도가 시속 5킬로미터에 불과할지 모르나, 창고라는 제한된 공간에서는 콘크리트 바닥을 따라 우아하게 미끄러지듯 돌아다니면서 발레를 추는 듯한 민첩한 동작으로 비좁은 통로 양쪽의 맨 꼭대기 선반에서 종이 롤을 꺼낸다.

산업의 이런 지류를 만들어나가는 데 투자한 사람들의 인내심과 배짱에는 감탄할 수밖에 없다. 예를 들어 태평양 횡단 컨테이너 선박의 용골을 물에 담그는 데만 2억 5천만 달러가 든다. 그러나 투자자라는 사람들은 한 나라의 집배원이나 간호사들이 평생 저축한 돈을 가져다 파나마의 창고나 함부르크의 눈에 보이지 않는 사무실에 집어넣는 일이 받아들이기 힘든 것도 아니고, 오만한 것도 아님을 잘 알고 있다. 그들은 자금을 눈에 보이지 않는 곳에 10년 이상 박아두기도 한다. 그들의 돈을 맡은 선장과 일등항해사들은 남회귀선과 북회귀선을 건너고, 롱아일랜드 해협과 이오니아 해를 항해하고, 아덴과 탕지에의 컨테이너 항구에 정박한다. 투자자들은 자신들의 투자가 결국에는 인내와 활용에 대한 보상으로 부풀어올라 다시 자신들에게로 돌아올 것이라고 믿는다. 그들은 이런 식의 지출이 알고 보면 신중한 태도로서, 침대 밑에 돈을 두는 것—결국에는 궁핍과 파산에 이르기 십상이다—보다 훨씬 덜 위험하다는 것을 알고 있다.

4

화물선과 항구 설비는 실용적으로도 중요하고 우리에게 감정적인 반향을 일으키기도 하는데, 왜 그 작업에 직접 관련된 사람들 외에는 아무도 주목하지 않는 것일까?

찾기가 어렵다거나 왠지 접근을 막는 듯한 표지판이 붙어 있기 때문만은 아니다. 베네치아의 몇몇 교회도 마찬가지로 은밀하게 숨어 있지만 방문객이 엄청나게 찾아온다. 배나 항구가 주목받지 못하는 것은 유조선이나 제지공장, 나아가서 어떤 분야든 노동하는 세계에 깊은 존경심을 표현하면 이상하게 여기는 근거 없는 편견 때문이다.

그렇다고 모든 사람들이 그런 존경심을 버린 것은 아니다. 지금 그레이브젠드의 방파제 끝에는 남자 다섯 명이 비를 맞으며 함께 서 있다. 방수 비닐 재킷에 창이 두툼한 장화 차림이다. 그들은 말 없이 진지한 표정으로 안개에 덮인 강을 내다보고 있다. 어떤 형체를 좇는 중이다. 시간표를 보고 이미 그것이 '그랑드 니제리아' 호임을 알고 있다. 또 그 배가 라고스로 가고 있으며, 화물창에는 아프리카 시장에 팔 포드 자동차 부품이 가득하고, 줄쳐* 900 디

젤 엔진 두 대로부터 동력을 얻고 있으며, 이물에서 고물까지 길이가 214미터라는 것도 알고 있다.

그들이 이렇게 꼼꼼하게 조사를 해야 할 실용적인 이유 같은 것은 없다. 다음에 탈 사람을 위해 배의 침상을 정돈할 책임이 있는 것도 아니고, 근처의 통제탑에 있는 직원처럼 이 배가 북해로 나아갈 때 사용할 뱃길을 지정해주는 것도 아니다. 그들은 그저 이 배 자체에 감탄할 뿐이며, 그냥 그녀가 지나가는 것을 보고 싶을 뿐이다. 항구의 삶을 연구하는 데 쏟는 그들의 열정은 종종 예술을 대하는 태도와 비슷하다. 그들의 행동을 보면, 사하라 서부 끝을 돌아 굴대를 운송하는 데에도 임파스토** 기법으로 여성의 누드화를 그릴 때와 같은 창조성과 지성이 필요하다고 믿는 듯하다. 이들과 비교해보면 금방 싫증을 내며 카페테리아에 관심을 보이고, 선물 가게에 마음이 흔들리고, 틈만 나면 벤치에 앉고 싶어 하는 박물관 관람객들은 얼마나 변덕스러워 보이는지. 사실 먹을 것이라고는 보온병에 든 커피가 전부인 채로 '헨드리키에 바딩'이라는 이름의 배 앞에서 폭풍우를 맞으며 두 시간을 보낸 사람이 세상에 몇 명이나 되겠는가.

물론 배를 관찰하는 사람들이 특별한 상상력으로 열광 대상에 반응하는 것은 아니다. 그들의 관심사는 통계다. 그들은 운행 날짜와 항해 속도에 에너지를 집중하며, 터빈 숫자와 샤프트의 길

---

* 스위스의 기계 제조회사. 현재는 디젤엔진, 보일러 등의 중기계를 생산한다.
** 유화(油畵)에서 물감을 겹쳐 두껍게 칠하는 기법.

이를 기록한다. 마치 깊은 사랑에 빠져 여인에게, 내 감정에 따라 행동해도 좋으냐고, 당신의 팔꿈치와 어깨뼈 사이의 거리를 재도 좋겠냐고 묻는 남자 같다. 하지만 이처럼 뜨거운 정열을 일군의 사실로 치환하는 것은 유서 깊은 행동 방식으로, 특히 학계에서 눈에 많이 띈다. 예컨대 미술사가는 14세기 피렌체의 화가의 작품에서 발견한 부드러움과 고요함에 눈물을 흘릴 정도로 감동을 받아도, 결국 맨 마지막에는 조토* 시대의 회화 제작 역사에 관한 논문으로 자신의 감정을 표현한다. 이것은 냉정하다 할 수는 있지만 비난할 일은 아니다. 사실 왜, 어떤 방식으로 우리가 감동을 받았는가 하는 순진한 질문을 탐구해 들어가는 것보다는 사실들을 주고받는 방식으로 우리의 열광을 표현하는 것이 쉬워 보인다.

배를 관찰하는 사람들은, 비록 자기 생각을 정확하게 표현하지는 못하지만, 적어도 우리 시대의 가장 놀라운 측면 몇 가지는 예민하게 의식하고 있다. 그들은 우리 세계의 무엇이 화성인이나 아이의 관심을 끌지 알고 있다. 그들은 현대의 집단적인 정신이 보여주는 광대한 지성 앞에서 스스로의 보잘것없음과 무지함을 느끼는 순간 기쁨을 맛본다. 항구에 정박한 배 옆에 서서 머리를 뒤로 젖히고 이물의 첨탑들이 하늘로 사라지는 것을 바라보면서 샤르트르 성당의 버팀벽 앞에 선 순례자들과 마찬가지로 말없이 경

---

* Giotto di Bondone, 이탈리아의 화가 · 건축가(1266~1337). 대표작으로 〈마리아와 그리스도의 이야기〉 〈장엄한 성모〉가 있다.

이감을 느끼고 흡족해한다.

또 그들은 호기심이 강렬하게 자극을 받으면 남들 눈에 이상하게 보인다는 것도 부끄러워하지 않는다. 배의 프로펠러를 보기 위해 몸을 낮게 구부리기도 한다. 관심 있는 유조선이 지금 바다 어디쯤 떠 있을까 생각하다 잠이 들기도 한다. 이들의 이런 집중력을 보면, 혼잡한 쇼핑가 한가운데 멈추어 서는 여자아이의 모습이 떠오른다. 아이와 부딪히지 않으려고 행인들은 옆으로 비켜가는데 아이는 그 자리에서 허리를 굽히고, 마치 고급 피지로 장정한 책을 꼼꼼하게 살펴보는 성경학자처럼, 보도에 달라붙은 껌 조각을 주의 깊게 살피거나, 외투 호주머니는 어떤 식으로 닫히는지 살펴보느라 여념이 없다. 사실 이들은 좋은 직업의 요건에 관한 관습적인 관념을 뒤집는다는 점에서도 아이 같은 면이 있다. 그들은 늘 어떤 직업의 물질적 혜택보다는 그 일 자체가 주는 재미를 더 높이 평가한다. 특히 선호하는 것은 컨테이너 터미널의 크레인 조종사 자리다. 배와 부두를 굽어볼 수 있는 좋은 자리에서 일을 하기 때문이다. 어린아이가 열차의 유압식 문이 여닫히는 '쉬익' 하는 매혹적인 소리에 반해 기차 운전사가 되기를 갈망하거나, 부풀어오른 봉투에 항공 우편 딱지를 붙이는 만족감 때문에 우체국 운영을 갈망하는 것과 비슷하다.

배를 관찰하는 사람들이 시간을 보내는 방식은 근대 이전 여행자들의 습관으로 거슬러 올라간다. 그들은 새로운 나라에 도착하면 그 나라의 곡물창고, 도수관, 항구, 작업장에 특별한 호기심을 드러내곤 했다. 노동 현장을 관찰하는 것이 무대나 교회 벽을 구경하는 것만큼이나 흥미로울 수 있다고 생각했기 때문이다. 관광이라고 하면 바로 노는 것을 연상하고, 그래서 알루미늄 공장과 하수 처리 시설에 대한 관심으로부터 우리 눈길을 빼앗아 뮤지컬이나 납인형 진열관의 널리 떠벌여지는 즐거움 쪽으로 몰고 가는 현대의 관점과는 사뭇 다르다.

강가에 서 있는 사람들은 그런 현대적 관습으로부터 벗어나, 화물의 움직임과 컨베이어 벨트의 우르릉거리는 소리에 대한 관심을 자유롭게 표현한다. 지나가던 구경꾼이라면 그들이 서 있는 부두의 같은 자리에 선다 해도 공장 마당에서 나오는 트럭 세 대밖에 못 볼지 모르지만, 이들은 배에 실린 브라질 산 사탕수수의 오디세이의 다음 장을 예측할 수 있다. 이 사탕수수는 화물선 '발레리아' 호를 타고 건너와 이제 설탕으로 변신했으며, 실버타운에 있는 테이트 앤드 라일 정제 공장을 떠나 건포도 케이크를 만드는 더비의 시설로 가고 있다. 이들은 그 과정을 지켜보면서 조류학자와 비슷한 만족감을 느낀다. 조류학자들 또한 대부분의 사람들이라면 파란색과 잿빛이 섞인 보통 새라고 여기고 곧 고개를 돌려버릴 새를 쌍안경으로 관찰하고, 상아 해안의 늪지대 서식지에서 겨울을 보내고 봄을 맞이하여 6천 킬로미터가 넘는 여행을 한 끝에 쉬고 있는 필로스코푸스 트로킬루스*를 올해 처음 만났다며 기뻐

---

* 연노랑솔새.

하지 않는가.

5

그들에 비하면 우리 대부분은 얼마나 무지한가. 우리는 우리를 둘러싼 기계와 공정을 어렴풋이밖에 알지 못한다. 갠트리 크레인과 철광석 비포장 운반선을 알 리 없고, 경제를 일군의 숫자로만 받아들이며, 개폐장치와 밀 저장소의 꼼꼼한 연구에는 관심이 없었으며, 장력이 있는 강철 케이블의 제조 규약을 깊이 알아보려고 하지도 않는다. 우리는 런던 가장자리의 부두 끝에 서 있는 사람들에게서 얼마나 많은 것을 배울 수 있을까?

이 책은 그들에게서 영감을 얻었다. 나는 이 책이 부두에서 신전에 이르기까지, 의회에서 회계 사무소에 이르기까지 다양한 곳에서 일하는 사람들을 보여주는 18세기의 도시 풍경화와 비슷한 기능을 하기를 바란다. 예를 들어 카날레토*가 그린 파노라마는 하나의 거대한 프레임 안에 상자를 내리는 부두 노동자, 광장에서 거래를 하는 상인, 오븐 앞에서 빵 굽는 사람, 창가에서 바느질하는 여자, 궁에 모여 있는 장관들을 다 보여주지 않던가. 이 포괄적인 장면은 일이 인간의 벌집 안에서 우리 각자에게 부여하는 자리를 일깨워주는 역할을 한다.

---

* Antonio Canaletto, 이탈리아의 화가 · 판화가(1697~1768), 대표작으로 〈베네치아의 풍경〉 〈산 로코의 축제〉등이 있다.

나는 부두에 서 있던 사람들에게서 영감을 받아 현대 일터의 지성과 특수성, 아름다움과 두려움을 노래해보기로 마음먹었다. 특히 일이 우리에게 사랑과 더불어 삶의 의미의 주요한 원천을 제공할 수 있다는 그 특별한 주장을 주의 깊게 들여다볼 생각이다.

Two

물류

물류의 허브

1

200년 전 우리 선조들은 자신이 먹는 음식이나 소유하고 있는 한정된 수의 물건 하나하나의 정확한 역사와 유래, 나아가서 그 생산에 관여한 사람이나 연장까지 알았을 것이다. 그들은 돼지, 목수, 직조공, 베틀, 우유 짜는 아낙네와도 알고 지냈을 것이다. 그이후로 구매 가능한 물품의 범위가 기하급수적으로 늘어나는 것과 반비례로 물품의 유래에 관한 우리의 지식은 거의 깜깜할 정도로 줄어들었다. 현재 우리는 많은 물건을 실제로 손에 넣을 수는 있지만, 그런 물건들의 제조와 유통 과정이 어떠한지는 전혀 상상할 수 없다. 이런 소외 과정으로 말미암아 우리는 경이, 감사, 죄책감을 경험할 수많은 기회를 박탈당한다.

우리의 이런 상상의 빈곤과 실제적인 풍요에서 핵심적인 자리를 차지하는 것이 물류라고 알려진 사업 분야다. '물류logistics'라는 말은 군대 용어로는 병참이라고 부르는데, 이 말은 고대 그리스의 '로지스티코스logistikos', 즉 군대에서 식량과 무기의 조달을 책임지는 병참 장교라는 말에 뿌리를 둔 것이다. 오늘날 이 말은 창고 보관, 재고 조사, 포장, 운송 기술을 전체적으로 일컫는다. 이

산업에서는 꽃꽂이용 꽃이나 채소가 오가는 아프리카와 유럽 사이의 '시원한 회랑', 미국 테네시 주 멤피스의 페덱스 허브, 골판지 상자의 개발 등이 최고의 성취로 꼽힌다.

2

영국 중부 에이번 강에서 남서쪽으로 몇 킬로미터 떨어진 홀든비 하우스의 제임스 1세 궁 근처에는 당당한 회색 창고가 25동 모여 있다. 순환도로나 공항 옆에서 흔히 볼 수 있는, 모든 산업국가에 공통된 풍경이다. 그러나 이들은 구경꾼에게 자신들이 거기 있는 목적을 설명하는 일이 거의 없으며, 자신들을 향한 호기심이나 모욕을 묵묵히 물리친다. 여기 함께 모여 있는 창고들은 유럽에서도 가장 크고 기술적으로 가장 발전한 물류 단지 가운데 하나로 꼽힌다. 중부의 대동맥이라 할 수 있는 세 도로인 M1, M6, A5 옆에 자리 잡고 있어 이곳의 물건은 네 시간 안에 영국 국민 80퍼센트에게 다가갈 수 있으며, 매주, 대개 밤에, 주택 자재, 문구, 식자재, 가구, 컴퓨터 가운데 상당 부분이 이곳에서 처리된다.

이런 중요성에도 불구하고 창고는 대중에게 자신을 알리고 싶어 하지 않는다. 이들은 지루하게 보이기로 작정한 듯한 부지에 펼쳐져 있다. 경사는 얕고, 나무들은 장식용으로 서 있고, 초자연적인 느낌이 드는 녹색 잔디가 넓게 펼쳐진 부지이다. 건축의 문제나 가능성에는 아무런 관심이 없어 보이는 건물들이다. 오로지

크기가 중요하다. 성당처럼 높은 천장을 올려다보면, 천사 대신 최소한의 두께의 무미건조한 강철들이 눈에 띈다. 거기에 길쭉한 형광등들이 점점이 박혀 있다. 결국 구경꾼의 눈은 줄줄이 대칭으로 늘어선 선반과 서둘러 움직이는 지게차로 돌아오게 된다. 이렇게 한 덩어리로 이루어진 물류 허브의 삭막한 겉모습을 보고 있노라면 우리 눈앞에 펼쳐지는 장면의 중요성에 대해 혼란을 느끼지 않을 수 없다. 우리는 미술관이 곧 부서질 것 같은 양장본 크기만 한 초기 네덜란드 종교화를 구입하는 데 큰 돈을 쓸 수 있다는 사실은 쉽게 받아들이면서도, 지구의 커다란 한 조각을 부동산 회사 존스 랭 라살의 변덕스러운 이해관계에 아무렇지도 않게 내맡겨 버리는 일이 무모하다는 생각 같은 것은 하지 않는다. 노샘프턴셔의 들판을 자르고 들어간 500제곱킬로미터의 창고 공간도 결국 화가 로히어르 판 데르 베이던*의 작업장에서 나온 20센티미터짜리 마돈나의 자비로운 눈길만큼이나 우리의 내면에 영향을 줄 수 있다는 사실을, 묘하게도 인정하지 않으려 하기 때문이다.

그렇다고 물류 허브를 그냥 보기 흉하다고만 묘사하는 것은 어리석은 일이다. 이곳에는 현대 세계의 많은 작업장의 특징인 무시무시한 아름다움, 영혼이 없고 흠도 하나 없는 아름다움이 있기 때문이다.

단지를 둘러싼 비탈 꼭대기에는 화물을 이미 내렸거나 실으려

---

* Rogier van der Weyden, 네덜란드 플랑드르의 화가(1400~1464). 얀 반 아이크와 함께 북유럽 르네상스 미술을 대표하는 작가로 평가된다.

고 기다리는 트럭 운전사들이 자주 찾는 식당이 6차선 도로를 굽어보며 서 있다. 가정에 차츰 넌더리가 나려던 사람이라면 누구나 이 타일을 바르고 환하게 조명을 밝혀놓은 카페테리아에 들어서는 순간 프라이와 가솔린 냄새에 안도감을 느낄 것이다. 이곳에 들어서는 모두가 바로 떠날 사람이라는 느낌에 마음이 편해질 것이기 때문이다. 친밀하고 명랑한 분위기는 찾아볼 수 없다. 그 덕분에 이미 느끼던 소외감에 모욕감까지 보탤 걱정은 전혀 할 필요가 없는 것이다. 따라서 이곳은 가족 때문에 의기소침한 사람들이 크리스마스에 점심을 먹기에 이상적인 곳이다. 푸짐한 뷔페 사이를 돌아다니며 생선 파이에 두툼한 피자나 카레를 곁들인 햄버거를 보태고도 누구에게도 그 양이나 기묘한 선택에 대해 사과할 필요가 없다. 말없이 노란 플라스틱 탁자 한 곳에 앉아 창밖의 루비처럼 빨간 미등의 흐름을 내다보며 먹기만 하면 된다.

주변 도로에서는 공사가 흔해, 차들은 거의 가다 서다 할 것이다. 그러다 보면 평소에는 가정용 크기로 포장된 것만 보던 물건들이 산업용으로 엄청나게 크게 포장되어 스카니아*나 이베코** 트럭에 잔뜩 실린 채 조금씩 조금씩 움직여가는 것을 볼 수도 있다. 초콜릿 바, 시리얼, 생수, 매트리스, 마가린이 어둠 속에서 북쪽으로 조금씩 나아간다. 그 광경은 어떤 면에서는 강물처럼 위로를 주기도 한다. 끊이지 않고 움직이는 그림자와 흐름이 보는 사람의

---

* 스웨덴의 대형 상용차 전문 브랜드.
** 이탈리아 피아트 그룹의 덤프, 트랙터 등 상용차 전문 브랜드.

마음에서 정체된 분위기를 걷어내기 때문이다. 그것은 흘러 지나 가는 삶 자체다. 다만 박테리아나 정글 식물의 확산을 차단할 때와 같은 냉정한 의지를 부여받아, 가장 무심하게, 잔인하게, 이기적으로 표현되고 있을 뿐이다.

3

물류 단지의 특징인 좌고우면하지 않는 일 처리는 밤 시간에 가장 투명하게 드러난다. 어느새 떠오른 달은 아래를 굽어보며 우주적인 관점에서 효율적인 택배업의 의미를 묻는 듯하다. 도로 건너편에서는 14세기 말에 지어진 늘씬한 교회 첨탑이 검디검은 화살의 모습으로 영원의 관점에서 같은 질문을 하는 것 같다.

과거에 밤은 우리 종의 구성원들이 스스로 신체적 한계를 인정하고 유령과 마녀에 대한 두려움을 누그러뜨리기 위해 함께 웅크리던 때였다. 그러나 오늘날의 물류 허브는 인간의 연약함이나 영적 세계, 또는 그동안 일차적 지위를 누리던 자연적 리듬 어느 것에도 양보를 하는 법이 없다. 물러난 태양을 대신하기 위해 투광조명이 나타나, 공항 또는 군사시설에서나 눈에 익은 야광 주황색 빛으로 이 지역을 물들인다. 노동자들은 중앙 안내 구역에서 버스를 내려 일곱시 전에 출근부를 찍는다. 한때 보리와 밀이 자라던 들판에서는 이제 창고들이 잔디 깎는 기계, 작업대, 바비큐 세트를 실어가기를 기다리고 있다. 지나가던 운전자가 안개를 뚫고 급유장의 강한 불빛을 목격한다면, 이런 시간에 무슨 불경한 일들을 하고 있는지 무척이나 궁금해할 것이다.

물류 단지에서 펼쳐지는 일은, 스스로 깨닫지 못한 채 이곳의 혜택을 입고 있는 우리 대부분을 수동적인 역할로 몰아넣는다. 우리가 침대에 무방비 상태로 누워 입을 헤 벌린 채 이따금씩 좌우로 뒤척이는 동안, 어떤 곳에서는 그날 아침의 반 탈지 우유 가운데 대부분의 물량을 실은 트럭 한 부대가 잉글랜드 북부로 갈 준비를 하고 있다. 어둠 속에서 물류 단지의 활동을 살펴보는 것은 어린 시절 한밤중에 깨어나 문밖에서 발소리나 다른 소리에 귀를 기울이던 것과 비슷하다. 문밖에서는 엄마 아빠가 도자기를 내리는 것 같기도 하고, 아니면 가구를 재배치하는 것 같기도 하다. 어쨌거나 그때 우리는 집안의 낮의 질서가 밤에 이루어지는 그런 노동에 의해 지탱된다는 느낌을 받았다.

4

물류 단지에서 가장 큰 창고는 슈퍼마켓 체인 소속이다. 이 창고는 밤새도록 식품 공급업자가 급송한 물건들을 받아 다시 분류하고 조합하여 전국의 상점들로 배송한다. 보통 슈퍼마켓의 매대에는 2만 가지 품목이 진열되어 있는데, 그중 4천 품목은 냉각 상태라 사흘마다 바꾸어주어야 한다. 나머지 1만 6천 품목은 2주 안에 재고를 다시 채워야 한다. 이 창고는 건물을 따라 트럭 50대가 나

란히 늘어설 수 있는 하역장을 갖추고 있으며, 트럭은 3분에 한 대 꼴로 도착하고 출발한다. 안에서 직원들이 선반들 사이를 돌아다니며 자동화 통로에 물품을 놓으면, 물품은 하역장 뒤에 줄줄이 늘어선 강철 철창 안으로 빠르게 이동한다. 이곳에서 물품은 숫자로 표시된 모호한 목적지로 가기 위해 기다린다. 02093-30은 극장과 양조장을 자랑하는 어떤 성당 도시를 가리킨다. 찰스 1세와 의회가 싸웠을 때는 의회군이 주둔했던 곳이고, 훌륭한 조지 왕조 시대 광장도 몇 곳 남아 있다. 그곳 주민들의 눈에 잘 띄지는 않지만, 매일 아침 트레일러트럭이 화물칸에 파르마 치즈, 빨간 젤리, 생선케이크, 양 커틀릿을 싣고 페나인 힐즈를 넘어 그곳을 찾아간다.

공중에 높이 떠 있는 컨베이어 벨트에서는 국민의 식사를 구성하는 요소들이 건물을 둘러싸고 경주를 벌인다. 노스플리트로 가는 포테이토칩 30상자, 햄스 홀로 가는 닭다리 1200개, 엘스트리로 가는 레모네이드 60상자. 한때 거의 종교적인 범주만큼이나 뚜렷하게 '식사'라는 범주를 기준으로 쌀을 먹는 사람들과 밀을 먹는 사람들, 감자를 먹는 사람들과 옥수수를 먹는 사람들로 나뉘었던 인간은 이제 아무 생각 없이 잡다한 것으로 배를 채운다.

시간이 핵심이다. 어떤 특정한 순간, 창고 내용물의 반은 72시간이 지나면 먹을 수 없는 상태가 되고 만다. 이런 상황 때문에 곰팡이나 지리 조건이라는 문제와 계속 싸우게 된다. 주말에는 팔레르모 근처의 들판에서 맛있게 익은 채 덩굴에 주렁주렁 달려 있던 토마토가 목요일 전에 스코틀랜드의 북쪽 가장자리에서 자신을 사줄 구매자를 찾기 위해 자연이 부과한 운명을 바꾸고 있다.

과일 섹션에도 이런 맹목적인 초조함이 드러난다. 우리 조상들은 늦여름 덤불 밑에서 이따금씩 딸기를 한 줌 발견할 때면 기대하지 않았던 창조주의 관대함의 표시로 여겨 기뻐했을 것이다. 하지만 현대에 이르러 우리는 가끔씩 찾아오는 하늘의 선물을 기다리는 대신, 기분 좋은 감각을 직접적이고 반복적으로 이용할 수 있도록 바꾸려고 노력한다.

지금은 12월 초다. 그런데 중앙 통로 옆쪽 어둑어둑한 곳에서는 피처럼 붉은 딸기 1만 2천 개가 대기하고 있다. 이 딸기들은 어제 캘리포니아를 출발하여, 검은색과 황금색이 뒤섞인 하늘에 질소산화물 흔적을 남기며 달빛이 비추는 북극권을 가로질러 날아왔다. 지구의 기울어 있는 축 때문에 고객이 음식에서 만족을 느끼는 일이 지연되는 사태를 슈퍼마켓은 앞으로도 허용하지 않을 것이다. 가령 딸기는 한겨울에는 이스라엘, 2월에는 모로코, 봄에는 스페인, 초여름에는 네덜란드, 8월에는 잉글랜드, 9월부터 크리스마스 사이에는 샌디에이고 뒤의 과수원에서 들어온다. 딸기를 따는 순간부터 잿빛 곰팡이의 공격에 굴복하기 시작하는 순간까지 여유는 96시간뿐이다. 그래서 믿을 수 없을 정도로 많은 수의 어른이 이 부드럽고 통통한 과일의 엄중한 요구에 굴복하여 어쩔 수 없이 게으름을 떨쳐내고, 창고들 사이에 화물 받침대를 깔아놓거나 우르릉거리는 디젤 트럭 안에 앉아서 기다린다.

창고 소유자들의 상상 속에서 보안에 대한 걱정이 그렇게 중요한 자리를 차지하지만 않는다면, 창고는 완벽한 관광지가 될 것이다. 한밤중에 트럭과 생산품의 움직임을 관찰하다 보면 독특하고 고요한 분위기에 젖어들게 된다. 에고의 요구는 마법에 걸린 듯 잠잠해지고, 더불어 자신의 상상 속에서 에고가 너무 크게 보일 위험도 사라진다. 우리가 수백만 명의 타인에게 둘러싸여 있다는 사실은 생기 없고 자극도 없는 데이터에 불과하여, 자기중심적인 일상의 관점으로부터 우리를 벗어나게 하지도 못한다. 그러나 헐의 어느 공장에서 만들어져 똑같은 비닐에 싸인 채 도착한 햄 앤드 머스터드 샌드위치 만 개가 쌓여 있는 광경 앞에서는 이야기가 달라진다. 모두 흠 하나 없이 솜처럼 흰 빵으로 만든 이 샌드위치들은 앞으로 이틀 동안 아주 다양한 우리 동료 시민들이 먹을 것인데, 그 앞에서는 내부로 초점이 맞추어져 있던 우리의 상상 속에 그 시민들을 위한 자리를 곧바로 만들어주지 않을 수 없다.

이 거대한 식량 창고는, 적어도 산업화된 세계에서는 우리 인간이 수천 년의 노력 끝에 마침내 다음 끼니를 어디서 찾아먹을까 안달하는 일로부터 벗어난 유일한 동물이 되었음을 보여주는 증거다. 그 결과 우리는 황제펭귄과 아라비아의 오릭스라면 지금도 여전히 벗어나지 못한 채 시달리고 있는, 절실하기 짝이 없는 먹이 걱정에서 벗어나, 스웨덴어를 배우거나 미적분을 익히거나 우리 관계의 진정성을 걱정할 수 있는 시간 여유를 얻게 되었다.

그러나 와인이 바다처럼 넘실거리고 빵이 알프스처럼 잔뜩 쌓인 우리의 풍요로운 세계는 기근에 시달리던 중세의 조상들이 꿈

꾸던 생기발랄한 곳과는 다르다. 우리 시대의 가장 뛰어난 정신들은 터무니없을 정도로 진부하기 짝이 없는 기능들을 단순화하거나 가속화하는 데 삶의 대부분을 보낸다. 엔지니어들은 스캐닝 기계의 속도에 관한 논문을 쓰고, 컨설턴트들은 선반에 물건을 쌓는 직원이나 지게차 운전자의 동선을 약간이라도 줄이는 방법 연구에 경력을 바친다. 토요일 저녁이면 도시에서 벌어지는 알코올로 인한 싸움은 감금에 대한 분노에서 발생한 것으로, 어느 정도 예측 가능한 증상이다. 이런 현상을 보면 우리가 매일 자제와 질서의 제단 앞에 복종하면서 속으로는 어떤 대가를 치르는지 알 수 있다. 겉으로는 그 어느 때보다도 법을 잘 지키고 고분고분하게 살지만, 밑에서는 소리 없이 분노가 쌓여가고 있는 것이다.

5

창고의 동쪽 끝은 세계 대양의 거주자들을 골라 모아놓은 백과사전의 한 페이지 같다. 잉글랜드의 시골 한가운데 있는 선반에 오스트레일리아의 남극빙어, 멕시코의 빨간 바위 갯가재, 뉴질랜드의 호키, 에콰도르의 마히마히, 코스타리카의 아귀가 쌓여 있는 것이다.

각각 고상하고, 투박하고, 추하고, 지혜롭고, 무시무시한 얼굴의 소유자인 이 생물들의 표정을 보다 보면 일상의 관심사들은 까맣게 잊은 채 인간이 독특한 존재들과 이 행성을 공동 소유하고 있다는 사실을 인정할 수밖에 없다. 그러나 그들은 단지 육질이 쫄깃쫄깃하고 잔뼈가 없다는 죄 때문에 목숨을 잃고 동그랗게 잘린 레몬 밑에 눕는 벌을 받고야 말았다. 이 생선들은 어떻게 여기까지 왔을까? 어떻게 죽었을까? 누가 포장을 했을까? 상상력을 좀 더 발휘해보자. 화가가 남극빙어의 껍질을 그린다면 무엇을 발견할까? 엔지니어가 붉은 바위 갯가재의 발톱을 살핀다면 무엇을 발견할까? 일하는 세계의 재미와 거기에서 나오는 아름다움을 보려면 이런 초보적인 질문에서부터 시작해보는 것도 좋을 듯하다.

싱싱한 참치 스테이크가 잔뜩 쌓인 선반이 눈에 들어온다. "몰디브에서 낚시로 포획." 포장지에 적혀 있다. 묘비명만큼이나 간략하고 감질나는 주장이다. 어쨌든 몇 대륙이나 떨어진 물에서 잡은 물고기가 불과 몇 시간 만에 노샘프턴셔의 창고에 와 있다는 것이야말로 기술, 관리, 법적이고 경제적인 표준화 등의 복잡한 상호작용을 바탕으로 물류 분야가 탁월한 능력을 발휘한 증거다.

그러나 무엇보다 내 흥미를 자극하는 것은 이런 성취에 대하여 거의 음모를 꾸민 듯 모두가 침묵하고 있다는 사실이다. 심지어 시간이 지나자, 이 물고기 한 마리에서 출발하여 이 물고기가 이곳까지 올 때보다는 조금 느린 속도로 다시 바다까지 거슬러 가보고 싶은 욕망마저 생긴다. 물론 참치 아닌 다른 상품을 따라가 볼 수도 있다. 강판 롤을 따라 바바리아의 자동차 공장에서부터 호주 사막의 덤불까지 가볼 수도 있고, 실타래를 따라 멕시코의 직기에서부터 나일 강 하류의 관개가 이루어지는 들판까지 가볼 수도 있다. 이 참치의 교훈은 비록 특수한 형태로 드러나 있기는 하지만, 사실은 상류로 거슬러 헤엄쳐 올라가보는 일이 중요하다는 것을 알려주는 일반적인 교훈이기도 하다. 실제로 상자에 담긴 물품의 잊힌 오디세이를 관찰하고, 창고의 은밀한 삶을 목격하다 보면, 우리가 일상생활의 흐름 속에서 아무런 생각 없이 소비하는 물건들과 그 미지의 기원이나 창조자 사이가 어긋나고 있다는 느낌, 사람을 무감각하게 만드는 그 독특하게 현대적인 느낌을 어느 정도 덜어낼 수 있다.

나는 이미지를 닻 삼아 여행을 해보기로 한다. 물류 분야에서 가장 절실하게 아쉬워 보이는 것이 바로 이처럼 손에 잡히는 디테일이기 때문이다. 그래서 이제부터 포토 에세이가 시작되는데, 유일한 야심이라 한다면, 어둠 속에서 믿기 힘든 속도로 행성 반 바퀴를 돌아 신비하게 운송되어 온 물체와 다음에 마주칠 때는 비록 1~2초 동안만이라도, 전과는 좀 다른 생각을 해보겠다는 것이다.

물류 여행

기꺼이 수모를 당하고 싶은 욕구가 없다면 생선을 따라가는 것은 불가능한 듯하다. 돈을 벌어주기는커녕 문제만 일으키기 십상인 작가라는 사람에게는 누구도 입을 열려고 하지 않기 때문이다. 정치적 투명성이 높아진 시대임에도, 사업체들은 관찰자를 불러모으는 데 여전히 관심이 없다. 따뜻한 물에 사는 물고기가 어떻게 우리 식탁에 오르는지 추적해보려는 시도—실제로 눈으로 보거나 사진으로 찍으려는 시도는 말할 것도 없고—는 이 업계 내에서 의심을 불러일으킬 뿐이다. 아마 1780년대에 노예무역에 관해 질문을 하고 다녔다면 바로 이런 의심을 받지 않았을까. 나는 어류 식품 수입업체 열다섯 곳과 접촉을 해보았다. 그 가운데 셋이 로비에 똑같은 청새치 조각을 걸어놓고 있었다. 어쨌든 그들 모두 자신들의 물류 네트워크의 자세한 내용을 이야기하고 싶어 하지 않았다.

In Memory Of
KEVIN MUNRO
Never Got His Chance
To Return
To The Maldives

현장에 가면 실마리를 찾을 수 있을지 모른다. 그런 희망을 품고 대서양으로 가는 수밖에 없을 것 같았다. 몰디브의 수도 말레에서 사진작가와 나는 '릴랙스 인'에 묵었는데, 호텔 이름은 푹 쉬라는 뜻이지만, 우리는 그 명령을 따를 수 없었다. 처음 닷새 동안 우리는 연거푸 막다른 골목에 부딪히기만 했다. 보람 없는 만남들 사이에 시간을 죽이려고 도시를 이리저리 돌아다니며 애국적 기념물이나 이슬람사원을 찾아가보았다. 시걸 카페 뒤에서는 휴가객들을 위한 작은 공동묘지를 발견했다. 주로 노르웨이, 독일, 영국 사람들이었다. 이들이 여기에서 추모되고 있는 것은 고향에서 그들이 돌아오는 것을 원치 않았기 때문이 아니라, 이들의 친척들이 얼어붙고 안개에 덮인 고향보다는 쾌적한 땅에서 이들이 내세를 보내게 해주고 싶었기 때문이다. 이 묘지에는 용케도 이곳에서 죽을 수 있었던 사람들만이 아니라 이곳에서 죽고 싶은 마음이 간절했음에도 결국 다른 곳에서 생을 마감하고 만 사람들, 아마도 한겨울에 비로 질척거리는 유럽 평원을 돌아다니는 수많은 바이러스 가운데 하나에 걸려 그렇게 되었을 사람들도 많았다.

연줄이 많은 어떤 미용사와 이야기를 나눈 끝에 다름 아닌 어업부 장관 압둘라 나세르와 약속을 잡게 되면서 우리의 운이 바뀌었다. 나세르 장관은 유엔을 공식 방문하고 막 돌아온 참이었다. 악어 구두를 신은 장관은 엄숙하게 우리를 맞이했다. 단지 물고기의 목숨만이 아니라, 그 물고기를 잡는 사람들의 목숨도 좌지우지할 수 있는 자신의 권력을 명료하게 인식하고 있었다. 장관은 우리 이야기를 참을성 있게 들어주더니, 옆방의 부하들에게 큰 소리로 몇 가지 명령을 내렸다. 그러면서 우리에게 참치 수출업자와 북부의 섬에서 일하는 어부들을 소개해주겠다고 제안했다. 장관은 우리를 배웅하면서 자신의 명함을 듬뿍 쥐여주었다. 경찰이 엄중히 경비하는 그 섬을 돌아다니는 동안 혹시 문제를 일으키는 사람이 있으면 보여주라는 것이었다. 나는 어떻게 감사를 해야 할지 몰라, 다음에 런던에 들를 일이 있으면 차를 한잔하자고 제안했다.

거의 완벽한 원을 그리고 있는 1킬로미터 길이의 산호섬을 돌아본다. 몰디브 환초의 가장 북쪽에서 두 번째에 있는 섬이다. 공중에서 내려다보면 관광 리조트로 착각하기 십상이지만, 가까이서 보면 그런 곳에 필수인 물가 별장, 온천, 결혼서약을 새롭게 확인하려는 바덴뷔템베르크 출신의 부부들이 보이지 않는다. 아무 꾸밈없는 작은 콘크리트 블록 집, 유니세프가 기증한 비상용 급수 탱크, 사우디아라비아의 어느 이슬람사원이 재정을 후원하는 교실 두 개짜리 학교, 그리고 상점 하나뿐이다. 우리는 도착하자마자 우리가 만날 어부들이 탄 배가 엔진이 고장 나 바다에 좌초했다는 이야기를 들었다. 그래서 우리는 사흘이라는 상상도 할 수 없을 정도로 긴 시간 동안 펄펄 끓는 함석집에서 기다렸다. 야전 침대 두 개와 수도꼭지 하나가 갖추어진 그곳에서 우리는 딱정벌레의 삶과 작은 섬의 슬픔에 관해 명상을 했다. 그늘에서도 35도까지 올라가는 날씨에 우리는 종종 독재자이자 시인이자 이슬람교도인 마우문 대통령의 눈총을 받으며 나무 밑의 텅 빈 땅에 쭈그리고 앉아 있곤 했다. 이 대통령의 초상화는 법에 따라 이 나라의 사람이 사는 섬 200개 어디에서나 보초를 서고 있었는데, 신기하게도 세상을 뜬 우리 아버지를 닮은 얼굴이었다.

끼니때면 현지인들은 집 안으로 사라져 생선, 코코넛, 양파를 섞은 것을 튀겼다. 그러나 우리에게는 조리 시설이 없었기 때문에 주로 현지 가게에 있는 재고에 의존해야 했다. 작은 공동체에서는 비슷한 정신을 가진 사람을 발견하는 것이 쉬운 일이 아니었기 때문에, 이 가게 주인은 우리의 유일한 친구가 되어주기도 했다. 우리는 아침에는 초콜릿 비스킷을 먹고, 점심에는 토마토와 마요네즈를 먹고, 저녁에는 케첩과 사탕옥수수를 먹었다.

마침내 엔진을 수리하여 우리는 바다로 향했다. 어선은 서른세 살에 다섯 자녀의 아버지인 이브라힘 라시드 선장이 지휘했다. 그 자녀들이 생존하려면 라시드 선장은 앞으로 24시간 이내에 성숙한 참치를 적어도 열다섯 마리는 추적하여 곤봉으로 때려잡아야 했다. '이 닦기'는 몰디브에 늦게 도입되었지만, 이 관행은 콜게이트-팜올리브 사의 임원들이 바라 마지않을 만큼 확고하게 자리를 잡았다. 생생하게 빛나는 치아를 자랑하는 상어가 등장하는 텔레비전 캠페인도 한몫을 했다. 치약은 어선의 작은 주방과 화장실을 합친 공간의 선반에 살고 있었다. 아침식사 시간에 우리는 선실에서 승무원들과 함께 갓 조리한 식사를 했다. 며칠 만에 처음 먹어보는 따뜻한 요리였다. 우리는 미루훌레 보아바(문어 빨판)을 먹은 뒤에 승무원들의 권유에 따라 빈랑나무*(종려나뭇과의 상록 교목. 열매는 기호품으로 씹거나 염료로 쓰이고, 어린잎은 식용한다) 잎을 잔뜩 씹었다.

아침식사를 한 뒤에 카드 게임이 잇따라 열렸다. 그 덕분에 우리 배 밑의 바닷속 참치들은 이 행성에서 생명을 몇 시간 더 유지할 수 있었다. 위의 사진을 보고 필자가 감정이입이나 활기가 부족하다고, 또는 이해할 수 없는 인도–산스크리트 언어로 일화를 주고받는 문맹의 인도양 선원들 집단 속에서 남자 대 남자로 자기 자리를 차지할 능력이 없다고(가끔 지식인들을 두고 그렇게 생각하듯이) 지레짐작하지는 마시기를! 필자는 이때 마구 날뛰는 장염을 통제하려는 시도에 종종 수반될 수밖에 없는 몰입 상태에 들어가 있었는데, 멍한 눈길과 극도의 집중은 그 증거일 뿐이다.

우리는 아무런 희망 없이 네 시간이나 바다를 배회했다. 그러다가 아침 열한시 직후, 잉글랜드 중부의 창고에서는 새벽을 맞이할 시간에 노란 지느러미 참치 떼가 동쪽으로부터 V자 모양으로 헤엄쳐 왔다. 참치 떼는 시속 50킬로미터로 인도네시아 해안으로부터 소말리아로 가는 길이었다. 이 저주받은 생물은 부레가 없기 때문에 가차 없이 앞으로 나아갈 수밖에 없다. 해류 위에서 움직임을 멈추고 쉴 수가 없다. 그랬다간 바다 밑바닥으로 떨어져 죽고 말 테니까. 게다가 이렇게 쉬지 않고 운동을 하기 때문에 인간에게는 더욱 매력적인 존재가 된다. 평생 꼬리를 구부렸다 폈다 하기 때문에 살이 점점 더 근육질이 되어 독특한 풍미를 자아내는 것이다. 갑판에서 외침 소리가 울려퍼진다. 참치 떼 가운데 한 마리, 여러모로 보아 더 무게도 나가고 나이도 많은 녀석, 지금까지 5년 동안 아무런 간섭을 받지 않고 항해하던 베테랑이 고등어 미끼를 문 것이 분명했다. 5분 뒤 그 녀석이 겁에 질린 동시에 격분한 표정으로 우현 쪽에 모습을 드러낸다. 꼬리로 배를 두드려댄다. 몸무게가 50킬로그램인 이 참치는 입천장을 찢는 케이블에서 몸을 떼어내려 하지만, 그의 위쪽 양옆에서 두 남자가 기다리고 있다는 사실은 미처 생각하지 못했다. 이들은 강철 갈고리를 들고 물속으로 팔을 집어넣어 참치를 끌어올려 갑판으로 내던지며 승리의 외침을 내질렀다. 곧이어 배 위는 복마전으로 바뀌어버렸다.

참치는 지금까지 한 번도 물에서 이렇게 멀리 나와본 적이 없다. 이렇게 밝은 빛을 본 적이 없다. 그러나 본능적으로 너무 많은 공기 속에서 익사할 것이라고 느낀다. 어부들은 참치가 겁에 질려 동맥에 피를 너무 많이 흘려보내는 것을 막아야 한다. 안 그러면 저녁 식탁 접시에 시커먼 살이 올라와 식욕을 망치게 될 테니까. 그래서 선장의 동생이 얼른 고무장화 사이에 그 녀석을 고정시키고, 코코넛 나무줄기에서 잘라낸 크고 뭉툭한 몽둥이를 치켜들었다. 그는 곤봉으로 참치를 세게 내리쳤다. 참치의 두 눈이 눈구멍에서 쑥 빠져나갔다. 꼬리가 경련을 일으켰다. 입이 열렸다 닫혔다. 우리 입도 열렸다 닫혔다. 그러나 참치의 입에서는 아무런 비명이 새어나오지 않았다. 몽둥이가 다시 참치를 두들겼다. 둔탁한 소리가 들렸다. 뼈로 이루어진 아주 작은 상자를 빽빽하게 채우고 있던 뇌와 그간의 경험이 박살나는 소리였다. 그 소리를 듣는 순간 우리도 저렇게 한 방만 두들겨 맞으면 조심스럽게 배치해놓은 생각이나 우리 자신에 대한 엄청난 관심도 확실하게 끝이 날 것이라는 생각이 들지 않을 수 없었다. 이제 어부는 복수심이 불타오르는 듯 격분하여 짐승을 두들겨 패며, 디베히 언어로 죽어가는 짐승에게 욕을 퍼붓고 있었다. "나구발라, 나구발라, 헤이 아루발라난"("이년아, 이년아, 넌 이제 죽었다.") 그가 여드레 만에 처음 잡은 참치였다. 집에서는 아이 여섯 명이 그를 기다리고 있었다.

생물의 뇌에서 붉은 피가 잔뜩 뿜어져나와 배를 가로질러 뻗어나갔다. 젊은 축에 속하는 선원 둘이 앞으로 달려나와 입을 찢어 열고 아가미와 거기에 딸린 부위를 끄집어냈다. 그들이 칼을 배로 옮기자, 참치가 이 지옥 같은 날이 시작될 때 아침으로 먹었던 푸질리어, 먹테얼게비늘, 청어가 소화도 되지 않은 채 튀어나왔다. 갑판은 내장으로 미끌미끌해졌다. 흥청거리는 피의 축제가 이어지는 사이 이제 네 살이 되어 몸집이 큼지막한 물고기만 해진 우리집 장남이 머릿속에 나타나더니 도무지 떠날 생각을 하지 않았다. 나방에서 대통령에 이르기까지 우리 모두가 대가족, 그러나 돌이킬 수 없이 동족상잔을 저질러버리는 대가족의 일원이라는 많은 종교의 주장이 이제는 허황한 이야기로 들리지 않았다. 참치는 내장과 생식 기관을 벗어버린 채 공중으로 달려올라갔다가 냉장실 네 곳 가운데 첫 번째 칸으로 내던져진다. 밤이면 이 냉장실은 그의 동료 스무 명의 몸으로 꽉 채워질 터였다. 갑자기 물 밑 60미터 깊이에서 소말리아를 향해 계속 나아가고 있을 생존자들의 분위기는 어떨지 궁금해진다. 사라진 구성원에 대한 기억은 남아 있을까? 칠흑처럼 깜깜한 물속에 무시무시한 공포가 스멀거리고 있을까?

우리는 어류 가공 공장에 도착했다. 이 공장은 영국의 수입업자나 슈퍼마켓과 긴밀한 관계를 맺고 있었다. 관찰자의 눈에 관료제의 진정한 본성은 그 어디보다 개발도상국에서 분명하게 드러나는 것 같다. 그런 곳에서는 아직도 관료제가 서류, 파일, 박판을 깐 책상, 캐비닛을 완전히 갖춘 채 자신을 드러내기 때문이다. 이런 장치들은 생산성과 서류 작업 사이의 엄격한 역(逆)관계를 보여준다. 고갱에서 에드워드 사이드에 이르기까지 다양한 사람들이 주의를 주었음에도, 나는 공장 주인의 비서인 살마 마히르와 함께 나누고 싶은 미래의 광경들이 눈앞을 스쳐가는 것을 완전히 억누르지는 못했다. 물론 그녀도 내가 그녀의 나라에 대해 그러는 것만큼이나 영국에 대해 많은 잘못된 생각을 갖고 있을 터였다. 벽에서는 몰디브인 아버지가 우리를 지켜보고 있었다.

마침내 도착한 참치 공장 사장은 전혀 예상치 못했던 인물이었다. 기질적인 면에서 아시르 와히드는 19세기 말 프랑스 시인의 점액질적인 낭만주의와 현대 앵글로-아메리칸 자본가의 육식동물 같은 공격성을 결합하고 있었다. 그가 가장 좋아하는 책은 빌 잰커와 도널드 트럼프가 쓴 《억만장자 마인드Think Big and Kick Ass in Business and Life》였다. 그는 두바이에서 열린 전자산업 회의에 참석했다가 방금 돌아왔는데, 그곳에서 자신의 애플 시네마 모니터를 위해 블루투스 와이어리스 마우스를 집어 들고 왔다.

이 공장에서 생선을 다루는 사람들은 마셰티*(중남미 원주민이 벌채에 쓰는 칼)로 3분 만에 참치를 저미는 방법을 안다. 모두 어부 출신이다. 이들의 칼이 참치의 척추에서 살을 발라내는 소리가 마치 손톱으로 빗의 이를 두드리는 소리처럼 들린다. 이들은 모두 홀아비들이다. 바다에 나가 있는 동안 스리랑카 동해안에 몰아친 거대한 해일이 가족을 쓸어갔다는 소식을 듣고 이들이 우는 모습이 안쓰러워 야시르가 공장에 고용한 것이다. 수출용 생선을 가공하는 과정에서 공장 노동자들이 수술용 마스크로 수염을 가리고, 실내 온도는 항상 0도 이하로 고정시키고, 앞치마를 비롯한 모든 작업복은 한 번 입으면 태워버리는 데에는 분명히 의학적이고 위생적인 이유가 있을 것이다. 그럼에도 인공 냉각 기술이나, 계속 손을 씻는 습관이나, 제멋대로 뻗어나가는 위생과 관련된 상상력이 전례 없이 서양인들을 사로잡는 데에는 서양의 영혼 깊은 곳에 뿌리박힌 어떤 이유가 있는 것인지도 모른다.

낯선 땅에서 옛 친구를 우연히 만난 사람처럼, 나는 우리 동네 슈퍼마켓에서 오래전부터 눈에 익은 밝은 주황색 라벨 두루마리와 우연히 마주치자 놀라면서도 가슴이 약간 뭉클했다. 어부들이 몽둥이로 참치를 때려죽이는 장면이 기억에 단단히 각인되어 있었기 때문에, 나는 이제 그 라벨의 사진—잔교와 파란 하늘을 찍은 고요한 분위기의 사진—뒤에 숨어 있는 유혈이 낭자한 과정을 속속들이 꿰고 있는 듯한 느낌이 들었다.

공기나 물을 가르는 효율적인 방법은 몇 가지밖에 안 되는데, 비행기의 구조는 참치의 어떤 면들과 비슷한 듯하다. 에어버스는 바퀴 근처에 아가미처럼 공기를 흡입하는 보조날개가 있고, 동체를 따라 지느러미들이 달려 있다. 심지어 이 두 생물의 몸 아랫부분도 똑같이 물고기 특유의 잿빛이다. 화물 상자 하나는 비즈니스 클래스의 3열과 9열 밑에 고정되어 있었다. 또 한 상자는 이코노미 클래스의 43열과 48열 밑에 고정되어 있었다. 런던행 스리랑카 제트기 옆의 에이프런에는 카타르 항공의 화물기가 있었다. 이 비행기는 창문 바깥에도 페인트를 칠한 채, 우편물, 채소, 서류, 혈액 샘플을 싣고 세계를 돌아다닌다. 어젯밤에는 도쿄에 있었으며, 내일은 밀라노의 말펜사 공항으로 갈 예정이다. 이 또한 출발과 도착을 알리는 화면에 전혀 모습을 드러내지 않은 채 지구 주위의 외로운 항로를 쫓아다니는 수천 대의 화물기 가운데 한 대일 뿐이다.

우리는 오전 8시 30분에 이륙하여, 인도양을 가로질러 북서쪽으로 향했다. 훈련받지 않고 도움도 받지 못하는 눈으로 밖에서 바라본다면, 이 비행기는 아무런 내용물이 없는 텅 빈 파란 하늘, 넓은 바다와 마찬가지로 지형지물도 없고 방향을 알려줄 만한 것도 없는 허공 위를 표류하는 듯이 보일 것이다. 그러나 조종실(그 능력은 어부의 몽둥이가 내리꽂힌 곳에 자리 잡았던 참치의 뇌의 유기적 메커니즘과 비교가 될 만하다)의 안테나를 통해 재구성해보면, 하늘은 뚜렷한 차선, 교차로, 대피로, 환승역, 항공 표지 등으로 이루어진 격자로 드러난다. 이 비행기는 걸프에서 이란 남부로 가는 A418 항공로를 따라 달려간다. 시라즈라는 이름의 도시 상공, 조종사들에게는 SYZ117.8이라고 알려진 공간에서 조종사는 R659 항공로로 갈아타며, 이 항공로는 우로미예 상공 1500미터 위의 한 지점인 UMH113.5까지 뻗어간다. 우로미예는 아제르바이잔 서부에 있는 수도로, 동방박사 세 사람이 베들레헴에 가는 길에 쉬었다고 전해지는 곳이다.

객실 승무원은 이코노미 클래스에는 빨간 치킨 카레를 주고, 비즈니스 클래스에는 아스파라거스 볼-오-방과 치즈 오믈렛 가운데 하나를 선택하게 해주었다. 하늘이 어두워졌다. 이따금씩 비행기 저 아래의 어떤 집에서 불이 꺼지는 바로 그 순간이 눈에 잡혔다. 루마니아 크라이보아의 누군가가 거실에서 텔레비전을 다 보았거나, 헝가리 칼로차의 누군가가 패션 잡지《노크 라프자*Nok Lapja*》의 어떤 기사를 다 읽었나 보다. 둘 다 그들 위의 하늘을 포효하며 가로지르는 알루미늄 비행기의 존재를 전혀 알지 못한다. 나는 주위 사람들의 얼굴을 보다가 마음이 안쓰러워졌다. 사람들은 합성 섬유로 만든 담요 밑에서 몸을 꿈틀거렸다. 우리가 대양 정기선 시대에 살고 있다면 어떨까? 사우샘프턴에 도착할 무렵이면 모두 친구가 되어 있겠지.

비행기는 한밤중에 히스로 공항에 내렸다. 참치는 새벽 두시에 창고에 도착하지만, 눈에 아주 잘 띄는 야광 재킷을 입은 사람들에게 바다와 하늘을 돌아다닌 자신의 혼란스러운 역사를 전혀 드러내지 않았다. 창고의 운전기사들은 교대 시간이 시작될 때는 자신이 새벽에 어디에 가게 될지 전혀 모른다. 새벽 네시에 이언 쿡은 통제실로부터 트레일러트럭 가운데 가장 큰 것을 한 대 끌고 브리스틀로 가라는 지시를 받았다. 이 운전기사는 지난 15년간 슈퍼마켓 배달 일을 해왔다. 그는 빨간색 작은 가방에 소지품을 넣고 다니며 복잡한 생활을 하고 있다. 부인은 랭커셔에 있고, 친구는 더비에 있기 때문이다. 그는 여행을 하면서 쉬지 않고 이야기를 했다. 살인자들, 광신자들, 탈세자들, 아동 학대자들이 등장하는 이 두서없는 독백의 핵심 주제는 현대 문명이 쇠퇴하다 결국은 망한다는 것이었다. 트럭은 이른 아침에 브리스틀 교외의 한 알루미늄 창고 뒤편에 멈추고, 참치는 이 창고를 통해 슈퍼마켓으로 들어간다. 인도양의 빛 없는 소금물에서 처음 들어올려지고 나서 52시간 뒤의 일이었다.

사진작가와 나는 냉동 캐비닛 뒤에서 웅크린 채 기다리고 있었다. 몰디브의 폭염에 앙갚음이라도 하는 듯한 추위가 느껴졌다. 장을 보러 나온 사람들은 어슬렁어슬렁 걸어다니다가, 이따금씩 한눈을 팔듯이 잘라놓은 참치 살을 보았다. 나는 시간을 보내려고, 오는 길에 만났던 사람들을 생각했다. 아이샤 아즈다가 기억났다. 그녀가 하던 일은 참치의 포장 재료를 준비하는 것이었다. 어느 날 오후 우리는 가공 공장 옆에 있는 방 하나짜리 기숙사에서 그녀의 사진을 찍었다. 벽에 걸린 결혼사진에 나오는 무함마드 아미르는 덴마크의 스칸바에그트 회사가 만든 참치 써는 기계를 책임지는 기계공이다. 위의 사진에서 흥미로운 요소는 다리미인 것 같다. 이 글은 서로 의지해 살고 있으면서도, 서로의 세탁물에 관해서는 전혀 생각도 하지 않는 사람들에 관한 에세이인 것이다. 물류가 발전한 시대에는 린다 드러먼드에게 아이샤를 소개하는 것이 예술의 책무 가운데 하나인지도 모르겠다. 결국 생선 카운터에서 발을 멈추고 가족들이 저녁에 먹을 참치 스테이크를 집어든 사람이 바로 그녀이기 때문이다. 사진작가와 나는 일어서서 자초지종을 이야기했다. 우리의 여행에 관해서 이야기하고, 카를 마르크스의 《1844년 경제철학 수고 Economic and Philosophic Manuscripts of 1884》에 정의된 소외 이론도 이야기했다. 그런 뒤에 집에 따라가도 괜찮겠냐고 물었다. 그녀는 전화로 남편의 의견을 구했다.

그날 린다의 아들인 여덟 살 난 샘은 부엌에서 낯선 사람 둘을 보았지만 당황하는 기색이 없었다. 샘은 참치를 싫어하지만, 그래도 연어만큼 싫어하지는 않는다. 샘은 물류의 경이로운 면들을 잊지 않고 있다. 트럭과 비행기에 관해서도 많이 안다. 또 세계의 바다에 관한 전문가라, 우리에게 인도양은 온도가 높고 잠잠해서 어류의 이상적인 서식지가 아니라고 강의를 한다. 그곳보다는 차가운 북해에 훨씬 더 다양한 생명체가 살고 있다고 이야기한다. 그곳의 폭풍이 영양이 풍부한 빛 없는 층을 계속 휘저어놓기 때문이라는 것이다. 파도 밑 천 미터 깊이에 있는 이 층에는 큰입장어, 아귀, 흡혈오징어가 살고 있다. 샘은 또 해양생물학자들은 잘 언급하지 않는 다른 주장도 펼친다. 우리가 계속해서 어류를 죽이는 바람에 바다는 창백한 바다 유령들로 숨이 막힐 지경이라는 것이다. 그 유령들은 언젠가 한데 모여, 인류가 자기네 수명을 단축시키고 또 자기네 주검을 브리스틀에서 저녁식사로 사용하려고 지구를 반 바퀴나 돌게 한 것에 무시무시한 복수를 할 것이라는 이야기다.

Three

비스킷 공장

1

나는 비스킷에 흥미를 느껴 어느 날 런던 서부로 방향을 잡고, 불타 버린 가게들과 밧줄을 둘러친 철거 현장을 지나 헤이스로 갔다. 이곳은 영국 비스킷 시장 최고의 실력자이자 포장 견과 생산자 가운데 두 번째로 큰 '유나이티드 비스킷'의 본부가 있는 곳이었다.

애도 쓰고 이런저런 핑계도 댄 끝에 로렌스(철자가 보통 쓰는 Lawrence가 아니라 Laurence라고 몇 번이나 강조했다)라는 이름의 유나이티드 비스킷의 디자인 책임자와 만나기로 약속을 잡을 수 있었다. 그를 만날 준비를 하면서 비스킷 분야에 관한 문헌을 읽다가 여러 가지 흥미로운 사실을 알게 되었다. 영국인이 1년에 비스킷 소비에 18억 파운드를 쓴다는 사실, 시장은 기술적으로 에브리데이 비스킷, 에브리데이 트리트, 시즈널 비스킷, 세이버리 비스킷, 크래커 & 크리습브레드 등 다섯 가지로 나뉜다는 사실 등을 발견한 것이다.

에브리데이 비스킷은 그 밋밋한 이름에도 불구하고 비스킷 총 판매량의 거의 3분의 1을 차지하며, 여기에는 '다이제스티브' '리치 티' '진저 너트' '호브 노브' 등이 포함된다. 더 촉촉하게 먹으려고 차에 찍어 먹곤 하는 다이제스티브는 혼자서 1년에 3천 4백만 파운드의 매출을 올린다. 일반적인 비스킷과 고급 비스킷 사이에서 균형을 잡고 있는 에브리데이 트리트는 보통 35세에서 44세 사이의 여자들이 주로 목요일과 금요일에 사며, 여기에는 '자파 케이크' '캐드베리 핑거' '폭스 초콜릿' '비어니즈' 등이 포함된다. 시즈널 비스킷은 10월 초부터 12월 말 사이의 명절 전후에만 시장에 나오는 것으로, 화려한 장식의 깡통에는 코티지 크런치, 쇼트케이크, 쇼트브레드 핑거, 초콜릿 칩 비스킷 등이 섞여서 등장한다.

양쪽 분야의 전문가들은 무척 화가 나겠지만, 크래커 & 크리습브레드 범주와 세이버리 비스킷 범주는 자주 혼동을 일으킨다. 분명히 해두자면, 크래커와 크리습브레드는 식사 대용이거나 치즈 또는 스프레드와 함께 먹는 달지 않은 비스킷이고, 세이버리 비스킷은 그 자체로 먹는 것으로, 보통 치즈나 바비큐 맛을 첨가하기 때문에 일반 크래커보다 관심을 끈다. 마지막의 이 세이버리 비스킷 범주는 최근에는 '미니 크림 치즈'와 '차이브' '베이크드 미니 체다' '스낵-어-잭 미니 바비큐' 등과 같은 작은 제품의 도입에 초점을 맞추는 경향이 있다.

2

헤이스 자체는 놀라울 정도로 매력이 없었다. 레스토랑은 거의 없고, 볼링장은 하나뿐이고, 극장도 없었다. 도시가 이 지경이다 보니, 조사 중에 만난 한 젊은 여자는 근처의 힐링던에 사는 사람이 데이트를 신청할 때만 받아들일 것이라고 말했다. 하지만 호기심에 차를 타고 한번 지나가본 바로는 힐링던이라 해서 헤이스보다 눈에 띄게 나은 면은 없는 것 같았다.

비스킷 회사는 산업 단지의 3층짜리 베이지색 벽돌 건물이었다. 이 회사는 두 사모 투자 회사가 소유하고 있었는데, 그 가운데 하나인 블랙스톤 그룹은 맨해튼 역사상 가장 비싼 복층 아파트를 매입했다는 전설을 남긴 자본가가 운영했다. 이 비스킷 회사의 가장 인기 있는 상표는 '맥비티' '고 어헤드!' '트위글릿스' '훌라 훕스' '맥코이' 'KP 너츠' 등이다. 이 회사는 또 참새우 맛이 나는 칵테일 스낵인 '스킵스'도 생산했는데, 이것은 사람 침에 독특한 거품을 일으키는 것으로 유명하다. 로비에 있는 브로슈어를 보니 유나이티드 비스킷은 사회적 책임을 진지하게 받아들여, 자회사인 자파 케이크를 통하여 루이슬립 시의 7살 이하 축구팀에게 회사 로고가 새겨진 셔츠를 다수 기증했다고 한다.

로렌스는 엘리베이터 옆에 있는 거대한 포테이토칩 봉투의 그늘에서 나를 맞이했다. 그는 자신감과 약해 보이는 면이 변덕스럽게 결합되어 있는 인물이었다. 그는 전문적인 문제에 관하여 한참 독백을 늘어놓다가, 갑자기 말을 끊고 묻듯이 손님의 눈을 들여다

보며 혹시 권태나 조롱의 기색이 없는지 살폈다. 자신이 의미 있다고 강변하는 것이 기실은 그렇게 큰 의미가 없다는 것을 스스로잘 알 만큼 똑똑하기 때문에 벌어지는 일이었다. 어쩌면 전생에 아주 빈틈없고 바른말 잘 하는 왕의 조언자였는지도 모르겠다. 혹시우리 둘 다 때 이르게 머리가 벗겨진 것이 분위기를 부드럽게 해주었을 것이라고 생각하는 사람도 있을지 모르지만, 그런 핸디캡의 공유는 외려 원치 않는 동일시를 하는 계기가 되었을 뿐이다.

로렌스는 나를 데리고 회의실로 갔다. 탁자에는 초콜릿과 쇼트케이크로 만든 6센티미터 폭의 비스킷 '모먼트' 상자들이 흩어져 있었다. 모먼트는 2년간 3백만 파운드의 비용을 들여 개발한 끝에 2006년 봄에 벨기에의 제과 공장에서 기념식(이 자리에서 로렌스는 프랑스어로 연설을 했다)을 열고 판매에 들어간 제품이었다. 로렌스는 이 비스킷의 '저자'인 셈이었다.

3

그렇다고 로렌스가 비스킷을 구울 줄 안다는 뜻은 아니다. 내가그 사실에 놀라는 표정을 짓자 그는 얼른 방어를 하기 시작했다. "요즘 비스킷은 요리가 아니라 심리학의 한 분야입니다." 로렌스는 단호하게 잘라 말했다.

로렌스는 슬라우에 있는 한 호텔에 설문 대상자 몇 명을 모아놓고 이 비스킷을 만들었다. 그는 일주일에 걸쳐 그들의 생활에 관

해 질문했다. 그들에게서 감정적인 갈망들을 끄집어내, 새로운 제품의 조직 원리로 통합해내려는 것이었다. 템스 리비에라 호텔의 어느 회의실에 모인 저소득층의 어머니들은 대부분 공감, 애정, 그리고 로렌스가 경구처럼 간결하고 단순하게 표현한 대로 '내 시간'에 대한 갈망을 토로했다. '모먼트' 비스킷은 그들이 처한 어려운 상황에 대한 그럴 듯한 해결책으로 모습을 드러내기 시작했다.

밀가루 반죽으로 심리적 갈망에 응답을 하겠다는 계획은 터무니없어 보이지만, 로렌스는 그런 계획이 노련한 브랜딩 전문가의 손에 들어가면 비스킷의 폭, 형태, 코팅, 포장, 이름 등으로 구체화되며, 이런 결정에 따라 비스킷도 위대한 소설의 주인공처럼 상황에 어울리는 미묘한 느낌을 발산하는 인격을 부여받게 된다고 설명했다.

로렌스는 처음부터 자신의 비스킷이 사각형이 아니라 원형이 되어야 한다고 생각했다고 한다. 거의 모든 문화에서 원과 여성성과 전체성이 서로 연결되어 있기 때문이라는 것이다. 마찬가지로 쾌적한 탐닉의 인상을 전달하기 위해 작은 건포도 조각과 초콜릿 칩이 들어가는 것도 필수였다. 그러나 노골적인 퇴폐의 분위기를 환기하는 것은 막아야 했기 때문에 크림은 넣지 않았다.

로렌스는 그 뒤 반년 동안 동료들과 포장 문제로 고민을 하다가, 마침내 단순하게 비스킷 아홉 개를 검은 플라스틱 트레이에 넣은 다음 광택이 나는 24센티미터 길이의 판지 상자에 담기로 결론을 내렸다. 그때부터 로렌스는 이 비스킷의 이름을 두고 토론

을 시작했다. '리플렉션' '리트리트' '딜라이트', 그리고 비스킷의 기초가 되었던 개념인 '마이 타임' 등이 물망에 오르다, 로렌스에게 적당한 이름이 떠올랐다. 번쩍이는 영감이 찾아왔다고 표현할 수 있는 순간이었다.

이제 글자체의 선택에 주의를 기울일 시간이 왔다. 디자이너의 최초 레이아웃은 상자를 가로질러 로맨틱 에드워디언 글자체로 'Moments'라는 단어를 적는 것이었다. 그러나 몇몇 임원은 이 디자인이 현실 생활로부터 도피하는 수단이 아니라 그 쾌적한 보완물이 되고자 하는 이 제품의 본래 의도보다 너무 멀리 나가는 것 같다고 걱정했다. 그래서 현실로부터 잠시 풀려날 기회를 주기는 하지만 어디까지나 그 현실을 존중하는 스낵에 어울리도록 마지막 순간에 m과 s를 좀 더 수직으로 세우는 쪽으로 이 문제를 해결했다.

4

어쩌면 비스킷을 구우며 오후를 보낸다는 게 어떤 의미인지 아는 사람들이 많기 때문에, 상근직 직원 5천 명이 그 별것 아닌 일을 하는 회사가 있다는 사실을 알면 놀랄 사람도 많을 것이다.

혼자 부엌에서 잠깐이면 할 수 있을 것 같은 일들(오븐을 준비하고, 가루 반죽을 만들고, 라벨을 쓰고)이 유나이티드 비스킷에서는 따로따로 분리되고, 체계적으로 정리되고, 한 사람의 근무 시간 전체를 차지할 만큼 확대되어 있었다. 그러나 이 회사의 모든 일이 궁극적으로 과자와 소금을 친 스낵을 파는 것으로 수렴되기는 하지만, 이 회사 직원 가운데 많은 수는 엄격하게 말해서 먹을 수 있는 것들과 직접 접촉하는 일로부터 떨어져 있었다. 이들은 창고에서 지게차 트럭들을 관리하거나, 소금을 친 견과를 담는 전형적인 포장지의 옆면에 적힌 80여 단어를 꼼꼼하게 살핀다. 어떤 사람들은 슈퍼마켓으로부터 판매 자료를 모으고 분석하는 일에 특별한 전문성을 갖게 되었으며, 어떤 사람들은 매일 운송 중에 웨이퍼 사이에 일어나는 마찰을 최소화하는 방법을 연구한다.

이런 전문화된 분야와 더불어 수많은 수수께끼 같은 직책들이 등장한다. 포장 기술자, 브랜딩 담당 임원, 학습 센터 관리자, 전략 기획 평가자. 이 사람들은 헌신적이고 심도 있게 경력의 고랑을 일구며 앞으로 나아간다. '홀라 훕스'에서 시작해 '리지드 토티야'로 승진해 올라가고, 거기에서 옆으로 옮겨 '베이크트 미니 체다'로 갔다가, '맥비티 프루트스터'의 관리직을 맡은 뒤, '진저 너트'에서 백조의 노래를 부르며 직장 인생을 마감할 수도 있다.

세밀하게 나누어놓은 분업은 감탄할 만한 수준의 생산성을 낳았다. 이 회사의 성공은 20세기 초에 이탈리아의 경제학자 빌프레도 파레토가 제시한 능률의 원리들을 그대로 증명하는 듯하다. 파레토는 전체적인 일반지식 대신 정밀하게 제한된 분야에서 개별적인 능력을 육성하는 구성원들의 수가 많아질수록 사회의 부도 늘어난다는 이론을 제시했다. 파레토가 제시하는 이상적인 경제에서는 일이 점점 미세하게 세분화되면서 복잡한 기능의 축적이 가능해지고, 이것이 노동자들 사이에서 매매될 수 있다. 의사는 보일러 고치는 법을 배우는 데 시간을 낭비하지 않고, 기관차 운전사는 아이들 옷을 꿰매는 법을 배우는 데 시간을 낭비하지 않고, 비스킷 포장 기술자는 창고 보관 문제를 공급망 관리 전문가에게 넘기고 자신의 에너지는 롤 포장 메커니즘 개선에 쏟는 것이 모든 사람에게 가장 큰 이익이 된다. 이런 완벽한 사회에서는 모든 일이 전문화되기 때문에 아무도 다른 사람이 하는 일을 이해하지 못하게 될 날이 올 것이다.

나는 직원들과 대화를 나누다 여러 번 당황하면서, 유나이티드 비스킷에서는 파레토의 유토피아가 어느새 현실화되고 있음을 깨달았다. 그러나 오후 한나절에 할 수 있는 일의 요소들을 분리하여 40년 동안 할 수 있는 다양한 직업으로 세분화하는 것이 경제적으로 얼마나 큰 이익을 주는지는 몰라도, 그 과정에서 의도하지 않은 부작용이 생기지는 않는지 궁금해진다. 특히 동쪽으로 흘러가던 구름이 헤이스의 유나이티드 비스킷 본사 건물 위에 낮게 걸려 있는 음울한 날이면, 그 결과로 얻은 삶이 얼마나 의미 있게 느껴지는지 묻고 싶은 유혹에 사로잡히게 된다.

5

일이 의미 있게 느껴지는 건 언제일까? 우리가 하는 일이 다른 사람들의 기쁨을 자아내거나 고통을 줄여줄 때가 아닐까? 우리는 스스로 이기적으로 타고났다고 생각하도록 종종 배워왔지만, 일

에서 의미를 찾는 방향으로 행동하려는 갈망은 지위나 돈에 대한 욕심만큼이나 완강하게 우리의 한 부분을 이루고 있는 듯하다. 우리는 합리적인 정신 상태에서도 안전한 출세길을 버리고 말라위 시골 마을에 먹을 물을 공급하는 일을 도우면 어떨까 하는 생각을 한다. 또 인간 조건을 개선하는 면에서는 아무리 훌륭한 고급 비스킷보다도 섬세하게 통제되는 제세동기가 낫다는 것을 알기에, 소비재를 생산하는 일을 그만두고 심장 간호사 일을 찾아볼까 하는 생각도 해본다. 우리가 그저 물질만 생각하는 동물이 아니라 의미에 초점을 맞추는 동물이기 때문이다.

그러나 의미 있는 일이라는 개념을 너무 좁혀서, 의사나 콜카타의 수녀나 과거의 거장에게만 초점을 맞추는 것은 경계해야 한다. 그렇게 사람들에게 추앙받지 않으면서도 다수에게 보탬이 되는 일을 할 수 있기 때문이다. 아홉시부터 정오까지 길고 긴 아침 나절의 공복감을 달래는 데 도움이 되는, 매끈하게 빠진 줄무늬 초콜릿 서클을 만드는 것도, 존재의 짐을 덜어주는 혁신들의 만신전에서 비록 보잘것없을지 모르지만, 그 나름의 자리를 확보할 자격은 있을 것이다.

진짜 문제는 비스킷을 굽는 것이 의미가 있느냐가 아니라, 그 일이 5천 명의 삶과 6개 제조 현장으로 계속 확장되고 분화된 뒤에도 여전히 의미 있게 여겨지느냐 하는 것이다. 어떤 일은 오직 제한된 수의 일꾼의 손에서 활기차게 이루어질 때에만, 그래서 그 몇몇의 일꾼이 자신이 작업 시간에 한 일이 다른 사람들에게 영향

을 미친다고 상상하는 순간에만 의미 있게 보일 수도 있다.

아이들 책에 등장하는 어른들이 지역 영업 관리자나 건물 서비스 엔지니어인 경우가 거의 없다는 사실은 분명히 의미심장하다. 아이들 책에는 보통 가게 주인, 건설 노동자, 요리사, 농부가 등장한다. 인류의 생활을 눈에 띄게 개선하는 일과 쉽게 연결될 수 있는 노동을 하는 사람들이다. 선천적으로 균형과 비례를 의식하는 피조물인 우리는 '스위트 비스킷 브랜드 감독 코디네이터' 같은 직책에는 뭔가 뒤틀린 것이 있다고 여기며, 빌프레도 파레토의 주장이 아무리 논리적이고 명민하다 해도, 아직 아무도 설득력 있는 이름을 붙이지 못한 다른 원리가 무시되고 더 섬세한 인간 법칙이 침해를 받고 있다고 느낄 수밖에 없다.

6

상황은 복잡했다. 유나이티드 비스킷의 목표가 아무리 소박하다 해도, 모먼트나 그 형제들을 생산하는 수단은 병원을 운영하거나 발레리나가 되는 데 필요하다고 해도 좋을 만큼의 헌신과 자기 규율을 요구했기 때문이다. 동기부여의 문제도 있었다. 회사가 그 직원들에게 숭고한 이상을 제시하는가, 그래서 직원들이 그 이상을 위하여 온 힘을 쏟고 자기 삶의 가장 큰 부분을 내어놓는가.

유나이티드 비스킷에서 이루어지는 많은 일에는 공항의 관제탑에서나 느낄 수 있을 법한 엄숙한 분위기가 감돌았다. 그 수상

쩍은 맛과 무시해도 좋은 영양적 가치에도 불구하고, 비스킷은 돈이 되기 때문이었다. 그것도 역사상 가장 위대한 군주의 국고라도 채우고 남을 정도의 돈이 되기 때문이었다. 비스킷이 만들어내는 이윤의 수치를 튜더 왕조를 연구하는 현대 역사가 제프리 엘턴 경이 제시한 통계에 비추어 보면, 이 회사는 **매년** 헨리 8세와 엘리자베스 1세가 그들의 치세 전체에 걸쳐 벌어들인 돈보다 더 많은 돈을 끌어모으고 있었다. 그 모든 돈을 햄프턴 궁전의 금박을 입힌 의전실들로부터 자동차로 20분 거리에 불과한 헤이스의 북동쪽 모서리에 자리 잡은 베이지색 벽돌 사무실 건물에서 벌어들인 것이다.

그런 까닭에 블랙스톤 사모 투자회사의 총수(개인 재산이 불의 발견 이후 아프리카 사하라 사막 남부에 생겨난 모든 왕국의 재산보다 많은 사람이다)조차 이따금씩 자신의 펜트하우스를 떠나 가루반죽 앞에 한쪽 무릎을 꿇고 머리를 조아리는 것이다. 회사 본부 건물은 길가의 모텔에서 그 미학을 빌려왔는지 모르지만, 그 주인은 베르사유와 에스코리알 궁의 거주자들(이들은 신, 권력, 아름다움에 관한 생각에 한눈을 팔았다)과는 달리 어떤 신에게 예배를 드려야 하느냐 하는 문제에 관해서는 전혀 의문을 품고 있지 않았다.

어쩌면 이런 이유 때문에 내가 이곳에서 비스킷을 조롱하는 농담을 한 번도 듣지 못했는지도 모른다. 진저 넛과 리치 티, 자파 케이크와 모먼트를 돌보는 사람들은 제멋대로인 어린 황제를 기르는 육아실에서 요구하는 일들을 챙겨주는 참을성 강한 엄숙한 표정의 조신들 무리와 비슷했다.

7

어느 날 오후 늦게, 헤이스의 산업 단지를 가로질러 어둠이 깔리고, 히스로로 내려가는 항공기(많은 수가 아시아에서 들어오는 폭이 넓은 제트기였다)의 불빛들이 아주 선명하게 보일 때쯤, 나는 모퉁이의 사무실을 지나가고 있었고, 그 안에서는 한 직원이 모먼트의 브랜드 실적 평가와 관련된 서류를 타이핑하고 있었다. 이제 이 비스킷이 출범한 지도 거의 1년이 되었다. 르네는 골똘하게 몰두한 표정이었다. 누가 물어보았다면 그 이유를 바로 대지는 못했겠지만, 어쨌든 그녀의 어떤 분위기 때문에 몇 년 전 맨해튼의 현대 미술관에서 본 에드워드 호퍼의 그림이 떠올랐다.

《뉴욕 영화관》(1939)에서 여자 안내원은 전전(戰前) 시절 영화관의 장식이 화려한 층계 앞에 서 있다. 관객은 어둠침침함 속에 가라앉은 것처럼 보이는데, 그녀는 노란 빛을 흠뻑 뒤집어쓰고 있다. 호퍼의 작품에서는 흔히 있는 일이지만, 그 표정을 보면 그녀의 생각이 어디 먼 곳에 가 있음을 알 수 있다. 안내원은 젊고 아름답다. 금발은 섬세하게 컬을 이루고 있다. 그러나 왠지 가슴 뭉클한 연약함과 불안한 분위기가 돌봐주고 싶은 마음과 더불어 욕망을 자극한다. 그녀가 하고 있는 일은 비록 초라하지만, 이 그림에서 그녀는 완결성과 지성의 수호자이며, 영화의 신데렐라다. 호퍼는 영화라는 매체 자체에 대한 은근한 논평을 하고 있는지도 모른다. 아니, 어쩌면 매체를 고발하고 있는지도 모른다. 사람들이 함께 흥분하게 만드는 과학기술의 발명품이 타인에 대한 우리의 관심을 줄여버렸다는 것이다. 이 그림의 위력은 두 가지 관념을 나란히 놓은 데 있다. 하나는 이 여자가 영화보다 더 흥미롭다는 것이다. 또 하나는 이 여자가 영화 때문에 무시되고 있다는 것이다. 관객들은 자리에 앉기가 바빠 할리우드에서 보여주는 어떤 인물보다도 공감과 매혹을 불러일으키는 여주인공이 그들 곁에 있다는 사실을 눈치채지 못했다. 결국 관객이 영화 **때문에** 보지 못한 것을 더 조용하고, 더 주의 깊은 표현으로 구원해내는 일은 화가의 몫으로 남겨졌다.

헤이스의 회사 건물에서도 이에 비교할 만한 역학이 작동하고 있는 듯했다. 이곳에서도 관심의 중심에 놓인 물건―비스킷―에 부여되는 중요성과 그 물건들의 요구에 부응하느라 애를 쓰는 르네 같은 인간들의 무시당하는 가치 사이에 뚜렷한 불균형이 있었다. 혹시 모먼트라는 비스킷은 자신이 해결하겠다고 나선 바로 그 문제의 일부가 아닐까? 비스킷의 생산과 마케팅은 사실 그것이 덜어준다고 주장하는 공허감과 신경의 긴장을 오히려 조장하는 것은 아닐까?

나는 르네에게 내 의문을 제기했다. 왜 우리 사회에서는 가장 의미 없는 것들을 판매할 때 가장 큰 돈이 생기는 일이 종종 벌어지는 것일까? 산업 혁명의 핵심에 자리 잡았던, 능률과 생산성의

극적 향상이 왜 샴푸나 콘돔, 오븐용 장갑이나 여성 속옷처럼 평범한 물질적 상품을 공급하는 일을 넘어 확대되는 일은 거의 없는 것일까? 나는 르네에게 우리의 로봇이나 엔진은 그것들이 줄 수 있는 혜택 가운데 가장 큰 것을 우리 욕구의 피라미드 가운데 가장 낮은 것에만 가져다준다는 이야기, 우리는 과자를 빠르게 만드는 데는 분명히 전문가이지만 아직도 감정적 안정이나 결혼의 조화를 이루어줄 믿음직한 수단을 찾지 못해 헤매고 있다는 이야기를 했다. 르네는 이런 분석에 더 보태줄 이야기가 없었다. 그녀의 얼굴에 겁에 질린 표정이 번지더니, 입에서 이만 이야기를 끝냈으면 좋겠다는 말이 나왔다.

나중에 헤이스에서 나오는 길에 가구 할인 창고와 화학물질 저장 탱크로 이루어진 풍경 속에서 교통 체증에 걸렸을 때, 나는 그만 자제력을 잃고 비스킷들의 집에 성경에서 나오는 재앙이 닥치기를 빌고 말았다. 그래야 그 책임자들이 올바른 신들 앞에서 몸을 떨 것 같았다. 자파 케이크가 발명되기 81년 전인 1866년에 존 러스킨이 쓴 《야생 올리브의 왕관*The Crown of Wild Olive*》에 나오는 한 구절이 기억났다. "모든 낭비 가운데 당신이 저지를 수 있는 가장 큰 낭비는 노동의 낭비다. 아침에 낙농장에 들어선 순간 막내아들이 고양이와 함께 놀다가 크림을 바닥에 다 쏟는 바람에 고양이가 바닥에 묻은 크림을 핥고 있는 모습을 보게 된다면, 당신은 아이를 꾸짖을 것이고, 우유를 낭비한 것을 아쉽게 여길 것이다. 하지만 우유가 담긴 나무 사발이 아니라 인간 생명이 담긴 황

금 사발이 있다면, 당신은 그 황금 사발을 신에게 샘가에서 깨도
록 맡겨두는 대신 당신이 나서서 흙 속에서 부수고 인간의 피는
바닥에 쏟아 악마가 핥게 할 것이다. 그것은 낭비가 아니라고 하
면서! 당신은 아마 '노동을 낭비하는 게 사람을 죽이는 것은 아니
니까'라고 생각할지도 모른다. 정말 그런가? 나는 이보다 인간을
더 철저하게 죽일 수 있는 방법이 있는지 묻고 싶다."

친구들은 내가 낯설고 약간 히스테리가 섞인 분위기에 젖어드
는 것 같으니, '내 시간'을 좀 가지면서 스트레스를 푸는 것이 도
움이 될지도 모르겠다고 친절하게 조언을 해주었다.

8

일주일 뒤, 유나이티드 비스킷의 고위 경영진이 모먼트 제조 공장
을 방문하게 해달라는 내 요청을 승인했다는 통지를 받았다. 벨기
에 동부, 베르비에와 독일 국경 사이의 언덕이 많은 농업지대에
자리를 잡은 곳이었다.

나는 며칠 운전을 해서 가기로 하고, 오스텐드로 가는 페리를
탄 다음 작은 도로를 따라 구불구불 달리다 이따금씩 동물원, 또
는 전령처럼 나타나는 박물관에서 차를 멈추곤 했다. 그렇게 하지
않으면 원래 계획보다 일찍 벨기에를 떠나게 될 것 같아 걱정이
되었기 때문이다. 그러나 식사 때가 되면 지방의 가족 레스토랑에
서 종종 나타나는 강요된 친밀감이 두려워 도로변 휴게소의 익명

성 속에서 먹는 쪽을 택했다. 그러다가 E40 도로의 어느 휴게소에서 대추야자 탁송을 맡아 이즈미르에서 코펜하겐까지 운전을 해가는 터키인을 한 사람 만났다. 내가 그의 트레일러트럭 옆에 주차하면서 우리는 자연스럽게 이야기를 나누게 되었다. 그는 트럭 옆에서 최고급 브라운 면도기로 면도를 하고 있었다. 면도기가 드리우는 녹색 빛이 그의 얼굴에서 떠나지 않았다. 내가 크롬 판을 덮은 거대한 체리 색깔 트럭에 감탄하자, 그는 운전석 공간을 들여다보게 해주었다. 뒤쪽에 작은 침실이 있고, 그 안에 화려한 색깔의 킬림*들이 들어 있었다. 벽은 조각을 한 티크 패널들로 덮여 있고, 창문으로는 어울리지 않게 평평한 북유럽 풍경이 보였다. 홀스타인 암소들 한 무리가 풀을 뜯고 있었다.

리에주에서는 홀리데이 인에 투숙했다. 변두리에서 도시를 굽어보는 이 콘크리트 덩어리는 중세의 도심으로 들어가는 것을 두려워하면서 디트로이트나 애틀랜타의 건축물을 간절히 그리워하는 것 같았다. 저녁에는 룸서비스로 빵부스러기를 묻힌 치킨 에스칼로프를 주문하고, 침대에 앉아 베네룩스의 미술사에 관한 책을 읽으며 그것을 먹었다. 자정이 조금 지나서부터는 사진이 함께 나오는 개인 광고들이 잇따라 방영되는 텔레비전 프로그램을 보기 시작했다. 이 광고들은 보통 사람 누구나 광고주가 될 수 있는데, 예를 들어 샤를루아의 어느 빵집 주인은 "사랑 그리고 그보다 약

---

* 이슬람교에서 기도할 때 사용하는 바닥 깔개.

간 더 많은 것"을 찾는다는 광고를 냈다. 이 프로그램은 불면증에 시달리는 밤을 따라 몇 시간 동안 깊이 흘러가면서 그때까지 이 작고 부서진 나라에서 겪은 짧은 경험으로는 상상도 못했던 갈망의 수준들을 드러냈다.

다음 날 아침, 나는 밖에서 들리는 진공청소기 소리에 아직 피로가 풀리지 않은 눈을 간신히 떴다. 타월을 몸에 두른 채 문을 열어보니 청소 수레와 버려진 룸서비스 쟁반이 보였다. 쟁반에는 이상하게도 먹음직스러운 햄버거와 프라이 잔해가 놓여 있었다. 맞은편 방문이 약간 열려 있었기 때문에 안에서 청소부 두 명이 일을 하며 활달하게 웃음을 터뜨리는 모습이 홀끗 보였다. 그들이 침대보를 벗기는 모습에 전날 밤에 읽은 책이 기억났다. 그 책은 이 지역의 17세기 화가들이 집안일과 관련된 솜씨를 기념하던 방식을 세세하게 이야기하고 있었다. 그들은 특히 부엌이나 뜰을 청소하는 것을 존중했으며, 관습적으로 칭송하던 성경의 주제보다 그런 활동에 더 높은 자리를 부여했다.

아침을 먹으러 내려갈 준비를 마쳤을 때쯤 옆방은 완전히 바뀌어 있었다. 아무런 역사의 흔적 없이 깨끗하게 다음 점유자를 기다리는 공간으로 바뀐 것이다. 아침 햇살 빛줄기 속에서 공기의 보이지 않는 물결에 휩쓸려 소용돌이치는 먼지 입자들 외에는 아무것도 움직이지 않았다.

중요한 약속일 때 흔히 있는 일이지만, 나는 랑베르몽 마을의 비스킷 공장에 너무 일찍 도착하고 말았다. 그래서 근처의 고고학

박물관으로 차를 몰고 가 구석기 시대 벨기에의 부싯돌과 도끼 제조에 관해 공부했다. 심각한 불화의 기록도 남아 있었다. 어느 진열장에 도끼에 맞아 머리가 쪼개진 남자의 유해가 있었던 것이다. 고고학자들이 발견한 이 사람은 적의 공격을 두려워하여 방어적 자세로 잔뜩 웅크리고 있었다. 머나먼 옛날에 이 사람이 겪은 죽음의 괴로움이 너무 생생하게 느껴지는 바람에 현재의 중요성과 견고성을 잠시 의심해볼 수밖에 없었다.

공장 답사는 12시 30분이라는 어정쩡한 시간에 시작될 예정이었다. 그래서 아침에 떠날 때, 점심을 주겠다는 뜻인지 미리 먹고 오라는 뜻인지 잠시 생각을 해보다가 결국 아침 뷔페에서 치즈 샌드위치를 만들어 가기로 결정했다. 그래서 차 안에서 그 샌드위치를 먹으며 벨기에 재무장관의 인터뷰가 나오는 라디오에 귀를 기울이고 있었다.

공장 정문에서 차를 멈추자 공장장인 미셸 포티에가 직접 나와 나를 맞이했다. 그는 나에게 건네줄 하얀 가운, 고무신, 헤어네트를 들고 나왔다. 이것은 모든 방문객이 착용해야 하는 것인데, 극단적인 천년왕국 운동을 신봉한다는 느낌을 주어, 대화에 특수한 분위기를 부여하는 경향이 있었다.

마음씨가 따뜻하고 말이 많은 인물 포티에는 사무실 구석에 나를 위한 두 번째 점심을 준비해두고, 왕성한 식욕을 기대하고 있었다. 그래서 나는 샌드위치를 추가로 세 개 먹고, 그날 아침에 바로 나온 모먼트를 몇 개 더 먹었다. 포티에는 나와 함께 식사를 하는 동안 비스킷을 만들 때 생기는 까다로운 문제 몇 가지를 알려 주면서, 특히 가루반죽을 빨리 냉각시켜야 한다고 강조했다. 그래야 나중에 가루반죽에 씌울 초콜릿이 녹지 않는다는 이야기였다. 포티에는 시끄러운 기계 주위에서 오랫동안 일을 한 탓에 한쪽 귀가 약간 어두워, 이야기를 하는 동안 불편할 정도로 상대에게 몸을 가깝게 기울이는 습관도 생겼다. 몸을 너무 가깝게 기울이는 바람에 그가 p나 g로 시작하는 단어를 발음하는 것이 무서워지기 시작했다. 공장의 연간 비스킷 생산 톤수나 초콜릿의 이상적인 점도(粘度) 등에 관한 포티에의 강연은 그의 대화상대의 관심 수준을 정확하게 측정한 것이라고 볼 수는 없었지만, 어쨌든 공장과 그 노동자들에게 놀라울 정도로 강한 자부심을 가지고 있다는 점만큼은 분명하게 전달이 되었다.

이 공장은 모먼트와 더불어 '델리초크' '가토' '티타임' 등 유럽 시장을 겨냥한 수많은 주요 브랜드도 공급하고 있었다. 포티에는 초콜릿을 덮어씌운 숫자 모양 과자인 티타임 브랜드에서 최근 벨기에의 왕족 가운데 그리 지위가 높지 않은 두 사람이 갓난아기를 재우고 있는 사진을 깡통 포장에 박은 한정판을 출시했다고 알려 주었다.

생산 공장 본관에 들어선 순간 나는, 비행기 여러 대가 들어갈 만큼 커다란 격납고에 자리 잡은 거대한 기계들의 아가리에서 아담한 크기의 가정용품이 쏟아지는 것을 보았던 다른 공장에서의 독특한 느낌이 떠올랐다. 지금까지 9개들이 포장으로만 보았던

비스킷이 이곳에서는 1분에 1100개의 속도로 컨베이어 벨트를 따라 흘러나오고 있었다. 분사구가 여럿 달린 스프링클러는 모먼트에 초콜릿을 입히고 있었고, 다른 스프링클러는 작은 너트 조각으로 모먼트를 고슴도치로 만들고 있었다. 이 기계에 적용된 기술은 기관총, 스테이플러, 우주 셔틀의 로봇 팔, 방직기 등 서로 관련이 없는 기계들로부터 빌려온 것이었다. 믹서는 6천 톤의 가루반죽을 주물렀고, 그 옆의 기계는 화려한 색깔의 비스킷 상자를 시간당 3만 5천 개씩 조립했다.

이런 기계들은 인간이 그런 일을 손으로 할 수 없어서가 아니라, 노동의 값이 엄청나게 비싸졌기 때문에 도입되었다. 경제학은 팔이 세 개 달린 유압식 기계를 개발할 엔지니어 몇 명을 고용한 다음 직원 3분의 2를 해고하고 그들에게 실업수당을 주는 것이 논리적으로 우월하다고 주장했다. 그 바람에 해고자들은 집에서 텔레비전을 보게 되었다. 이들의 실업수당은 유나이티드 비스킷 같은 회사들이 낸 법인세를 거두어들인 세입으로 지원을 한다.

나는 그 공장에 모먼트의 포장을 뜯는 소비자들은 상상할 수 없는 것들이 아주 많다는 느낌을 받았다. 예를 들어, 설탕과 초콜릿의 감미로운 향기가 가득 찬, 창문 없는 작업장이 있었다. 이곳에서는 헤어네트를 쓴 중년 여자 두 명이 마주보고 앉아, 눈 아래로 지나가는 고무 카펫 위의 가루반죽에서 아주 작은 흠이라도 찾아내려 했다. 그들은 이따금씩 손을 뻗어 성가신 비스킷을 집어냈다. 그들의 집중한 눈길은 마치 긴장이 팽팽한 체커 게임에라도 몰두한 것처럼 보였다. 그렇게 집중해서 일을 해도 대화를 할 힘은 남아 있는 모양이다. 한 사람이 상대에게 아들이 가족의 반대에도 불구하고 옷과 태닝 살롱에 사로잡힌 형편없는 여자(왠지 흥미가 끌리는 여자였다)와 계속 사귄다고 말했다. 그러는 동안에도 빽빽이 늘어선 비스킷 대열은 계속 행진해 가고 있었다. 던디의 회의실이나 풀의 요양소에서 맞이하게 될 운명의 마지막 순간을 향해.

이곳에는 핫산도 있었다. 그의 일은 집만 한 높이의 믹서를 계속 지켜보다 밀가루에 식물성 지방을 필요한 만큼 보태는 것이었다. 그는 3개월 전 알제리 서부에서 벨기에로 왔다. 공장 밖에는 쓸쓸한 버스 정류장이 있었다. 노동자들은 이곳에서 이웃 마을이나 도시로 떠났다. 공장을 뺑 둘러싼 자연도 주목할 만했다. 이웃한 들판에서 말 한 마리가 싸늘한 바람에 빨래처럼 펄럭이는 유나이티드 비스킷의 회사 깃발을 한가하게 쳐다보고 있었다.

공장은 물론 경제적 존재지만 동시에 건축학, 심리학, 민족지학의 산물이기도 했다. 하지만 블랙스톤 그룹의 소유자들이 벨기에 동부에서 넓은 땅과 200명의 삶에서 가장 큰 부분을 소유하는 것의 완전한 의미를 알고 있을까? 맨해튼의 사무실에서 이윤과 손실을 알려주는 숫자를 훑어볼 때 잠시라도 이런 사실들을 상상하거나 확인할까? 나아가서, 퇴직을 눈앞에 둘 때쯤 자신들의 투자에서 경제적 측면과 관계없이 어떤 각별한 기쁨이나 책임감을 느낄까?

포티에의 노력은 대부분 공장 라인이 항상 가동되도록 유지하는 데 초점이 맞추어져 있었다. 지난여름에 실내 온도가 40도까지 올라갔을 때는 초콜릿을 보호하기 위해 벨기에 공군에서 냉방기를 여러 대 빌려야 했다. 머리카락은 늘 걱정거리여서, 매주 직원들에게 면 모자를 제대로 착용하는 법을 교육했다. 그럼에도 크리스마스 직전에 라인이 세 번이나 멈추는 바람에 큰 대가를 치러야 했다. 어떤 기계 끝에 달린 빳빳한 털—검은 머리카락처럼 보인다—이 빠지는 바람에 경보가 잘못 울린 것이다. 이 사건을 겪고 나서 포티에는 그때까지 사용하던 검은색 솔을 인간의 머리카락에서는 그 색깔을 거의 찾아볼 수 없는 밝은 주황색 솔로 교체했다.

포티에가 자기 직업에 쏟는 관심과 거기에서 발휘하는 기술을 보면서 나는 전날 저녁에 읽던 책에서 주장하던 내용의 증거를 얻은 듯한 느낌이었다. 그 책은 프로테스탄트 사상과 가톨릭 사상이 역사적으로 일을 대조적인 방식으로 바라보았다고 분석했다. 가톨릭 교리에서 고귀한 일은 주로 사제들이 신을 섬기는 일로 제한되었으며, 실용적이고 상업적인 노동은 기독교 덕목의 표현과 관계가 없는 매우 저급한 범주로 밀려났다. 반면 16세기에 발전한 프로테스탄트의 세계관은 일상적인 일의 가치를 회복하려고 하여, 겉으로 보기에 하찮은 일도 그 일을 하는 사람의 영혼의 고귀함을 전달할 수 있다고 주장했다. 이런 구도에서라면 공장에서도 수도원에서만큼이나 겸손, 지혜, 존경, 친절을 진지하게 실천에 옮길 수 있었다. 구원은 가톨릭이 특권을 누리던 웅장하고 신성한 순간만이 아니라 일반적인 생활의 수준에서도 이루어질 수 있었다. 마당을 쓸거나 세탁실 장을 정돈하는 일도 존재의 가장 의미 있는 주제들과 밀접하게 관련이 있었다.

포티에는 프로테스탄트의 이상에 생명을 불어넣는 존재였다. 그의 태도를 보다 보면 그가 하는 일이 아니라 그가 그 일을 하는 방식에 관심이 끌렸다. 그의 접근 방식을 보면 의미의 사다리의 맨 위에 있는 일과 맨 아래 있는 일 사이에 넘지 못할 장벽이 아니라 연속성이 있는 것 같았다. 또 가장 찬양받는 일에서 발휘되는 여러 가지 재능이 가루반죽 혼합기와 초콜릿 코팅 기계 소리가 울려퍼지는 강철 격납고 같은 공장 안에서도 발견될 수 있을 것 같았다.

9

제조업자는 자신의 일이 인류에게 의미 있는 기여를 한다고 주장할 수 있겠지만, 제품을 시장에 내놓는 경박한 방식을 보면 그 주장은 빛이 약간 바랜다. 한 직원이 '핌블스'라고 부르는 만화 캐릭터들이 인쇄된 공짜 스티커 증정 행사를 골자로 한 슈퍼마켓 프로모션을 고안하는 데 3개월을 보냈다는 소식에 대한 합리적 반응은 슬픔뿐이다. 어른들이 왜 그렇게 치사하게 자신의 책임을 방기할까? 두건이 달린 검은 망토 차림의 죽음이 어깨에 낫을 둘러메고 지평선에 나타나기 전에 한번 이루어보고 싶은 더 큰 야망은

없을까?

그러나 세이버리 비스킷의 브랜딩 책임자를 조롱하기 전에, 또 같은 문제로 벨기에의 필립 왕자와 마틸드 왕자비의 사진을 뚜껑에 넣는 깡통을 만드는 계획을 승인한 스페셜 이벤트 매니저를 조롱하기 전에, 비스킷 영업의 핵심에는 의미가 있다고 받아들여줄 만한 명령, 긴급한 동시에 단순한 명령이 자리 잡고 있다는 사실을 기억하는 것이 현명할 것 같다. 그것은 생존이다. 노동자들은 살아남으려고 노력하라는 오래된 임무에 전념하고 있다. 이것이 주로 주변적인 욕망의 만족에 기반을 두고 있는 소비자 경제에서는 공교롭게도 어릿광대짓과 쉽게 혼동될 수 있는 일련의 행동으로 나타날 뿐이다.

유나이티드 비스킷의 대차대조표는 몇 년간 견실한 이익을 냈지만 그래도 계속 취약한 상태였다. 공장 주변 지역은 강철, 섬유, 석탄 산업이 모두 문을 닫으면서 유럽연합에서 최악의 실업률을 기록했으며, 그에 따라 범죄와 자살률도 높아졌다. 브랜딩이나 제조 기술에서의 계산 착오, 밀 값의 갑작스러운 상승, 코코아 공급의 불규칙성 같은 변수가 생기면 한 방에 노동력의 큰 부분을 쏠어낼 수 있고, 그렇게 직장을 잃은 사람들은 이 지역에서 다시 적당한 일을 찾지 못할 가능성이 높았다. 포티에는 자신이 데리고 있는 사람들 때문에 자신의 어깨가 무겁다는 것을 알았다. 그는 주요 경쟁자인 LU 브랜드—프랑스의 거대한 다농 그룹이 소유한, 아늑한 느낌을 주는 이름을 가진 브랜드였다—의 맹수 같은 행동을 특히 걱정하고 있었다. 이 두 기업은 제한된 서식지를 놓고 죽을 때까지 싸우는 수사슴 두 마리처럼 뿔이 뒤엉킬 때까지 맞붙곤 했다. 이들의 제한된 서식지란 북유럽의 슈퍼마켓에서 비스킷이 놓이는 진열대 10미터 정도를 의미한다. 각각의 영업팀은 상대의 시장 지분을 훔치기 위해 교활한 선전전을 펼쳤다. LU는 유나이티드 비스킷이 벨기에에서 만드는 모든 제품을 모방했다. 초콜릿 코팅을 한 버터 비스킷 '델리초크'는 LU의 '르 프티 에콜리에'와 싸워야 했다. 일반적인 버터 비스킷 '가토'는 LU의 '르 프티 보르'와 정면으로 맞붙었다. 초콜릿과 오렌지가 섞인 '콜럼바인'은 LU의 '팽스 오랑주'의 반격을 받았다. 심지어 초콜릿 크림을 넣은 웨이퍼 쿠키 '도미노'도 LU의 '르 퐁당'과 생존을 놓고 다투었다.

이 모든 제품의 제조와 홍보는 게임이 아니라 생존을 위한 노력으로서, 한때 원시 공동체 전체의 운명이 걸려 있었던 수퇘지 사냥만큼이나 심각한 것이었고, 따라서 그만큼 존중해주고 위엄을 부여해줄 가치가 있는 것이었다. 만일 새로운 포장 기계가 기대한 만큼 능률적으로 작동되지 않으면, 슬로건이 상점 주인들의 상상력을 사로잡지 못하면, 베르비에 근처 교외의 셔터를 내린 집들과 절망이 그들의 운명이 될 수밖에 없었다. 비스킷은 그 등에 생명을 업고 다니는 셈이었다.

현대의 상업적인 노력은 우리가 영웅주의 하면 연상하는 것들과는 다를지도 모른다. 그런 노력에는 하나 가격에 두 개를 주는 특별행사나 스티커를 뇌물로 주는 가장 진부한 방식의 싸움도 포함되기 때문이다. 그러나 이것도 어디까지나 싸움이며, 그 강도와 부담이라는 면에서 볼 때, 선사시대 벨기에의 죽음의 숲으로 달아난 동물을 쫓아가는 것과 크게 다르지 않을 것이다.

10

나는 매주 모먼트를 벨기에의 공장에서 애슈비 드 라 자우치의 배급 센터까지 운송하는 트레일러트럭 편대가 이용하는 길을 따라 영국으로 돌아오다가, 오스텐드 근처의 한 주유소에서 차를 멈추었다. 주유소 앞마당에는 해협을 건너는 페리로 향하는 트럭들이 줄지어 있었다.

나는 대륙 여기저기에서 브레드스틱과 초, 고무줄과 버터, 라자니아와 배터리, 베갯잇과 장난감 배를 만드는 공장들에 대한 생각에 빠져들었다. 그러다가 바로 그 순간 유럽을 가로지르고 있을 트럭들을 상상했다. 퐁듀 세트를 싣고 북쪽으로 가는 트럭, 하이파이 부품을 싣고 서쪽으로 가는 트럭, 셀로판을 싣고 알프스 밑을 통과하는 트럭, 퍼프 시리얼을 싣고 비스케이 만을 도는 트럭.

주유소 맞은편 들판 끝에는 고속 탈리스 열차의 철로가 깔려 있었다. 그 철로를 이용해 탄환 열차가 시속 250킬로미터로 네덜란드와 프랑스 사이를 달렸다. 고속 열차 한 량은 약 2천 8백만 유로짜리였다. 그 안에 탄 승객들은 신문을 읽고 있거나 뭔가를 마시고 있었을 것이고(아마 펩시 라이트, 트로피카나 믹스트 프루트 비탈

리테, 환타 레몬, 슈베페스 드라이 오렌지 등의 음료일 것이다), 창밖으로
는 어스름 속에서 나무 그림자들이 옛날 영화의 이미지들처럼 빠
르게 스쳐갔을 것이다. 이 얼마나 독특한 문명인가. 엄청나게 부
유하면서도, 놀라울 정도로 작고 또 아주 작은 의미밖에 없는 것
들을 팔아 부를 늘리는 문명. 돈을 쓸 만한 가치 있는 목적과 돈을
버는 메커니즘—종종 도덕적으로 경멸스럽고 또 파괴적인 메커
니즘—사이에서 갈등을 일으켜 분별력 있게 판단을 내리지 못하
는 문명.

교역, 사치, 개인 재산을 중심에 놓고 더 높은 목표의 추구에 관
해서는 입에 발린 말밖에 하지 않는 상업적 사회의 역설과 승리를
경제학자와 정치 이론가들이 처음 의식한 것은 18세기였다. 이 사
회의 관찰자들은 처음부터 두 가지 가장 두드러진 특징에 깜짝 놀
랐다. 부와 영적 타락. 베네치아는 그 전성기에 바로 그런 사회였
고, 네덜란드도 마찬가지였고, 18세기 영국 또한 예외가 아니었
다. 이제 세계 대부분의 나라가 그 예들을 쫓고 있다.

정신이 고결하고 도덕적인 야심이 있는 구성원들은 사회의 방
종에 경악했다. 그들은 소비주의를 매도하면서 대신 아름다움과
자연, 예술과 우애를 찬양했다. 그러나 비스킷 회사는 초콜릿 비
스킷의 효율적인 생산을 무시하고, 사회의 가장 유능한 구성원들
이 혁신적인 마케팅 프로모션 기법을 개발하면서 인생을 보내는
것을 엄하게 막는 나라들이 너무 버거워 감당하기 힘든 문제에 늘
직면한다는 사실을 상기시켜준다는 점에서 의미 있는 곳이다. 그

런 나라들은 가난하다. 너무 가난해서 정치적 안정을 보장할 수도 없고, 가장 취약한 상태에 있는 국민을 돌보지도 못한다. 그 결과 이런 나라의 국민은 기근이나 전염병에 목숨을 빼앗긴다. 고상한 나라들은 국민이 굶주리게 놔두는 반면, 자기중심적이고 유치한 나라들은 도넛과 6천 가지 종류의 아이스크림 덕분에 산과 병동과 두개골 스캐닝 기계에 투자할 자원을 갖추고 있다.

암스테르담은 건포도와 꽃의 판매를 기반으로 건설되었다. 베네치아의 궁들은 양탄자와 향료 교역에서 생긴 이윤으로 지었다. 설탕은 브리스틀을 건설했다. 상업적인 사회는 종종 비도덕적인 정책을 펼치고, 이상을 무시하고, 이기적인 자유주의에 빠져들지만, 그럼에도 물건이 많은 상점과 돈이 그득한 금고를 갖추어 신전이나 고아원을 건설할 자금을 댈 수 있다.

나는 오스텐드 외곽의 도로변 휴게소 창가에 앉아 트럭 한 대가 두루마리 화장지를 싣고 덴마크로 출발하는 것을 지켜보다가 포티에가 작별 선물로 준 모먼트 한 상자를 뜯으며 우리 사회에 관해 생각해보았다. 이 사회는 우리의 진지하고 의미심장한 요구와 관계가 없는 산업, 수단의 진지함과 목적의 하찮음 사이의 괴리를 피하기 어려운 산업, 그 결과 컴퓨터 터미널 앞과 창고 안에서 우리를 의미 상실의 위기로 몰아넣기 십상인 산업으로 엄청난 돈을 벌어들이고 있었다. 나는 우리 노동의 진부함을 생각하며 희미한 절망감을 느끼다가도, 거기에서 나오는 물질적 풍요를 존중하지 않을 수 없었다. 겉으로는 유치한 게임처럼 보이지만, 사실 그것이 우리의 생존 자체를 위한 투쟁과 절대 거리가 멀지 않다는 것을 알았기 때문이다. 그 순간 초콜릿 코팅을 한 끈적끈적한 모먼트가 뜻밖에도 위로가 되었는데, 거기에는 그런 모든 생각들이 담겨 있는 것처럼 느껴졌다.

Four

직업 상담

1

우리의 과학기술이 아무리 강력하고 우리 회사들이 아무리 복잡하다 해도, 현대의 일하는 세계의 가장 주목할 만한 특징은 결국 내적인 것으로서 우리 정신의 한 측면을 구성하고 있는지도 모른다. 그것은 바로 일이 우리를 행복하게 해주어야 한다는 널리 퍼진 믿음이다. 일을 중심에 둔 것은 어느 사회나 마찬가지였다. 그러나 일이 형벌이나 속죄 이상의 어떤 것일 수도 있다고 주장한 것은 우리가 사는 사회가 처음이다. 경제적인 필요가 없어도 일은 구해야 한다고 암시하는 것도 우리 사회가 처음이다. 직업 선택이 우리의 정체성을 규정한다고 생각하기 때문에 새로 사귀게 된 사람에게도 어디 출신이냐, 부모가 누구냐 묻는 것이 아니라 무엇을 하느냐고 묻는다. 의미 있는 존재가 되는 길로 나아가려면 보수를 받는 일자리라는 관문을 반드시 통과해야 한다는 가정이 깔려 있는 것이다.

그러나 늘 이랬던 것은 아니다. 기원전 4세기에 아리스토텔레스는 만족과 보수를 받는 자리는 구조적으로 양립할 수 없다고 말했으며, 이런 태도는 그 이후 2천 년 이상 지속되었다. 이 그리스 철학자에게 경제적 요구는 사람을 노예나 동물과 같은 수준에 놓는 것이었다. 육체노동은 정신을 상업적으로 이용하는 것과 마찬 가지로 심리적 기형을 낳는다고 보았다. 시민은 노동하지 않고 소 득을 얻어 여가를 즐기는 생활을 할 때만 음악과 철학이 주는 높 은 수준의 즐거움을 누릴 수 있었다.

아리스토텔레스의 이런 생각에 이어 초기 기독교는 일의 괴로 움이 아담의 죄를 씻는 데 어울리는 확고부동한 수단이라는 더 어 두운 교리를 보탰다. 르네상스가 되어서야 새로운 목소리가 들리 기 시작했다. 위대한 예술가들, 레오나르도나 미켈란젤로 같은 사 람들의 전기에서 우리는 처음으로 실용적인 활동의 영광에 대한 언급을 만날 수 있다. 이런 재평가는 처음에는 예술적 활동, 그것 도 가장 찬양받는 예들에만 한정되었지만, 시간이 지나면서 거의 모든 직업을 끌어안게 되었다. 18세기 중반에 이르자 디드로와 달 랑베르는 아리스토텔레스의 입장에 대한 직접적 도전으로, 빵을 굽고, 아스파라거스를 심고, 풍차를 조작하고, 닻을 만들고, 책을 인쇄하고, 은광을 운영하는 일과 관련된 각별한 재주와 기쁨을 찬 양하는 항목들로 가득 찬 27권짜리 《백과사전Encyclopédie》을 출 간했다. 텍스트에는 도르래, 집게, 쥠쇠 등 그런 작업들을 완수하 기 위해 사용되는 연장의 삽화가 따라붙었는데, 독자들은 설사 그 정확한 용도를 이해하지 못한다 해도, 그것들이 숙련되고 위엄 있 는 목적을 추구하는 데 도움을 준다는 사실을 인식할 수는 있었 다. 작가 알렉상드르 들레이르는 노르망디의 바늘을 만드는 작업 장에서 한 달을 보낸 뒤 《백과사전》에서 가장 영향력 있는 항목을

여기에도 행복의 가능성이 있다.

'닻 만들기.' 디드로와 달랑베르의 《백과사전》에서.

써냈다. 이 항목에서 그는 금속 덩어리를 단추 다는 데 사용하는 그 솜씨가 좋지만 종종 무시되곤 하는 도구로 만드는 데 필요한 15단계를 존경 어린 마음으로 묘사했다.

《백과사전》은 지식의 수수한 일람표로 기획된 것이었지만, 실은 노동의 고귀함을 찬양하는 노래나 다름없었다. 디드로는 '기술'에 관한 항목에서 자신의 동기를 숨김없이 드러내, '인문적' 기술(아리스토텔레스의 음악과 철학)만 숭상하고 '기계적' 기술(시계 제조나 비단 직조 등)을 무시하는 사람들을 꾸짖는다. "인문적 기술은 이미 자신의 찬가를 부를 만큼 불렀으니, 이제 기계적 기술을 찬양하는 노래를 부르는 데 목소리를 높여야 한다. 기계적 기술은 편견 때문에 너무 오래 격하되어왔는데, 인문적 기술은 기계적 기술을 그런 상태로부터 해방시켜야 한다."

결과적으로 18세기의 부르주아 사상가들은 아리스토텔레스의 공식을 뒤집은 셈이다. 이 그리스 철학자가 여가와 동일시했던 만족은 이제 일의 영역으로 옮겨갔으며, 아무런 경제적 보답이 없는 일은 모든 의미가 빠져나가고 퇴폐적인 딜레탕트의 우연적인 관심이나 받는 대상이 되었다.

일에 대한 태도의 이런 진화는 흥미롭게도 사랑에 관한 관념에서도 찾아볼 수 있다. 이 영역에서도 18세기 부르주아지는 즐길 수 있는 것과 필요한 것을 한데 묶었다. 그들은 성적인 정열과 가족 단위에서 자식을 기르는 실제적인 요구 사이에는 본래 갈등이 없으며, 따라서 결혼 안에도 로맨스가 있을 수 있다고 주장했다. 보수를 받는 일에서도 즐거움을 느낄 수 있다고 주장한 것과 마찬가지다.

그때까지 귀족은 비관적으로—또는 어쩌면 현실적으로—쾌락을 연애와 취미라는 부차적 영역에 한정시켰지만, 유럽의 부르주아지는 이 쾌락을 결혼과 일로 가져오는 중요한 발걸음을 내딛기 시작했으며, 우리 또한 이런 흐름을 이어받아 살아가고 있다.

2

나는 이런 역사를 생각하면서 '직업 카운슬러', 즉 일과 충족감이 동의어가 되도록 보장하는 방법을 찾는 데 헌신하는 전문가를 만나는 일에 관심을 갖게 되었다.

인터넷을 검색하자 '커리어 카운슬링 인터내셔널'이라는 이름의 회사가 나왔다. 웹사이트를 보니 '인생의 어려운 결정과 직업 선택'의 문제에 직면한 사람들을 도와준다고 약속하고 있었다. 이런 권위가 느껴지는 문구에 나는 설비가 잘 갖추어진 본부 같은 곳을 예상했지만, 알고 보니 이 회사는 런던 남부의 몹시 황폐한 주택가의 수수하고 비좁은 빅토리아 여왕 시대 주택 뒤편에 자리를 잡고 있었다. 회사에는 자그마한 사무실과 파울 클레의 복제화가 걸린 상담실이 있었으며, 밖으로 물이 말라붙은 연못과 빨랫줄이 내다보였다. 유일한 상근 직원 로버트 시먼스는 쉰다섯 살의 심리 상담사로 12년 전에 이 사업을 시작하여 부인 준과 함께 운영을 해오고 있었는데, 준은 회계와 적성검사 채점을 도와주었다.

이 부부는 영국에서는 인기가 많지 않은 야채 몇 가지를 놀랄 만큼 좋아하여, 집에서는 하루 내내, 심지어 이른 아침에도 새로 삶은 양배추나 스웨덴 순무 냄새가 강하게 났다. 시먼스는 브리스틀 대학에서 심리학을 공부했는데, 그때 창조성과 자기 발전을 강조하는 인간성 심리학의 영향을 받았다. 그는 남는 시간에 '진실한 나: 직업은 자아실현 활동이다'라는 제목의 책을 썼고, 몇 년째 출판을 위해 노력하고 있었다.

키가 크고 턱수염이 난 시먼스는 이리라도 땅에 메다꽂을 것처럼 억세 보였지만, 참을성 있는 태도는 의외로 사제 같은 인상을 주었다. 그는 다른 시대에 태어났다면 평화로운 시골 교구의 목사가 되어 정원에 벌과 거북이를 기르고, 믿음은 거의 없지만 병들고 괴로운 사람들의 요구에는 특별히 진지한 관심을 기울이며 목사 일을 했을지도 모른다. 우리는 무화과 롤 한 접시를 앞에 두고 마주앉았다. 그는 중독이라 할 정도로 무화과 롤을 좋아한다고 고백했다. 그의 눈이 너무 착해 보여서, 아주 괴상한 짓을 고백한다 해도 다 받아줄 것 같은 느낌이었다. 아무리 극단적으로 정신이 오락가락하는 사람을 만나도 놀라거나 모욕적인 판단을 할 것 같지 않았다. 이 사람이 내 아버지였으면 하는 혼란스러운 소망이 마음속에 자리잡기 시작했다.

시먼스는 일주일에 세 번 개인적으로 찾아오는 상담 요청자들을 집에서 맞이하고, 나머지 이틀은 전국의 사업체를 돌아다니며 해고를 당하게 된 노동자들이나 책임을 이행하는 데 어려움을 겪는 관리자들에게 조언을 했다. 또 실직자들을 대상으로 동기부여를 위한 세미나를 하고, 면접을 돕기 위한 심리 측정 테스트를 하며, 대학 취업 박람회의 부스에서는 직업 시장에 진입할 준비를 하는 졸업생들을 상담하기도 했다.

그는 몇 주에 걸쳐 그의 일하는 방법을 관찰하는 것을 허락했다. 나는 그가 출장을 갈 때도 따라다니고, 사무실에 있는 비디오 모니터로 그가 상담 요청자들과 상담하는 모습을 관찰할 생각이었다(물론 상담 요청자의 허락을 받고 나서). 그가 그 대가로 나에게 요청한 것은 능력 있는 출판 에이전시를 추천해주는 것뿐이었다.

3

사흘 뒤 나는 서재로 사용되는 비좁은 벽장에 자리를 잡고 옆의 상담실에서 벌어지는 사건들을 보여주는 흑백 화면을 응시하고 있었다. 상담실에서는 그날의 첫 상담 요청자가 예의를 갖추면서도 솔직한 태도로 설득력 있게 자신의 개인사를 요약하고 직업상의 불만을 이야기하기 시작했다. 내 주위에는 사방으로 서류와 파일이 천장까지 쌓여 있었고, 바닥에 있는 사이먼의 운동 장비 가방에서는 최근에 사용한 체육관 운동화로부터 강한 냄새가 풍겨왔다. 상담 요청자의 목소리는 모니터의 스피커로도 들렸고, 벽을 통해 직접 들리기도 했다. 목소리는 투명하고 완벽한 발음을 들려주었다. 월튼-어폰-템스에서 자라고 옥스퍼드 케블 칼리지의 역사학과를 최우등으로 졸업해야 얻을 수 있을 듯한 발음이었다. 문틈으로 복도에 걸린 상담 요청자의 외투가 보였다. 물방울이 점점이 박힌 짙은 파란색 캐슈미어였으며, 그 옆에 늘씬한 가죽 서류 가방이 놓여 있었다.

상담 요청자는 세 번이나 자신의 말을 스스로 끊고, 갑자기 머리카락을 뒤로 넘기며 말했다. "죄송합니다. 이 이야기는 견딜 수 없이 지루하시겠네요." 그러자 시먼스는 마치 그녀가 그런 말을 할 것이라고 그동안 쭉 예상이라도 한 것처럼 차분하게 대꾸했다. "나는 모든 이야기를 듣고 싶을 뿐입니다." 상담을 시작한 지 20분이 지나자 카운슬러는 거의 속삭임에 가깝게 목소리를 낮추고 삼촌처럼 따뜻한 태도로, 전에는 자발적이고 모든 일에 흥미를 느끼는 아이였을 텐데, 지금은 왜 이렇게 된 것이냐고 물었다. 잉글랜드 은행 근처의 사무실에서 직원 45명이 일하는 부서를 책임지고 있는 31세의 세금 전문 변호사 캐럴은 그 말에 아무런 예고도 없이 흐느끼기 시작했다. 시먼스는 착한 눈으로 그녀를 지켜보고 있었고, 바깥에서는 이웃의 고양이가 연못 주위를 천천히 걷고 있었다.

캐럴이 떠난 뒤 시먼스는 잔뜩 쌓인 구겨진 티슈를 치우고 소파의 쿠션을 다시 정돈하면서, 자신을 보러 오는 사람들을 괴롭히는 가장 흔하고 전혀 도움이 안 되는 착각이 하나 있다고 말했다. 그저 남들 하는 대로 평범하게 살기만 하면 그 과정에서 어떻게 해야 인생을 제대로 사는 것이냐 하는 문제에 관한 직관을 얻을 수 있다고 당연시하는 착각이었다. 학위를 얻기도 전에, 가족을 꾸리기 오래전에, 집을 사기도 전에, 법률회사의 정상에 올라서기 오래전에 그런 직관을 얻을 수 있다고 생각하는 것이다. 그런데 자신은 어떤 잘못이나 어리석음 때문에 그런 직관을 얻지 못했고, 그 결과 진정한 '소명'을 이행하지 못하고 사는 것인지도 모른다는 생각이 마음에 남아 괴로워한다.

'소명'이라는 이 묘하고 불행한 용어는 중세에 기독교의 맥락에서 처음 사용되기 시작했다. 이때 소명이란 예수의 가르침에 헌신하라는 명령과 갑자기 마주치는 것을 가리키는 말이었다. 시먼스의 말에 따르면, 이런 개념의 세속화된 변형이 현대까지 살아남아, 인생의 어느 시점에서 우리 삶의 의미가 이미 만들어진 결정적인 형태로 드러나고, 그러면 우리에게서 혼란, 질투, 후회의 느낌이 영원히 사라질 것이라는 기대로 우리를 괴롭히는 경향이 있다.

시먼스는 심리학자 에이브러햄 매슬로가 《동기와 성격Motivation and Personality》에서 한 말을 좋아하여, 변기 위에 써붙여놓기까지 했다. "우리가 무엇을 원하는지 아는 것은 정상이 아니다. 그것은 보기 드물고 얻기 힘든 심리학적 성과다."

4

다음 주에 다시 온 캐럴은 녹색 치마에 티셔츠 차림이어서 10년은 젊어 보였다. 시먼스는 방 안의 냄새를 사과하며(그의 부인이 치즈 크러스트를 넣고 스웨덴 순무로 퓌레를 만들고 있었다), 글쓰기 연습을 잠깐 해보자고 제안했다. 그는 그녀 앞에 '내가 좋아하는 것들'이라는 제목이 적힌 백지 세 장을 놓고, 10분을 줄 테니 거창한 것이든 하찮아 보이는 것이든 머리에 떠오르는 모든 것을 적어보라고 했다. 그동안 그는 캐럴과 함께 마시려고 레몬을 넣은 생강차를 가지러 갔다. 시먼스는 상담사와 상담 요청자가 지나치게 친해지는 것에 대한 프로이트의 경고를 늘 무시해온 사람이었기 때문이다.

캐럴은 백지를 채우다 말고 자주 손을 멈추고 창밖을 내다보았다. 강한, 거의 남성적인 아름다움을 지닌 여자였다. 1920년대 우간다에 거주하던 중간 지위의 식민지 행정관 부인이 연상되었다.

시먼스는 사람들과 그들이 하고 싶어 하는 일에 관해 직접 이야기하는 단순한 방법으로는 더 큰 충족감을 주는 직업으로 그들을 안내할 수 없다는 것을 알고 있었다. 돈과 지위에 대한 걱정이 대부분의 사람들에게서 진정으로 자신이 택할 수 있는 것이 무엇인지 생각하는 능력을 소멸시켜버렸기 때문이다. 그래서 시먼스는 사람들을 직업이라는 경직된 틀에 맞추려 하지 않았다. 대신 사람들이 첫 번째 원칙들로 돌아가, 그들을 기쁘게 하고 흥분시키는 관심사들을 중심에 두고 자유연상을 하게 했다.

시먼스가 좋아하는 비유가 있었다. 그와 상담을 하러 오는 사람들은 스스로의 적성을 찾을 때 마치 금속탐지기를 들고 땅 위를 걸어가는 보물 사냥꾼처럼, 그가 '기쁨의 삐삐 소리'라고 부르는 것이 들리지 않나 귀를 기울인다는 것이다. 시집을 넘기다가 거룩한 목소리의 명령을 듣는 것이 아니라, 도시 변두리의 주차장 꼭대기에서 고요한 골짜기를 덮은 안개를 보다가 그 삐삐 소리를 듣고 자신의 진정한 관심이 시에 있다는 것을 처음 알아챌 수도 있다는 것이다. 정치가는 어떤 정당에 소속되거나 나라를 운영하는 방법을 깊이 이해하기 오래 전에 먼저 가족의 두 구성원 사이의 균열을 성공적으로 치유하다가 분명한 신호를 들을 수도 있다.

공교롭게도 캐럴의 삐삐 소리는 당혹스러울 정도로 다양했다. 좋아하는 것에 관한 그녀의 공상에는 오래된 교회 찾아가기, 선물 주기, 일을 깔끔하게 처리하기, 친구가 마게이트에 차린 해물 레스토랑에서 식사하기, 오래된 의자 사기, 인터넷에서 경제학에 관한 블로그 읽기 등이 포함되어 있었다.

캐럴과 시먼스는 이후 몇 번의 상담을 통해 그 목록을 해석했다. 마치 고대 도시의 잡석 더미 연구를 맡은 한 쌍의 고고학자들처럼 그들은 어느 정도 거리를 두고 이 과제를 처리했다. 해물 레스토랑 이야기를 하면 할수록, 캐럴이 거기에서 특별한 매력을 느끼는 것은 그 장소 자체가 아니라는 사실이 점점 더 분명해졌다. 그녀가 감동한 것은 레스토랑 주인이 개인적인 관심을 중심에 놓고 사업을 벌이는 모험을 한 사람이었기 때문이다. 시먼스는 이 대화에서 '**정열**'이라는 단어를 잡아내, 문 뒤편에 붙여놓은 화이트보드에 적었다. 캐럴의 경제학 블로그 사랑에서는 사회적 기업 활동이라는 문제를 다루는 딱 하나의 특별한 블로그가 그 열광의 중심에 놓여 있다는 사실이 드러났다. 시먼스는 화이트보드에 '이

타주의와 사업'이라고 적었다.

　상담자와 피상담자는 이제 '질투'로 초점을 옮겼다. 시먼스는 이 감정을 특별히 환영하는 사람이었으며, 깐깐한 도덕주의가 하도 검열을 하는 바람에 우리가 가능성을 향하여 문을 열어가도록 바꾸어주는 그 유용한 역할이 빛을 보지 못하는 것을 안타까워했다. 질투가 없으면 자신의 욕망을 인정할 수 없었다. 그래서 시먼스는 다시 10분을 주며 캐럴에게 그녀가 가장 자주 질투하는 사람들을 다 적으라고 말했다. 그는 방을 나오면서 착한 척하는 것은 싫으니, 명단에 가까운 동료나 친구 이름이 적어도 둘이 들어 있지 않으면, 그녀가 감상적인 이유로 앞에 놓인 과제를 회피하는 줄 알겠다고 덧붙였다.

　나는 폐쇄회로 텔레비전으로 이 상담들을 지켜보다가 그 습도 높은 옆방에서 벌어지는 일에 역사적 의미가 있다고 느끼게 되었다. 시먼스는 다른 사람의 아주 미세한 감정에 특별한 관심을 기울이는 데 일생을 바쳤다. 행동이 사유보다 특권을 누리고 지성은 일차적으로 건조한 추상적 관념들의 토론에 바쳐지던 수천 년의 세월이 흐른 뒤, 이제야 보통 인간의 일상적 혼란이 마침내 그들이 받아 마땅한 꼼꼼한 배려를 받을 수 있는 포럼을 만난 것이다. 우리의 욕구의 위계에서 한참 아래쪽에 있는 요소들을 돌봐주는, 이미 자리를 확고하게 잡은 다른 사업들—정원일과 청소, 회계와 컴퓨터 작업을 도와주는 사업—사이에 이제 마침내 중요하지만 그럼에도 불구하고 곤혹스러울 정도로 불명료한 정신의 무선 송신을 해석하는 사업이 생겨난 것이다.

시먼스의 책상 위에는 피렌체의 아카데미아 미술관에 있는 미켈란젤로의 〈아틀라스의 노예*'Atlas' Slave*〉라는 제목의 미완성 조각을 찍은 사진이 걸려 있었다. 이 사진에는 원재료에서 박물관에 들어갈 작품으로 여행을 하던 중간에 멈춘 조각이 포착되어 있었다. 아직 머리가 없는 인간 형체가 대리석 토막으로부터 빠져나오려 애쓰는 모습이었다. 시먼스는 직업 상담이 우리 모두에게 해줄 수 있는 일을 이 미완의 작품이 매혹적인 비유로 표현하고 있다고 생각했다. 니체의 말을 빌리면, 그것은 우리 각자가 진정한 나 자신이 **되도록** 돕는 일이었다.

5

함께 시간을 보낸 지 한 달쯤 되었을 때, 시먼스는 잉글랜드 북부로 출장을 갈 일이 있는데 함께 가겠느냐고 물었다. 첫 번째 목적지는 뉴캐슬로, 그곳의 어느 대학 취업 박람회에 부스를 하나 예약해두었다고 했다. 빅토리아 여왕 시대의 강당에 학생 2천 명이 경제 각 분야의 고용주들과 함께 어슬렁거릴 터인데, 시먼스는 원하는 사람에게 30분 상담을 해주고, 나중에 전화로 다시 이야기할 기회는 선택 사항으로 남겨둘 생각이었다.

런던 발 기차는 만원이었다. 차장은 우리가 시먼스의 부스를 꾸밀 물품이 담긴 커다란 가방들과 함께 복도에 서 있는 것이 안쓰러웠는지 일등칸으로 데려가주었다. 그곳에서 우리는 벨루어*로 덮인 푹신푹신한 팔걸이의자에 앉아 아침으로 나온 소시지와 달걀을 대접받았다. 그러나 이 예기치 않은 호사는 시먼스를 즐겁게 하기는커녕 외려 그에게서 내가 전에 본 적이 없는 우울한 측면을 끌어냈다. 산업화된 잉글랜드의 잔해가 창밖으로 지나가는 동안 시먼스는 현대 문화와 예절의 타락상을 우울하게 이야기했다. 그러다가 이야기의 초점을 옮기더니, 자신의 서비스를 받으려고 투자를 하고 싶어 하는 사람이 거의 없다고 말했다. 대부분은 비용과 속도를 이유로, 단 한 번의 시험 상담만 받고 끝내며, 테스트에 기초한 방법이 아닌 다른 상담은 선택해볼 생각도 하지 않는다는 것이었다. 영국 사람들 대부분이 아무 생각 없는 열여섯 살 시절에 선택한 일자리에 체념을 하고 평생 일을 한다는 것이 그의 결론이었다. 통로 맞은편에서는 그의 이런 분석을 확인이라도 해주듯이, 10대 소녀 한 명이 께느른하게 《벨라*Bella*》잡지의 유명인사 페이지를 넘기고 있었다.

취업 박람회장에 도착하자 마침 문이 막 열리고 있었다. 우리는 얼른 들어가 부스를 설치했다. 줄을 지어 들어온 학생들은 종종 활기찬 모습을 드러냈고, 떼를 지어 몰려다니면서 와자하게 큰 소리로 웃어대곤 했다. 눈에 띄게 건강한 그들의 모습, 또 간혹 눈에 띄는 아름다움은 결국 지식과 경험이 우리가 마음 놓고 의지할 수

---

* 가는 털실을 두 겹으로 짜서 털 깃이 서게 한 직물.

있는 아주 귀중한 상품은 아닐지도 모른다고 암시하는 것 같았다.

지나가던 몇 사람이 스쳐가며 리플렛을 집어 들었지만, 대부분은 서둘러 길 건너의 방위산업체와 슈퍼마켓 체인으로 향했다. 별소득 없이 지치기만 하는 날이었다는 사실은 늦은 오후에 그가 나누어준 설문지 더미를 살피다가 쇠렌 키에르케고르의 말을 흉내낸 답을 발견했을 때 분명하게 확인이 되는 듯했다. "직업에서 무엇을 이루고 싶은가"라는 제목의 질문에 이 미성숙한 익살꾼은 이렇게 답을 적어놓았다. "사이비 기독교 가치의 헤게모니와 기성 덴마크 교회의 위선을 뒤집겠다."

우리는 그날 저녁 쓸쓸한 아이비스 호텔로 갔으나 식당은 홍수 때문에 폐쇄되었다. 결국 주유소에서 치즈 샌드위치를 먹고 일찌감치 잠자리에 들었다.

그러나 다음날 중간 관리자 25명을 정리 해고하는 과정을 밟고 있는 미들즈브러의 자동차 유리 수리 회사를 찾아갔을 때는 분위기가 호전되는 듯했다. 경영진은 시먼스에게 '자신감'이라는 제목의 세미나를 열어달라고 요청했다. 시먼스는 세미나를 하면서 잉여 인력이 된 노동자들이 그들에게 어울리는 미래를 상상해보는 데 도움을 주기 위해 고안된 여러 가지 훈련을 시킬 계획이었다. 아침 세션에서 시먼스는 스크린에 슬라이드를 몇 장 비추었다. **나는 마음만 먹으면 뭐든지 할 수 있다. 나는 산이라도 움직일 만큼 강해질 수 있다. 나는 목표를 세우고 그것을 달성할 수 있다. 내가 지금까지 한 일이 내 안에 있는 힘을 다 보여준 것은 아니다.** 시먼

스는 작은 책자를 보충 자료로 나누어주었다. 자수성가한 유명한 사람들의 전기에서 뽑은 글들이 실려 있는 책이었다. 면지에는 레온 바티스타 알베르티의 말을 인용해놓았다. **사람은 의지만 있으면 무슨 일이든지 할 수 있다.**

지켜보는 것이 쉽지는 않았다. 나는 몇 번이나 나도 모르게 어색한 표정으로 창밖 카페테리아를 내다보았다. 한 참가자가 시먼스의 지시에 따라 **나는 나 자신의 이야기의 저자다** 하는 말을 되풀이하는 것을 들을 때는 특히 괴로웠다. 정신적 휴식을 위해 찾아간 화장실에서 나는 나의 불편함을 분석해보려 했지만, 그러는 도중에 나 자신의 입장을 의심해보게 되었다. 그러자 시먼스의 이야기가 불편했던 것은 그것이 현대 세계의 성취와 관련된 곤혹스럽기는 하지만 궁극적으로 피할 수 없는 진실을 반영하고 있기 때문임을 깨달았다. 지금보다 더 위계적이었던 사회에서는 개인의 운명이 대체로 출생이라는 우연에 의해 결정되었다. 성공과 실패가 나는 산을 움직일 수 있다는 선언을 동반한 실력에 달려 있지 않았다.

그러나 능력주의적인, 또 사회적 이동이 심한 현대 사회에서 사람의 지위는 자신감, 상상력, 다른 사람들에게 자신의 몫을 설득하는 능력에 의해 결정되는 것인지도 모른다. 그런 식으로 출세를 할 가능성 때문에 금욕과 체념의 철학들은 환영받지 못할 수도 있다. 시끄럽게 부추겨대는 소리를 들을 만큼 자신이 저급하다고 믿지 않기 때문에 '성공하겠다는 의지' 같은 제목이 붙은 책을 고자

세로 경멸했다가 필생의 기회를 놓쳐버릴지도 모른다는 생각도 든다. 재능이 없어서가 아니라 일종의 비관주의적 자부심 때문에 인생을 망칠지도 모른다는 것이다.

점심 식사 후에 시먼스는 자신이 맡은 관리자들을 다시 강의실로 불러 사람들 앞에서 미래에 대한 희망을 이야기할 기회를 주었다. 이렇게 사람들 앞에서 공표를 하면 그것이 자신에 대한 약속이 되어 자신감이 흔들릴 때도 쉽게 깨뜨릴 수 없기 때문이다. 이회사에서 20년을 일했다는 40대 초반의 여자 직원은 자신이 자란마을에 찻집을 내겠다는 꿈을 이야기했다. 의욕이 아주 강하고, 계획이 치밀했기 때문에(벽에는 셜리 템플의 젊은 시절 사진들을 걸어두겠다고 했다), 그 이야기를 듣고 마음이 움직이지 않을 수 없었다. 그녀는, **나는** 정말이지 산을 움직일 **수 있어요**, 하는 말로 마무리를 하고는 참석자 전원의 박수갈채를 받으며 자리로 돌아갔다.

내 눈에 눈물이 고이는 것이 느껴졌다. 때때로 우리는 인간의여러 기능을 지나치다 싶을 정도로 지적으로만 이해하려 하지만, 우리에게는 여전히 사람을 겸손하게 만드는 몇 가지 소박한 요구가 남아 있으며, 그 가운데는 지원과 사랑에 대한 꾸준하고 강렬한 갈망도 있다는 사실이 떠올랐다. 시먼스의 동기부여 훈련이 호소력을 가졌던 것도 우리 인격의 아주 오래된 측면, 즉 웅변도 복잡한 논리도 원치 않고, 필요한 만큼 우리를 구원해줄 만큼의 희망만 담겨 있으면 볼품없는 문장 같은 것은 얼마든지 용서하는 측면에 부응을 했기 때문이다.

그날 일정이 끝날 무렵 시먼스는 그가 절망의 목소리라고 부르는 것에 관하여 토론을 하게 했다. 이것은 실패의 가능성을 강조하는 내면화된 태도였다. 많은 참석자들이 그런 목소리의 기원을 멀리 거슬러 올라가 도움을 주려 하지 않는 부모나 자신을 못마땅해 하는 선생에게서 찾았다. 그들은 수십 년 전 자신을 비판하고 무시한 사람이었다. 이제 성인이 된 남자와 여자가 차례로 일어나 자신의 키가 아직 문손잡이만큼도 안 자랐을 무렵 자기 이미지에 괴로운 상처를 입은 경험이 있다고 이야기했다. 수학 교사는 산수를 못한다고 야단을 쳤으며, 아버지는 미술은 누나가 잘 하니 너는 운동에나 매달리라고 말했다.

어린 시절 개인의 형성은 마천루의 기초를 올바르게 잡는 작업만큼이나 민감하고 중요한 일이며, 이 기초 단계에서 약간이라도 불순한 것이 들어오면 죽는 날까지 인간이라는 동물의 균형을 흔들어놓을 만한 압제적인 힘을 휘두를 수 있다는 증거는 많다. 유년의 학대가 눈에 두드러지지 않는다 해서 그 의미를 계속 부정하는 것은, 한때 우리 조상들이 핀 머리만 한 크기의 침 한 방울에 치명적인 미생물 군체가 있을 수도 있다는 생각을 경멸할 때 보여주었던, 강건하지만 아무래도 무모한 상식적 태도를 보여주는 것이나 다름없다.

이런 관점에서 보자면 현대 교육 이론이 양육이라는 관념과 자존심 발달에 부여하는 무게는 우리 사회가 미쳤거나 약해졌다는 표시로 여겨지지 않았다. 오히려 그런 강조는 현대의 노동하는 삶의 요구에 섬세하게 조율된 것이다. 고대의 위급한 시기에 금욕주의와 신체적 용맹을 가르친 것과 마찬가지인 셈이다. 그런 이론이 나타나게 된 것은 친절 때문이 아니라 실제적 필요 때문이다. 시대마다 등장한 여러 가지 아이 양육 방법과 마찬가지로, 이것은 적대적 환경에서 젊은이들에게 최적의 생존 가능성을 제공하려는 의도에서 나온 것이다.

6

북부에서 돌아오고 나서 몇 주 뒤, 나는 시먼스와 함께 런던 중부의 어느 사무실을 찾아갔다. 한 미국 은행이 아침 시간에 입사 지원자들을 테스트해달라고 일을 맡겼기 때문이다. 시먼스는 지원자들에 관한 정보를 더 얻을 수 있는 면담도 병행하고 싶었지만, 은행은 거기에 필요한 시간과 자원은 제공할 의사가 없었다. 밤새 시험 결과를 채점하고 다음 날 고용 결정을 내리겠다는 것이었다.

시먼스는 입사 지원자들을 만나는 시간 가운데 대부분을 적성 설문조사 가운데 가장 높이 평가받고 또 가장 널리 이용되는 '모리스비 인격 프로파일'을 작성하게 하는 데 할애했다. 나 또한 내가 하고 있는 일을 지혜롭게 선택한 것인지 늘 의심하며 사는 사람이었기 때문에, 일과 관련된 나의 심리에 관해 더 알고 싶은 마음에 지원자들과 함께 테스트에 참여했다. 나열된 단어 가운데 예외적인 것을 찾기도 하고, 시각적 테스트를 하기도 하고, "**무겁다**

와 가볍다'의 관계는 'a) **넓다** b) **대낮** c) **뛰다**'와 'd) **벽돌** e) **좁다** f) **집**'의 관계와 같다" 같은 유추 문제를 풀기도 했다.

이틀 뒤 시먼스의 사무실에서 내 테스트 결과를, 뭔가 중요한 것이 담겨 있음을 강조하려는 듯, 다른 사람은 보지 못하도록 포장된 폴더에 넣어 보내왔다. 내가 관찰했던 시먼스와 캐럴(그 이후 법률회사를 퇴직하고 주거 자선단체의 관리직에 지원했다) 사이의 심리적 대화의 섬세함에 견주어볼 때 이 보고서는 마치 컴퓨터가 작성한 듯한 느낌이었다. "본 후보자는 평균적 능력을 보여주며, 이에 따라 다양한 범위의 중간급 행정 및 영업직에 적합하다." 보고서는 그렇게 시작하여, 마케팅에 특별한 재능을 보이고 숫자에 약점을 보인다고 적시했다. "후보자가 미래를 걸 만한 분야는 다음과 같다. 의학 진단, 석유 및 가스 탐사, 레저 산업."

솔직히 미래에 대한 의심을 진정시키고 싶은 마음에 이 보고서의 결론을 그대로 따르고 싶은 욕망이 생기기도 했다. 동시에 이 보고서는 나에게 현실적으로 도움이 될 만한 자신감을 불어넣어

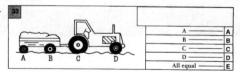

트랙터가 움직일 때 어느 바퀴가 가장 빨리 회전하는가?

이 똑같은 배들 가운데 짐을 가장 많이 실은 배는?

140

주지는 못했으며, 사실 가만히 생각해볼수록 직업 카운슬링 전체의 한계를 보여주는 것 같기도 했다. 나는 시먼스의 사무실에서 나던 양배추와 스웨덴 순무 냄새를 다시 생각해보았다. 직업 결정처럼 장차 한 사람의 인생을 바꿀 수도 있는 일이 우리 사회에서는 대부분 정원에 증축한 건물에서 상담을 하는, 주변으로 밀려난 상담사들의 손에 방치되어 있다는 것이 이상하고도 안타까운 일이라는 생각이 들었다. 지구상에서 가장 존경받는 직업 가운데 하나여야 할 일이 여행사 정도의 지위라도 얻으려고 안간힘을 쓰고 있었으니.

그러나 어쩌면 이 일이 이렇게 무시당하는 상황은 상담사들이 결국은 인간 본성을 거의 이해하지 못한다는 사실을 적절하게 반영할 것일 뿐인지도 몰랐다. 잠재적 고객들의 답에 대한 굶주림, 그 이해할 만한 굶주림 때문에 이런 상담사들 다수가 지나친 약속을 하고 싶은 유혹에 빠진다. 창작을 지도하는 교사가 탐욕이나 감정 때문에 학생들 모두가 언젠가는 가치 있는 문학을 생산하게 될 것이라고 암시하곤 하는 것과 마찬가지다. 이런 교사는 민주 사회의 저주라고 할 수 있는 곤혹스러운 진실, 즉 '만족한 노동자'라는 개념처럼 위대한 작가 역시 변덕스럽고 비정상적인 현상이며, 그런 작가는 마치 송로 버섯과 마찬가지로 공장 방식 농장에서는 나올 수 없다는 진실을 솔직히 인정하지 못하는 것이다.

반면 독일의 사회학자 막스 베버는 우리 잠재력의 문을 여는 길에 놓인 수많은 진짜 장애들을 정확하게 인식했다. 그는 〈직업으로서의 과학〉(1918)이라는 에세이에서 괴테에 대해 "천 년에 한 번 나올까 말까 한" 창조적이고 건강한 인격의 예라고 묘사했다.

그렇다면 천 년에서 괴테가 살았던 기간을 뺀 나머지 기간에 사는 우리 대부분에게 밝은 전망은 결코 현실로 다가오지 않는 셈이다. 결코 풍족한 돈을 벌지도 못하고, 모범이 될 만한 작품이나 조직을 만들지도 못한다. 그것은 그냥 유년 시절부터 간직해온 희망, 또는 고속도로를 달리며 넓은 지평선 위에 우리 계획들이 뭉게뭉게 피어오른다는 느낌이 들 때 꾸어보는 꿈으로만 남을 뿐이다. 그러나 우리 현실의 지도를 다시 그리려면 특별한 탄력, 지성, 행운이 필요하다. 결국 위대함이라는 봉우리의 양 옆에는 성취를 이루지 못한 괴로운 독신자들이 모여 사는 언덕들이 끝없이 늘어서 있기 마련이다.

우리 대부분은 찬란한 성취의 가장자리에 자리를 잡고 서서, 목표에 가까이 다가온 것은 맞지만 아직은 저편이 아니라 분명히 이편에 서 있으며, 사소하지만 핵심적인 여러 가지 심리적 결함(약간 지나친 낙관주의, 날 것 그대로 나타나는 반항심, 치명적인 인내심 부족이나 감상주의)으로 인해 현실을 제대로 다루지 못한다는 사실 때문에 괴로워한다. 우리는 아주 작은 부품이 없어 활주로 옆에서 꼼짝도 못하는, 그래서 결국은 트랙터나 자전거보다도 더 느린 존재가 되어버린 첨단 비행기와 같다.

나는 시먼스의 회사를 나오면서, 모두가 일과 사랑에서 행복을 발견할 수 있다는 너그러운 부르주아적 자신감 안에 은밀하게 똬리를 틀고 있는 배려 없는 잔혹성을 새삼스럽게 깨달았다. 그 두 가지에서 절대 충족감을 얻지 못한다는 이야기가 아니다. 충족감을 얻는 경우가 극히 드물다는 뜻일 뿐이다. 예외가 규칙으로 잘못 표현될 때, 우리의 개인적 불행은 삶에 불가피한 측면으로 받아들여지는 것이 아니라, 특별한 저주처럼 우리를 짓누르게 된다. 부르주아 이데올로기는 인간의 운명에서 갈망과 오류를 위해 마련된 자연스러운 자리를 부정하여, 우리가 경솔하게 결혼을 하고 야망을 실현하지 못한 것에 대해 집단적인 위로를 받을 가능성을 부인해버린다. 그 결과 우리는 어떻게 해도 진정한 나 자신이 되지 못하는 상황에서 나 혼자만 박해와 수모를 당한다는 느낌에 사로잡힐 수밖에 없다.

7

결국 출판 에이전시 열두 군데서 시먼스의 원고를 읽었고, 모두 정중하게 격려하는 답변을 보냈다. 그러나 '진실한 나: 직업은 자아실현 활동이다'는 아직도 출판사를 구하지 못하고 있다.

Five

로켓 과학

1

2007년 8월 열대의 어느 무더운 오후, 에어프랑스 제트기가 비즈
니스 클래스 객실에 일본의 한 텔레비전 회사의 고위 임원 열두
명을 태우고 프랑스령 기아나에 착륙했다. 위성 발사에 맞추어 도
쿄에서 남아메리카까지 날아온 것이다.

　이 임원들은 새로운 종류의 텔레비전 방송국을 열어 일본 국민
의 상상력을 사로잡고 공영방송인 NHK의 지배를 뒤집어엎는 데
도움을 얻을 목적으로 이 위성을 샀다. NHK야 벚꽃 시즌이나 티
베트 호랑이의 사냥 습관에 관한 긴 프로그램을 집중적으로 방영
하는 것으로 전설적인 이름이 되지 않았는가. 이 임원들은 전사
로봇의 활약을 그린 애니메이션이나 조숙한 매력을 풍기는 여학
생들이 등장하는 낭만적 드라마를 보여줄 생각이었다. 또 패자에
게 가학적인 벌을 주는 게임 쇼나 도쿄 통근선을 따라 살고 있는
샐러리맨 부인들의 혼외 연애에 대한 갈망의 뚜껑을 활짝 열어줄
아침 드라마를 틀어주고 싶어했다.

　그러나 방송 시장에 진입하려는 사람들에게는 전통적으로 일본
의 지형이 넘을 수 없는 장벽이 되고 있다. 이 나라는 큰 섬 네 개

로 나뉘어 있는데, 대부분 숲이 빽빽하고 폭풍이 잦고 화산이 잘 터져, 유지 보수 설비에 엄청나게 돈이 들어갈 수밖에 없었기 때문이다. 그래서 전후 대부분의 기간 동안 일본 텔레비전을 손에 쥐고 있던, 벚꽃을 사랑하는 근엄한 거인—정부 소유다—은 별다른 도전을 받지 않았던 것이다.

그러나 새롭게 시장 진입에 나선 방송사 임원들은 지형적 장애를 우회할 방법을 생각해냈다. 그들은 우주에 위성을 쏘아올려 지상 3만 6천 킬로미터 높이에서 110도로 궤도에 진입시키면, 그들의 섬 어느 곳에서나 비싸지 않은 접시 안테나를 이용해 위성에서 쏘는 신호를 받을 수 있다는 사실을 알아냈다. 스물한 살 난 여자와 일흔다섯 살 서예 선생 사이의 불륜의 사랑을 그린 〈선생님의 가방〉 같은 드라마를 초고층 대기에 쏘면, 이것이 반사되어 홋카이도의 눈 덮인 산에도, 오키나와의 야자나무와 마천루가 늘어선 해안에도 다다를 수 있었다.

이렇게 일본 최초의 위성방송을 향한 계획은 무르익어갔다. 이 채널의 사명 선언에는 이 사업의 이름 자체도 시청자들에게서 '경이와 놀라움의 표현'을 끌어내기 위해 'WOWOW TV'라고 지었다고 나와 있다. 그러나 이 사업 계획을 현실로 옮기는 데는 아직도 많은 시련이 남아 있다. 정부 관리와 규제 담당자들과 싸워야하고, 일본 전신전화공사나 후지 텔레비전과 주주 소유권을 놓고 힘겨운 거래를 해야 하며, 인기 있는 한국 텔레비전 드라마 〈내 이름은 김삼순〉의 방영권을 확보하기 위해 복잡한 협상을 해야 했

기 때문이다. 또 실제로 위성을 찾는 일도 오래 걸렸다. 경쟁 회사
들이 자기 물건을 팔려고 시끄럽게 떠드는 소리도 듣고, 아프리카
야외 시장에서 실랑이를 하는 것보다 나을 것이 없는 꼴사나운 과
정도 거쳐 마침내 록히드 마틴 사의 1억 달러짜리 A2100A 모델
을 사는 것으로 결론이 났다. 이 위성은 현재 이곳 공항으로부터
몇 킬로미터 떨어진 정글 빈터의 격납고에서 새 주인을 처음 만날
순간을 기다리고 있었다.

2

일본 텔레비전 회사 임원들은 비행기에서 내려, 프랑스 대통령의
사진을 지나 VIP 구역으로 들어섰다. 그곳에서 프랑스의 민간 우
주 회사 아리안 에스파스의 고위 임원들이 절을 하며 그들을 영접
했다. 7천 5백만 달러에 가까운 발사 대금을 얼마 전에 건네준 사
람들에게 마땅히 보여줄 만한 정중하고 따뜻한 태도였다. 세관을
통과하여 공식적으로 프랑스령 기아나에 발을 디딘 임원들은 그
들의 위성을 그대로 본뜬 은제 미니어처가 담긴 커다란 나무 상자
를 하나씩 받아들고 호텔로 가는 미니버스로 향했다.

　그들이 찾아온 곳은 분명 세상의 독특한 한 모퉁이였다. 프랑스
령 기아나에서 겪는 어려움은 지도에서 이곳을 찾는 데서부터 시
작된다. 세상에 다른 곳과 이렇게 쉽게, 이렇게 자주 혼동되는 나
라도 드물 것이다. 아프리카 서해안의 가나, 베네수엘라 동부의

가이아나, 세네갈 옆의 기니, 전에 포르투갈의 식민지였으며 지금은 기니-비사우라고 부르는, 기니 옆의 기네, 카메룬 밑의 적도 기니, 인도네시아와 파푸아뉴기니로 나뉘어 있는 뉴기니 섬 등이 그 혼동 상대들이다. 발음도 문제를 일으키곤 한다. 영어에서는 이 나라를 프랑스령 기아나라고 부르지만, 프랑스에서는 더 간결한 '귀얀'을 좋아한다. 더 의미심장한 것은 그 땅은 남아메리카의 말라리아가 창궐하는 북부 해안에 자리잡고 있어 서쪽으로는 수리남을 바라보고 남쪽으로는 브라질을 바라보고 있는데, 1946년에 예전 식민지 주인이 자기 나라의 26개 행정구역 가운데 하나로 흡수하는 바람에 소속은 프랑스로 되어 있는 초현실적 상황에 처해 있다는 점이다. 그 결과 기아나는 현재 유럽연합의 회원이며, 그 법적인 최고 관할권은 스트라스부르의 법원이 쥐고 있고, 농업과 어업 정책은 브뤼셀에서 결정한다. 오야포크 강 옆의 필라쿠푸 피아이나 인디언 정착지에서 유통되는 통화는 프랑크푸르트-암-마인의 유럽 중앙은행이 발행한 유로화다.

이 열대의 만화경에는 프랑스 관료제와 부르주아적 야망이 불균질하게 한 겹 칠해져 있다. 함석 지붕이 덮인 마을에는 노인들의 공놀이 마당이 부두교 사원과 인접해 있다. 이 나라의 두 개뿐인 도로 '루트 나쇼날 1'과 '2'에는 일반적인 프랑스 표지판이 설치되어 있는데, 그 글자체인 프뤼티제 57 콩당세는 낭트나 클레르몽-페랑을 표기하는 데 더 익숙한 것 같지만, 여기서는 이라쿠보나 아왈라-얄리마포 같은 아메리카 인디언 지명을 표기하고 있다. 레스토랑들(카페 드 라 가르, 바 셰 피에로)은 비늘 모양이 선사시대 실러캔스 같은 느낌을 주는 아마존 강 물고기나 정글 멧돼지 에스칼로프를 내놓는데, 이것은 고기를 필레로 잘라 뫼위니에르 소스로 토착화한 것이다.

궁핍과 절망은 어디를 가나 눈에 뜬다. 이 나라는 이렇다 할 경제가 없다. 바다에는 상어가 많고 색깔 또한 강의 퇴적물로 인해 갈색이기 때문에 관광도 안 된다. 토양의 질이 좋지 않아 농사도 지을 수 없다. 브라질로 가는 도로는 거의 다닐 수가 없어, 이 땅에서 세계로 나가는 유일하게 믿을 만한 출구는 매일 파리로 떠나는 비행기뿐이다(근처 베네수엘라나 페루로 가려고 해도 오를리 공항을 거쳐 가야 한다).

3

WOWOW 텔레비전 임원들은 자신들의 업적과 관대한 정신을 자랑하고 싶었는지, 몇 명 안 되는 우리쪽 사람들이 그들의 여행을 따라다니는 것을 허락해주었다.

홍콩의 어느 텔레비전 방송국은 가장 유명한 젊은 여자 리포터한 사람을 보내면서 빡빡한 예산 때문인지 촬영 담당을 딱 한 사람만 딸려보냈다. 이 사람은 스튜디오 장비를 등에 다 지고 다녀야 했고, 우아한 리포터(그녀의 도시에서는 모르는 사람이 없었다)는 은색 하이힐을 신고 돌아다녀야 했다. 그녀는 괴로운 표정으로 얼

152

굴이 굳어 있었다. 아마 프랑스령 기아나를 초기에 찾아온 프랑스 식민주의자 아미랄 에스트레가 이곳이 월터 롤리 경—그의 엄청나게 잘못된 제목의 책《크고 부유하고 아름다운 제국 기아나의 발견The Discoverie of the Large, Rich and Bewtiful Empire of Guiana》은 1595년에 런던에서 처음 나왔다—때문에 기대하고 있던 엘도라도가 아니라는 사실을 깨달은 순간의 표정이 그랬을 것이다.

미국 NASA의 로켓 엔지니어 열 명이 교환 프로그램의 일환으로 플로리다에서 날아와 있었다. 그들에게는 우주에서 자신들이 우월하다는 느낌이 오히려 짐이 되었다. 어디를 가나 무심결에 자신들의 조직의 업적이나 자원 규모를 과시하여 초대한 사람들을 모욕하면 안 된다는 생각에 시달려야 했기 때문이다. 그래서 마치 슬럼가를 답사하는 왕족처럼 어김없이 예의 바르고 겸손한 태도로 상대의 별것 아닌 업적, 예를 들어 주유소를 세운다거나 냉방장치를 설치하는 능력에도 열심히 찬사를 늘어놓았다. 그러나 프랑스 사람들은 이런 생색 내는 태도를 유쾌하게 받아넘기는 것 같았다. 그들 또한 마음속에서는 자신들의 위대함을 미국인들과 마찬가지로, 또 약간은 더 노골적으로 확신하고 있었기 때문이다.

우리는 모두 아틀란티스 호텔에 묵었다. 이 호텔은 지은 지 얼마 되지 않았지만, 열대의 곰팡이와 정글 식물의 침입에 빠르게 굴복하고 있었다. 밝은 노란색 도마뱀들이 호텔 바닥을 급하게 가로지르기도 했다. 밤늦게 방에 돌아와 보면 근육질인 데다가, 믿기 어렵겠지만 모피로 덮인 느낌까지 주는 거미가 텔레비전 위의 벽에 자리 잡은 채 꼼짝도 않고 있는 모습이 심심치 않게 눈에 띄었다. 이런 상황은 크리올 사람인 유지 보수 담당자가 해결해주었다. 그는 둘둘 만 신문을 단호하게 내리쳐 그 괴물을 처리했고, 벽에는 그의 존재를 기념하는 갈색 퇴적물만 남았다. 남자는 주검을 발코니 밖으로 던지고, 짐짓 진지한 태도로 저녁 시간을 즐겁게 마무리하라고 인사했다.

우주 센터 옆에 새로 건설한 작은 도시 쿠루 또한 그 변두리에 자리 잡은 아틀란티스 호텔보다 나을 것이 없었다. 환경과 문화에 무관심하다는 점에서 현대 건축의 인상적인 기념물이라고 할 수 있는 찬디가르와 브라질리아에 비길 만한 이 도시는 세운 지 불과 20여 년밖에 안 지났음에도 훼손이 심각한 수준이었다. 인공호수 옆에서 땡볕을 그대로 받는 나무 벤치는 아무도 사용하지 않는 상태로 썩어가고 있었다. 오후 산책 길에 쉬어 가라고 마련해둔 것이겠지만, 열대에 사는 누구의 머리에도 아직 이곳으로 산책을 하겠다는 생각은 떠오른 적이 없는 것 같았다. 건물들의 콘크리트 전면은 뒤틀려 있었다. 4월에서 7월까지는 일주일 사이에도 프랑스 북부에서라면 1년 동안 내릴 비가 쏟아지는 기후였기 때문이다.

4

그러나 우주 센터의 요새 같은 묵직한 문 안으로 들어서자 상황은 완전히 바뀌었다. 흠 하나 없는 건물들이 위성 조립, 아리안 부스터 준비, 추진제 저장에 이용되고 있었다. 이런 건물들이 넓디넓은 늪지와 정글에 흩어져 있다 보니, 방문객들은 갑작스러운 대조에 당황하곤 했다. 방문객은 로켓 노즐 발동 장치 건물에서 나와 잠시 후에 귀가 둥근 박쥐와 눈이 하얀 잉꼬가 사는 열대우림으로 들어갔다가, 이어 복도에 에비앙 생수기가 줄지어 서 있는 추진 설비에 이르렀다.

이 나라에 도착한 첫날 아침 일찍 우리는 차를 타고 랭스 성당보다 별로 작지 않은 격납고로 왔고, 거기에서 중앙 플랫폼에 놓인 위성을 처음 보았다. 가운, 헤어네트, 슬리퍼 차림의 엔지니어들 집단이 강렬한 백색 빛 속에 서 있는 위성을 보살피고 있었다. 그들은 위성의 탱크를 채우고, 배터리를 충전하고, 무선 레이더를 시험했다. 물질을 우주에 내보내는 비용을 생각할 때 위성의 크기는 놀랄 만큼 작았다. 위성은 높이가 4미터 폭이 2미터인 상자였다. 옆에는 14미터 길이의 태양 전지판이 달려 있고 그 끝에 반사 접시가 달려 있었다. 상자 안에는 전기 모터, 태양풍의 영향을 상쇄하는 데 도움을 주는 반동추진 엔진, WOWOW TV의 프로그램을 쏘아보낼 130와트 방송 채널 열두 개가 들어가 있었다.

위성이 있는 곳으로 들어가도 좋다는 허락을 받으려면 먼저 수술실에 들어갈 때와 비슷한 정화 의식을 거쳐야 했다. 위성은 튼튼함과 예민함이 묘하게 결합된 기계였기 때문이다. 이 위성은 곧 초속 3.07킬로미터로 여행을 하게 될 텐데, 무선 레이더에 사람 머리카락 하나만 들어가도 전자기 에너지장이 형성되어 참사

156

가 일어날 수 있었다. 또 기름이 낀 지문 하나만 묻어도 태양 전지판에 균열이 생길 수 있었다. 위성은 동화 한 편에 눈물을 줄줄 흘리고 마는 전선의 병사인 셈이었다. 그러나 공정하게 이야기를 하자면, 이렇게 약한 모습을 보이게 된 것은 우주 공간의 특이한 조건 때문일 뿐이다. 우주 공간은 강력한 자외선과 산소 원자들 덩어리가 전기 시스템의 사소한 약점이라도 파고들 수 있고, 해가 비칠 때는 200도까지 올라갔다가 지구 그림자 속으로 들어갈 때는 영하 200도까지 내려가는 식으로 극단적으로 기온이 변하기 때문에, 흠 하나 없이 닦아낸 뒤 금빛 폴리이미드 필름으로 만든 보호 갑옷으로 싸놓지 않은 기계는 바로 금이 가버릴 수도 있는 곳이었다.

받침대 위에 올려놓은 위성의 표면은 분홍색에 가까운 붉은 빛을 발산하는 것 같았다. 내부의 부품들은 빽빽한 전선을 보여주었다. 이 전체는 피로멜리틱 산(酸) 같은 낯선 구성요소들로 조립되어 있었다. 그래서 그런지 위성은 상상할 수 있는 가장 비자연적인 물체처럼 보였다. 그러나 실제로는 창조의 처음 며칠 동안 지구에 없었던 물질은 하나도 안 들어가 있고, 바다와 산의 화학적 구조에 원래 포함되어 있지 않았던(적어도 그 기본적 형태로는) 물질 또한 하나도 안 들어가 있었다. 우리 행성의 원료들을 조작하고 재결합해서 하늘에 바치는, 그러나 하늘도 깜짝 놀랄 제물을 만든 것은 다름 아닌 인간 정신의 사고 능력이었다.

5

헤어네트를 쓴 여러 그룹의 엔지니어들이 위성 발사를 준비하는 모습을 보자 현재 과학계의 삶이 개인적 에고의 제한 또는 말살을 의미한다는 것을 짐작할 수 있었다. 개인적 영광의 기회는 없었다. 전기가 기록되거나 일반인이 기억할 만한 이름으로 남을 전망이 없었다. 이것은 어떤 한 사람도, 심지어 어떤 상업적 또는 학술적 조직도 명예를 독차지할 수 없는 집단적 기획이었다.

천재들이 관측소나 작업장에서 일로매진하여 과학사의 방향을 바꾸던 시절은 지나갔다. 우리는 천체물리학자와 항공 엔지니어들이 어느 한 사람을 우리 시대의 갈릴레오로 띄우려는 미디어의 시도에 저항하면서 공동 실험실에서 작은 수수께끼를 10년 동안 함께 공략하는 소박한 시대에 들어섰다. 무중력 상태에서 은-아연 배터리의 수행 능력을 완벽하게 다듬는 일에만 매진하는 회사는 위성 전기공학의 또 다른 수수께끼를 다루는 일로 시야를 확대하는 것이 어리석은 일이라고 판단을 내릴 수도 있다. 과학자 한 사람이 고온에서 티타늄의 속성을 살피거나 점화 시점에 수소가 보이는 반응을 살피는 일에 평생을 바칠 수도 있다. 한 사람이 인류에 기여한 결과의 총합은《고급 추진 방법 연구 저널 *Journal of Advanced Propulsion Methods*》한 호로 요약이 될 수도 있다.

WOWOW 텔레비전이 쏘아올릴 새로운 위성의 기술적 속성 몇 가지는 1980년대 초 밀라노 폴리테크닉의 과학자 팀이 수행한 연구의 결과였다. 이들은 통신위성이 전자기 스펙트럼의 상층 영역을 이

용하는 방식을 연구하면서 낮은 구름과 안개비가 10기가헤르츠 위의 극초단파 주파수에 간섭하는 현상을 피해 갈 방법을 찾아냈다. 이 느리고 영웅적으로 보이지도 않는 작업 덕분에 4반세기가 지난 지금 일본의 시청자들은 일본 장마철에 가장 심한 폭우가 쏟아질 날에도 애니메이션 〈카우보이 비밥〉의 무삭제판을 볼 수 있게 되었다.

천재들의 시대가 지나가면서 화려함과 소설적 잔재미는 물론 사라졌다. 그러나 우리가 그 시대를 졸업하고 집단적 노력의 시대로 들어서면서 전보다 더 나아지고 더 편해진 면도 생겼다고 볼 수 있다. 행성 탐사의 운명이 요하네스 케플러의 부인 바르바라의 기분이나 그의 후원자였던 루돌프 2세의 성향이라는 예측 불가능한 변수에 좌우되어 위기에 빠지는 일은 앞으로 두 번 다시 없을 것이기 때문이다. 어쨌든 이 독일 천문학자는 그와 비슷한 많은 천재들과 마찬가지로 이곳 쿠루의 음울한 거리 한 곳에 자신의 이름을 제공하기는 했다. 한쪽은 세탁소와 접해 있고 또 한쪽은 불타버린 인터넷 카페와 접해 있는 사각형의 버려진 땅이었다. 케플러 뒤에 중요한 발견을 한 천재들의 후손이 이 광경을 본다면 조상의 이름을 사용하는 것을 순순히 허락해주지 않을 것이 분명했다.

6

정글로 차를 타고 조금 들어간 곳에서는 30미터 높이의 부스터 로켓 두 대가 막바지 준비를 하고 있었다. 위로 갈수록 보일 듯 말

듯 좁아지는 이 구조물들은 자금 마련에 기여한 유럽 국가들의 깃발로 장식되어 있었으며, 위성을 여행의 첫 단계로 밀어올리는 책임을 맡고 있었다. 사실 부스터는 엔진이라기보다는 폭탄이었다. 부스터에는 스로틀이 없었으며, 일단 점화되면 조건이 어떻든 간에 자신의 분노를 완전히 소진해야 하기 때문인데, 이 과정은 그 폭발에 관여한 모든 사람들에게 특별한 존중심을 불러일으켰다.

티에리 프루동 박사가 이 작업을 지휘하고 있었다. 그는 툴루즈의 국립 항공공학 학교에서 불꽃 제조 기법으로 학위를 받고 가족과 함께 프랑스령 기아나에 3년째 살고 있었다. 끌로 세심하게 다듬어놓은 듯한 이 40대 초반의 남자는 어느 인간 못지않게 합리적이고, 비인격적이고, 엄숙하게 보였다. 우리 인류가 빠지기 쉬운 어리석음이나 변덕과는 거리가 먼 사람 같았다. 이 사람에게는 불면증환자의 괴로움이나 신경증환자의 흥분이 없을 것 같았다. 위성을 발사하는 날 이 남자는 암모늄 과염소산염 합성물 500톤을 점화하는 일을 맡을 예정이었다. 이 합성물은 겨우 130초 동안 타지만, 그 시간에 52미터 높이의 아리안 론처를 하늘로 150킬로미터 쏘아올리면서 1100톤의 추진력을 만들어낼 것이고, 이때 생기는 소리는 브라질 국경 너머에서도 들릴 것이다. 부스터는 엄청난 에너지를 다 소모하고 나면 모선으로부터 분리되어 대서양에 떨어지고, 대기하고 있던 프랑스 해군 프리깃함이 그것을 수거할 것이다.

프루동 박사는 일이 '잘못될' 가능성은 없느냐는 홍콩 텔레비전

리포터의 질문을 받았다. 그는 뭔가 문제를 일으켜보려는 듯한 그녀의 분위기에 신중한 태도로 잠시 무엇이 잘못될 수 있을까 생각해보다가, 흥분해서 모여 있는 학생들 앞에서 분젠 버너의 위험을 검토하는 화학 선생님처럼 엄격한 표정으로 대답했다. 그는 만일 추진제 반죽이 잘못 혼합되어 안에 공기 주머니가 생기면, 가연성 물질의 표면이 갑자기 늘어나고 그에 따라 배기가스가 증가할 수 있으며, 이것이 로켓의 외피에 균열을 일으켜, 짧은 시간의 파괴력에서 작은 핵 장치와 맞먹는 폭발이 일어날 수도 있다고 설명했다. 그러나 위성 발사에서 그런 사고가 일어날 확률은 0.2퍼센트에 불과하다고 덧붙여 리포터를 안심시키려 했다. 하지만 리포터는 안심 대신 실망을 했다는 사실을 그는 눈치채지 못했다.

리포터는 눈에 확 띌 만한 화제로 돌아갈 방법을 몰라 당황했지만, 거기서 대화를 끝내고 싶지는 않았기 때문에 그 신비한 추진 물질이 어떻게 생겼느냐고 물었다. "치약처럼 생겼나요? 아니면 케이크 반죽처럼 생겼나요?" 프루동 박사는 잿빛이 섞인 녹색 눈으로 그녀를 빤히 바라보며, 미디어에 합당한 수준으로 말하려면 얼마나 자세하게 이야기해야 하는지 가늠하는 듯했다. 이윽고 그가 독백을 하기 시작했다. 그 독백은 고고학적 정확성으로 화학의 역사와 샛길들을 훑어나가다, 어느 순간 이 반죽이 암모늄 과염소산염(69.6퍼센트), 알루미늄(16.0퍼센트), HTPB 폴리머(12.04퍼센트), 에폭시 치료제(1.96퍼센트), 산화철 촉매(0.4퍼센트)로 이루어진다고 밝혔다.

프루동 박사의 말은 거기서 끝나지 않는다. 그는 부스터 로켓은 추진 역학의 일부를 이룰 뿐이고, 또 어쩌면 가장 중요한 부분이 아닐 수도 있다고 말했다. 주 로켓에는 추가로 우주여행 완료를 도울 액체 수소와 산소 엔진이 장착되어 있었기 때문이다. 로마의 불과 쇠의 신을 프랑스식으로 발음하여 '뷜캥'이라고 부르는 이 공학의 걸작품은 30년에 걸쳐 제작되어왔다. 이것이 훌륭하다고 말하는 것은 고도로 압축된 아주 민감한 추진제를 나란히 붙은 별도의 두 탱크에 안전하게 보관하여 때이르게 결합하는 것을 막고, 바로 50센티미터 떨어진 곳에 놓인 연소실에서 추진제—터보펌프를 이용해 초당 600리터의 비율로 연소실 안에 뿜어넣는다—가 1500도로 타오를 때도 탱크 안에 든 추진제는 각각 냉동 온도(수소는 영하 251도, 산소는 영하 184도)로 유지하는 능력 때문이다. 뷜캥에는 엉성한 저널리즘적인 이해 방식을 넘어서서 더 깊이 알고 싶어 하는 사람들의 관심을 끌 만한 것이 그 외에도 수없이 많지만, 이 정도에서 실례했으면 한다고 프루동 박사는 냉정하게 말을 맺었다. 박사는 쿠루에 있는 집으로 곧 돌아갈 예정이었다. 오후 늦게 부인과 함께 아이들을 데리고 갓 부화한 새끼 거북이들이 마로니 강에서 처음으로 헤엄치는 것을 구경하러 외출을 할 계획이었기 때문이다.

불꽃 과학자는 엄청난 힘을 지니고 있었음에도 담담해 보였다. 사실 그는 역사상 어떤 통치자보다도 큰 힘을 휘두르고 있었다. 예를 들어 위구르와 몽골을 사납게 제압했던 18세기 중국의 건륭

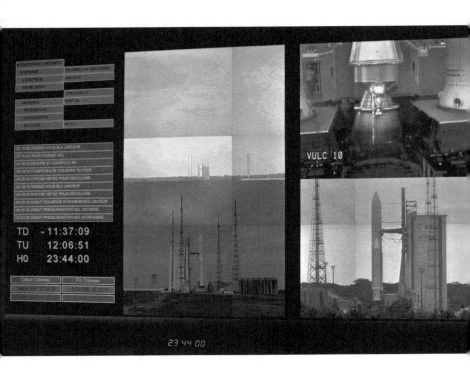

166

제도 그에 비하면 종이호랑이였다. 그러나 프루동 박사의 힘은 무절제한 무력과는 정반대의 위치에 있었다. 그것은 상상하기 어려운 맹렬한 힘을 안전하게 관리하는 일을 맡은 과학자의 규율이 잡혀 있는 침착한 권위였다. 하얀 가운을 입은 이 남자의 내부 어딘가에는 지배하고, 소리치고, 정복하고, 폭발하고, 공격하고자 하는 충동의 흔적이 남아 있을 테지만, 그는 그런 본능을 조심해서 억제하고 있었고, 세심한 실험실 규칙은 그의 충동들을 잘 관리하고 있었다. 현대의 전능함은 이토록 고요한 모습으로 나타날 수 있는 것이다.

7

위성과 그 론처는 물론 현실적인 업적이지만, 동시에, 또 어쩌면 일차적으로는, 믿음 체계의 혁명적 변화의 산물일 수도 있었다.

아이작 뉴턴(그의 이름이 붙은 거리에는 쿠루의 유일한 여행사가 자리를 잡고 있었다)은 위성 발사의 기초가 되는 이론들을 처음 제시한 사람이었다. 그는 만일 높은 곳, 예를 들어 믿어지지 않을 만큼 높은 산꼭대기에서 대포를 엄청나게 빠른 속도로 쏘면, 대포알이 궤도를 따라 지구 둘레를 돌 것이라고 추론했다. 지구가 회전하여 대포알로부터 멀어지지만, 동시에 지구의 중력은 대포알을 잡아당길 것이었기 때문이다. 이 영국인의 생각은 화학과 물리학의 다른 많은 발견들과 더불어 과학적 관점의 결과물이었다. 이 관점은 유럽의 정신이 그 전의 길고 어두웠던 마법의 시대로부터 점차 벗어나고 있다는 증거였다.

로켓 발사가 준비되고 있는 곳으로부터 400킬로미터 떨어진 브라질 국경의 열대우림에는 마지막 남은 와이와이 인디언이 살았다. 이 부족의 다수는 오래전에 정글을 떠나 도시나 정부가 지은 수용소로 들어갔다(한 무리는 쿠루에 살았는데, '유럽 광장'이라는 이름이 붙은 곳에서 인기 있는 와이와이 테이크아웃 레스토랑을 운영했다). 그러나 야생에 남은 인디언들은 과학 발전 이전 서양인의 우주론과 구조가 비슷한 초보적인 우주론을 그대로 간직하고 있었다.

와이와이 인디언은 행성의 운동, 날씨의 주기, 동물의 행동, 식물의 속성을 모두 신화적으로 이해하려 했으며, 정확한 관찰이나 거리를 둔 이해는 시도하지 않는다. 따라서 지식이 발전할 여지가 없다. 시간은 정지해 있다. 전통은 바꾸거나 조사할 수 없는 것이다. 신성한 장로와 주술사의 영역이기 때문이다. 와이와이 인디언은 눈에 보이는 모든 것에 자신을 투사했다. 왜 오늘 저녁에는 달이 유난히 붉게 보일까? 부족 가운데 누군가가 다음 날 유혈 사태 같은 것을 일으키겠다는 폭력적인 생각을 했기 때문이다. 그동안 왜 비가 오지 않았을까? 구름 속에 살며 침을 뱉는 아나콘다 무리가 사냥을 하다 화가 났기 때문이다. 하늘은 무엇일까? 높은 바위세 개 위에 자리 잡은 점토 팬이다.

와이와이 인디언의 사고 구도에서는 인간이 세계에 직접 영향을 줄 수 없다. 세계에 영향을 주려면 세계의 여러 기능을 담당하

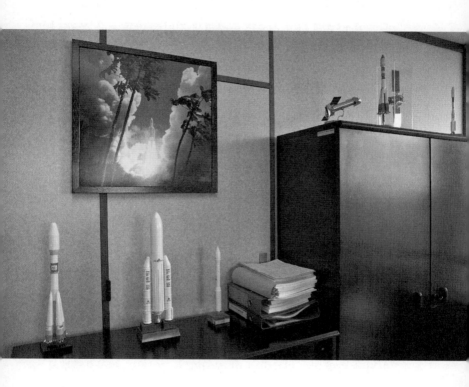

는 영들에게 요청을 해야 한다. 아니, 더 정확하게 말하자면 애원을 해야 한다. 바람이 불지 않는 날에 맥?을 해치지 않도록 조심해야 한다. 바람은 하늘에 숨어 있는 거대한 맥이 좌우하는 것이기 때문이다. 하늘의 맥은 커다란 종려나무 잎을 흔들어 바람을 만든다. 해가 나오게 하고 싶으면 큰부리새 깃털로 만든 관을 쓰고 아나콘다 모양으로 조각한 긴 파이프를 불어, 신성한 공을 달래 하늘로 올라가게 하면 된다.

지금 정글 가장자리의 격납고에서 연료를 넣고 짐을 싣는 데 몰두한 과학자들은 그런 생각으로부터 도저히 알아볼 수도 없을 정도로 멀리 떨어져 있었다. 그들은 혼합 탱크 유체역학의 수량 분석이나 폴리머 첨가제의 드래그 감소가 터뷸런트 파이프의 흐름에 미치는 영향으로 박사학위를 받은 사람들이었다. 그들은 우주를 그들의 죄나 미덕과 상관없이 존재하는 질서정연하고 논리적인 기계, 이성으로 분해할 수 있고, 주문에 의존하지 않고도 이론으로 예측을 할 수 있는 감정 없는 시계 장치로 여긴다.

그럼에도 과학자가 아닌 사람으로서 로켓 조립 건물을 살피고, 바늘 같은 9층 높이의 고체 추진제를 바라보면서, 가장 비마법적인 접근 방법으로 만들어낸 이 장치가 초자연적인 연상으로부터 완전히 자유롭지는 않다고 느낄 수밖에 없었다. 과학을 이해하지 못하면서 과학과 함께 살아가다 보면 어쩔 수 없이 옷을 거의 걸치지 않은 와이와이 인디언이 하늘에 나타나는 현상을 바라보는 것과 똑같은 유사 신화적인 방식으로 기계를 볼 수밖에 없었다.

암모늄 과염소산염 합성물의 도움만으로 신비로운 경외감 비슷한 것을 일으키는 데 성공했으니 이 하얀 가운을 입은 사람들은 그 재능과 오만이 얼마나 대단할까.

8

그럼에도 예정된 발사 시간이 다가오자, 긴장이 팽팽해지면서 다들 불길한 예감에 휩싸인 듯했다. 하늘은 자줏빛이 섞인 잿빛으로 바뀌었고, 묘하게도 바람 한 점 없었다. 쿠루에서는 노벨 거리와 메르 테레사 거리가 만나는 모퉁이에서 프랑스 텔레콤의 밴이 승용차와 충돌하는 사고가 있었다. 아틀란티스 호텔에서는 도마뱀들이 떼를 지어 몰려다녔다.

늘 복잡하고 연극 같은 이 지역 날씨는 과학자들의 특별한 관심사였다. 이곳에서는 거의 매일 오후에 격렬한 뇌우가 몰아쳤다. 유럽 북부의 일반적인 최대 구름 두께가 8킬로미터인데 반해, 이곳은 18킬로미터였다. 빠른 속도로 그런 높은 구름을 찢고 올라가다 로켓이 벼락을 맞을 위험이 있었다. 게다가 이 지역은 대기 상층에 바람이 심하다고 알려져 있었다. 다시 말해서 지상에서는 바람이 전혀 안 분다 해도, 30킬로미터 위에서는 맥이 종려나무 잎을 흔들어 강한 바람을 일으킬 수도 있고, 그러면 로켓이 제멋대로 궤도를 벗어나는 참사를 일으킬 수도 있다는 이야기였다.

발사 한 시간 전인 저녁 8시, 우리는 무장 경비병들의 호위를 받으며 어둠을 뚫고 정글 속의 관찰대로 차를 달렸다. 부스터에 점화를 할 곳으로부터 불과 3킬로미터 떨어진 곳이었다. 우리는 아무 거칠 것 없이 발사대까지 환히 내다보이는 높은 빈터에 자리를 잡았다. 입을 여는 사람은 없었다.

기술적으로 극단적인 상황은 감상적인 안전 브리핑을 듣고 싶은 욕구를 자극하는 경향이 있다. 이런 브리핑은 또 잠재된 위험이 얼마나 큰지, 그리고 이 위험에 대한 대비는 얼마나 부적절한지 드러내는 경향이 있다. 엘리트 집단인 파리 소방대 — 우주 센터 내에 이 조직의 지사가 있었다 — 에서 나온 사람이 우리에게 이야기를 했다. 이 소방관은 이 거리에서라면 기능에 문제가 생긴 로켓이 1초가 안 되어 우리를 덮칠 수 있다고 말했다. 그러나 이런 절망적인 전망에도 불구하고 소방관은 노란 가스 마스크를 나누어주며, 머리에 쓰고 호흡 튜브를 작동시켜야 한다고 설명한 뒤에, 긴급 상황이 생기지 않는 한 가만히 놔두라고 말했다. 그런 지침에도 불구하고, 몇 분 뒤, 늘 과학에 생명을 불어넣을 필요를 느끼는 홍콩의 텔레비전 리포터는 카메라맨의 마스크를 상자에서 꺼내 자기 얼굴에 대충 걸치고 카메라에 대고 막힌 소리로 독백을 했다. 시청자에게 자신이 어떤 위험에 노출되어 있는지 설명하는 것이었다. 물론 자신의 마스크는 술 장식이 달린 발렌시아가 핸드백 안에 고이 모셔두었다.

우리에게 통제실 상황을 실시간으로 보여줄 화면이 세워졌다. 30명 정도 되는 사람들이 터미널 앞에서 아리안 론처의 핵심적인

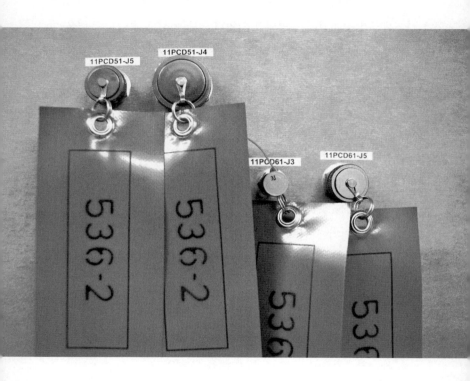

기능을 감시하고 있었다. 거북이 구경에서 돌아온 프루동 박사는 책상에 앉아 무감각한 얼굴로 앞에 늘어선 화면을 바라보고 있었다. 자신들이 불가결한 존재라고 느끼는 이 팀의 자부심에 도전이라도 하듯이, 동쪽으로 몇 킬로미터 떨어진 곳에서는 제2의 통제센터가 설치되어 운영되고 있었다. 이곳에서도 똑같은 훈련을 받은 사람 30명이 만의 하나 론처가 변덕스러운 출발을 하여 동료들을 다 태워버릴 경우 조작 명령을 넘겨받으려고 대기하고 있었다.

아리안 론처는 무더운 밤 건너편의 발사대에 서서 아크등에서 나오는 불빛을 받고 있었다. 아크등에는 열대의 곤충이 구름처럼 몰려들어 미친 듯이 춤을 추고 있었다. 정글 깊은 곳에는 멧돼지와 거미원숭이, 거대한 개미핥기와 하피 독수리가 있었다. 그러나 냉방장치를 갖춘 뉴턴적인 문명을 누리는 이 어울리지 않는 느낌의 전초기지에서는 뭔가가 이 행성을 떠날 준비를 하고 있었다. 서아프리카 해안까지 일정 구역에는 선박과 항공기가 들어올 수 없었다. 아리안 론처의 엔진들은 굵고 검은 탯줄을 통해 마지막으로 산소를 들이쉬고 있었다. 남은 인간은 모두 그 구역에서 물러났다. 대양 정기선이 출발하거나 묘지에서 하관을 할 때 느끼곤 하는 슬픔을 어느 정도 느끼지 않을 수 없었다.

이륙 30초 전에 프루동 박사의 목소리가 스피커로 들려왔다. 하늘 위의 맥이 이 비행 계획을 이행해도 좋다고 허락을 내린 것 같았다. 몇 년간의 작업이 한 순간으로 응축될 찰나였다. 늦은 오후만 되면 정처 없이 께느른하게 흐르던 시간이 마침내 의미를 발산하는 느낌이었다. 10초가 남자 프루동 박사는 자신이 맡았던 죄수를 석방하는 교도관처럼 일군의 열쇠를 돌리더니 공식 카운트다운을 시작했다. 이제 일이 평화롭게 끝날 방법은 없는 것 같았다. 십, 구, 팔, 칠, 연결 차단…… 영화에서는 늘 케이프커내버럴*과 뗄 수 없이 연결되어 있는 시퀀스가 다른 언어로 발음되는 것을 들으니 기분이 묘했다. '오' 하는 말에 딱딱한 껍데기가 벗겨져나가는 것 같은 둔한 소리가 들리고, 론처 바닥에서 첫 연기가 피어올랐다. '삼' 하는 말에 하얀 파도가 바닥을 감쌌고, '일, 이륙……' 하는 말이 떨어지자 로켓이 완벽한 정적 속에서 발사대를 박차고 솟아올랐다.

잠시 후에 우리에게 소리가 전달되었을 때 우리 모두 그 소리가 지금까지 들었던 어떤 소리보다 크다는 것을 알았다. 천둥, 제트기, 채석장에서 터뜨리는 폭약 소리보다 컸음은 물론이다. 태양 에너지가 수천만 년 응축된 힘이 한순간에 터져나왔다. 우리는 재생할 수도 없고 재현할 수도 없는 사건 안에 들어와 있음을 인식했다. 더욱이, 나중에 하는 이야기에서는 늘 생략되지만, 이 장면에 특별한 드라마를 부여한 것은 다음 순간 무슨 일이 벌어질지 모른다는 우리의 공포였다. 이런 엄청난 일에서 아무도 피를 흘리지 않고 모두가 멀쩡하게 살아나오는 결말이 나올 것 같지가 않았기 때문이다.

---

* NASA의 우주선 발사대가 있는 곳.

로켓이 솟아올랐다. 모두 입을 떡 벌렸다. 놀라서 내뱉은 순진하기 짝이 없는 **아** 소리, 그 모호하고 원시적인 소리뿐이었다. 한순간 우리 모두 우리 자신을 잊고 있었다. 우리의 교육, 예절, 아이러니에 대한 느낌도 다 잊었다. 그저 남쪽 하늘을 가로지르며 치솟는 하얗고 가느다란 창 하나를 눈으로 따라가고 있을 뿐이었다.

빛도 있었다. 폭탄 제조자가 만들어낼 수 있는 색 가운데 가장 짙은 주황색이었다. 로켓이 창공에서 거대하게 타오르는 전구가 되자, 우리는 마치 대낮처럼 해변, 쿠루 시, 정글, 우주 센터 건물, 옆에 있는 구경꾼들의 놀란 얼굴을 볼 수 있었다.

이 발사의 상징적 의미는 여러 가지로 읽어낼 수 있을 것 같았다. 하늘에는 아시아의 텔레비전 위성을 궤도로 싣고 가는 튜브가 있었다. 그러나 이것은 보는 사람의 경향에 따라서(현장에는 이런 생각을 막을 만한 것이 거의 없었다) 영(靈), 야훼, 거룩한 삼위일체, 마와리의 화신, 와이와이 우주의 전능한 창조자이기도 했다. 그 장면을 보자 구약의 예언자들이 신의 장엄함 앞에 청중이 몸을 떨게 하려고 제시했던 연기와 불의 순간들이 떠올랐다. 그러나 이 현대의 신의 모습은 가장 세속적이고 이교도적인 기계들이 만들어내고 있었다. 과학은 우리에게 신들을 깔보라고 가르친 것이다.

론처는 한 겹의 구름을 꿰뚫고 사라졌다. 하늘, 땅, 정글에서 울려퍼지는, 어디에서 시작되었는지 알 수 없는 포효만 남았다. 그 순간, 구름들 사이의 틈으로 론처가 다시 나타났다. 어떤 비행기도 날 수 없는 높은 곳이었다. 그러나 이내 얼룩 같은 불길로 변해버렸다. 불과 며칠 전에 격납고 안에서 보았던 위성이 이미 대기권 상층에 이른 것이다. 로켓 부스터는 어느 샌가 버려져, 지금쯤 낙하산에 매달린 채 흔들리며 아프리카까지 반쯤 내려왔을 것이다.

다시 우리 주위에 묘한 고요가 내려앉았다. 나무들 사이에서 자연이 만들어낸 바람 소리가 들렸다. 이윽고 원숭이 한 마리가 외치는 소리가 들렸다. 나는 입안이 말랐다. 왼손이 여전히 허공에 머물러 있다는 것을 깨달았다. 이 소동이 시작될 때 있던 자리에 그대로 고정되어 있었던 것이다. 근처의 텐트 밑에는 의자가 몇 줄로 놓여 있고, 그곳에서 두 사람이 프랑스어로 조용히 이야기를 하고 있었다. 머리를 어깨까지 기른 꾸밈없는 젊은 미녀가 친구에게 위성이 마지막 궤도에 이르는 과정을 설명하고 있었다. 작은 블루벨 꽃무늬의 하얀 면 스커트 차림인 여자는 자기 무릎을 지구라고 가정하고 길고 늘씬한 손가락으로 위성의 궤도를 그리고 있었다. 그녀는 사람들이 흔히 생각하는 것과는 달리, 론처가 위성을 그 목적지까지 옮겨주는 것이 아니라는 사실을 분명히 이해시키려고 열심히 노력하고 있었다. 론처의 임무는 위성을 250킬로미터 상공의 대기권에 집어넣는 것이었다. 그곳을 투입점이라고 불렀다. 위성은 이곳에서 모터를 이용해 궤도가 시작되는 지점인 일본 상공 3만 6천 킬로미터 지점까지 열흘을 더 여행해야 했다. 또 묘한 타원형(치마 위에 그려보였다)으로 하위 궤도를 여러 번 돌아야 완전한 원(왼쪽 무릎 둘레에 그렸다)에 이를 만한 힘을 얻을 수 있었다. 나는 이 복잡한 탄도 과학을 결론까지 따라갈 수가 없었다. 현장의 긴장 때문에 자꾸 정신이 산만해져 밤 속으로 더 깊이 걸어들어갈 수밖에 없었기 때문이다.

이제 로켓의 지휘권은 쿠루의 엔지니어들로부터 지구를 둥그렇게 둘러싸고 있는 위성 추적 기지국들로 넘어갔다. 그러나 막상 이 기지국이 있는 나라의 주민은 그 존재를 모르고 있었다. 첫 번째 기지국은 대서양 한가운데, 어센션 섬에 자리 잡고 있었다. 이곳의 작은 건물에는 한 달 전 배를 타고 프랑스에서 온 기술자가 한 사람 있었다. 그가 하는 일은 부스터의 방출 뒤 4분 동안 아리안 론처의 여행을 추적하는 것이었다. 그 뒤에는 통제권이 가봉의 리브르빌 북부에 있는 외로운 추적 설비로 넘어갔다. 그 다음에는 케냐의 말린디에 있는 기지국으로 통제권을 넘겼다. 이 사슬의 맨 마지막은 오스트레일리아 사막 서부에 있는 등대였다. 그 순간 무엇보다도 그 등대의 고립감이 내 마음에 와닿았다.

9

쿠루 해변의 레스토랑에서 위성 발사 축하 파티가 열렸다. 식당은 아리안 론처와 그 위성의 사진들로 장식이 되었고, 뷔페가 차려졌다. 염소와 문어 요리도 있었고, 거대한 바비큐 새우는 론처 모양으로 조각되어 있었다.

지구 반대편—로켓이 우리를 떠난 지 불과 27분밖에 안 지났음에도 그곳은 이미 내일이었다—에서는 다단계 엔진이 동작을 멈추고, 아리안 론처의 코에 달린 원뿔 뚜껑이 위로 올라가 위성이 자력으로 움직이기 시작했다.

우리는 감정이 고조되어 있었다. 도취 상태라 해도 괜찮을 것 같았다. 일본 임원은 한 사람씩 우주국의 책임자의 하얀 셔츠에 몸을 갖다대고 끌어안았다. NASA의 직원들은 맥주를 마시기 시작했다. 추진 팀은 보르도의 코르크를 땄다. 나도 함께 흥분했다. 45억 년의 역사 동안 침투해 들어간 물체가 거의 없는 우리 행성의 외기권(로마 시대에는 우주가 얼마나 고요했을 것이며, 중세에는 250킬로미터 위의 하늘이 얼마나 적막했을까)에 이제 막 우리의 우아한 하얀색 창을 통과시켰으니까. 엔지니어들은 가장 비인간적인 장소를 우리 기계들을 위한 집으로 만드는 방법을 알아낸 것이다. 곧 우리 머리 위의 창공에는 눈이 하나 더 생길 터였다. 나는 월트 휘트먼의《풀잎Leaves of Grass》에 나오는 시 〈인도로 가는 길Passage to India〉을 생각했다. 이 작품에서 시인은 자신이 높은 곳에서 땅이나 인간과 자연의 작품을 살피는 자신의 모습을 상상하고 있다. 이런 상상은 오직 현대의 위성을 염두에 둘 때에만 구체성을 얻게 된다.

나는 대륙 위에서 모든 장애를 넘어가는 퍼시픽 철도를 본다.
화물과 승객을 싣고 플라트 협곡을 따라 구불구불 계속 이어지는 열차를 본다.
빠르게 움직이며 포효하는 기관차 소리, 날카로운 증기 경적 소리를 듣는다.

세상에서 가장 웅장한 경치 속에 울려 퍼지는 메아리를 듣는다.
라라미 평원을 가로지르며, 괴상하게 생긴 바위와 고립된 언덕
을 본다.
수많은 참제비고깔과 야생 양파를 본다. 황량하고 색깔 없는
세이지 사막을 본다.

이제 나는 남아메리카 정글 가장자리의 화려하게 불이 밝힌 방
에서 브라질 럼을 손에 든 채 비관적이고 의심 많은 나의 경향에
등을 돌리고 있었다. 해 아래 새로운 것은 없다고, 모든 물질적 진
보에는 불가피하게 영적 퇴보가 수반된다고, 창을 휘두르던 우리
조상들도 우리만큼이나 지혜롭고 선량했다고, 합리적인 사고의
발전은 비극밖에 가져온 것이 없다고 주장하기란 너무 쉬워 보였
다. 하지만 이런 주장 가운데 하늘로 올라가는 아리안 론처의 자
태를 염두에 둔 것이 있던가? 이 주장들은 아리안 론처 유압 시스
템의 흠잡을 데 없는 논리를 인정하고 있는가? 무엇보다도 그런
틀에 박힌 이야기는 상상력이 부족한 좌절한 계급의 원한만 드러
내는 것이 아닐까? 나는 내 주위의 엔지니어와 기술자, 야구 모자
를 자주 자랑하고 세련되지 못한 유머를 구사하는 경향이 있기는
하지만, 그럼에도 우주의 작동 방식을 터득한 이 새로운 주술사들
에게로 나의 충성심이 이동하는 것을 느꼈다. 이들은 얼마나 놀라
운 생물들인가! 이들은 얼마나 놀라운 지평을 열어젖혔는가!
이 흥분에 동참하지 못하는 것처럼 보였던 유일한 사람은 홍콩

의 텔레비전 리포터였다. 그녀는 뚱한 표정으로 탁자에 앉아 포크로 접시 위의 새우만 밀어대고 있었다. 그녀는 위성 발사가 실망스러웠다고 말했다. 그러면서 힘없이 웃으며, 이제 자기 나름의 카운트다운을 시작했다고 덧붙였다. 빅토리아 항구를 굽어보는 자기 아파트로 돌아갈 시간을 기다리는 것이었다. 그녀의 씁쓸함에서는 상처 받은 자기중심주의의 냄새가 났다. 그녀가 편안해 하는 화제는 모기뿐인 것 같았다. 남들이 모기에 뜯긴 이야기는 보통 꿈 이야기와 다를 바 없이 지루하건만, 그녀는 위성이 발사되는 동안 자기가 모기에게 엄청나게 물린 것을 한참 자랑하더니 급기야 발목까지 보여주었다. 그녀가 여전히 매력이 있다는 사실을 보여주기 위해 그 아주 작은 존재들이 관심을 가져준 흔적들을 마지막 증거로서 필사적인 심정으로 제출하는 것 같았다. 그 순간 나는 로켓에게 질투심을 느끼는 것도 가능한 일임을 깨달았다.

10

나는 염소 스튜와 고구마를 조금 먹고 바깥의 탁자로 나갔다. 하늘에는 믿을 수 없을 만큼 빽빽하게 별이 깔려 있었다. 검은 새틴 자락에 반짝이를 엄청나게 뿌려놓은 것 같았다. 수천 년 동안 자연, 그리고 자연의 창조주로 여겨지는 존재가 경외감을 독점해왔다. 빙산, 사막, 화산, 빙하 같은 것들을 보면 우리가 끝이 있고 한계가 있는 존재임을 깨닫게 된다. 그 순간 두려움과 존경심이 하나로 합쳐지면서 마음이 겸허해지는 동시에 묘하게 흐뭇해진다. 이런 느낌을 18세기의 철학자들이 '숭고함'이라고 부른 것은 유명한 일이다.

그러나 변화가 찾아왔다. 우리는 여전히 이 변화에서 벗어나지 못하고 있다. 아리안 론처는 그런 변화의 한 예다. 자연은 19세기에 걸쳐 숭고한 느낌을 자아내는 주된 촉매의 자리에서 물러나게 되었다. 우리는 이제 기술적 숭고함의 시대로 깊이 들어왔다. 숲이나 빙산이 아니라 슈퍼컴퓨터, 로켓, 입자 가속기가 가장 강렬한 경외감을 자아내는 시대인 것이다. 우리는 이제 거의 우리 자신에게만 놀라고 있다.

반면 자연은 피를 흘려 죽어가며 우리 문 앞에 당도한 예전의 원수처럼 우려와 동정의 대상이 되었다. 자연 풍경은 이제 우리를 훌쩍 뛰어넘는 모든 것의 상징 자리에서 물러나, 어디에서나 우리의 돈키호테적인 힘 때문에 상처를 입고 있다. 우리는 킬리만자로의 줄어드는 눈을 보며 터빈의 악영향을 생각한다. 아마존 강 주변의 벌거벗겨진 땅 위를 날며 열대우림이 우리 손에 쥐어진 꽃한 송이만큼이나 약하다는 사실을 인식한다. 회로판에는 존중심을 느끼고 빙하에는 동정심과 죄책감을 느끼게 된 것이다.

11

원래는 근처에 사는 엔지니어의 차를 얻어타고 아틀란티스 호텔로 돌아갈 계획이었으나, 새벽 한시에 그가 종이 모자를 쓴 채 브라질 여종업원과 춤을 추기 시작하는 것을 보고 혼자 밖으로 나왔다.

쿠루의 거리는 그렇지 않아도 사람을 끌어당기는 맛이 없는데, 이렇게 늦은 밤에 나오니 더 우중충하고 불길한 느낌이었다. 상점에는 셔터가 내려져 있고 불을 켠 곳은 거의 없었다. 전날 수리남에서 국경을 넘어온 갱에게 약탈당한 와이와이 레스토랑에는 경찰이 차단선을 쳐놓았다.

나는 예기치 않게 우울한 기분에 젖어들었다. 아리안 론처 발사의 배경을 이루는 성취들 가운데 실제로 우리의 일상적 경험으로까지 분명하게 흘러들어올 수 있는 것은 거의 없을 것이며, 따라서 삶의 많은 부분은 지금까지 늘 그래왔던 것처럼, 내면의 혹독함, 중력, 우울에 계속 시달리며 이어져나갈 것임을 깨달았기 때문인지도 몰랐다. 사실 동굴에 살던 우리 조상들과 다를 바 없는 상황이었다. 우리 몸은 쇠약해질 것이고, 우리의 계획은 뜻한 바대로 이루어지지 않을 것이고, 우리는 잔인성, 욕정, 어리석음에 시달릴 것이다. 위대한 기계들이 보여준 속도, 우아함, 위엄, 지능과 연결을 회복할 만한 처지에 놓이는 일은 아주 드물 것이다.

나는 근대를 살아가려면 고통스러운 심리적 적응이 필요하다는 사실을 아프게 깨달았다. 과학이 제공하는 잠재력을 존중하면서도 그 혜택이 좁은 틀 안에 갇혀 곤혹스러울 정도로 제한적일 수도 있다는 점 또한 인식해야 한다는 것이다. 모든 활동이 공학처럼 흥분을 자아내고 엄격성을 고수하기를 바라고 싶은 마음이었

지만, 그런 유혹에도 불구하고, 과학기술의 성취에 지나치게 감동을 받아 저열한 형태의 오류와 부조리가 집요하게 우리를 따라다닌다는 사실까지 간과하는 사람들의 어리석음 또한 생각하지 않을 수 없었다.

12

다음 날은 프랑스령 기아나에서 보내는 마지막 날이었다. 저녁 비행기를 타기 전까지 시간을 때우려고 수도 카옌을 돌아다니다가 이 나라에서 가장 큰 박물관에 이르게 되었다. 함석지붕이 덮인 전통적인 크리올 건물은 손볼 곳이 많았으며, 창, 식민지 시대의 초상화, 박제한 뱀 등이 전시되어 있었다.

뒷방에는 역사의 여러 시기에 이 나라의 거주자들이 일을 하던 모습을 묘사한 그림들이 걸려 있었다. 첫 번째 액자에는 동물 가죽을 걸치고 과일 껍질을 벗기는 가족의 그림이 들어가 있었다. 두 번째는 카누의 뱃전에서 무기력하게 바깥을 내다보는 어부들이었다. 세 번째는 플랜테이션 건물에 불을 지르는 노예의 무리였다. 마지막에 걸린 다른 그림 두 배 크기의 매혹적인 테크니컬러 사진은 하얀 가운을 입은 엔지니어 다섯 명이 우주 센터의 격납고에서 위성의 전선을 손보는 모습이었다. 하고 싶은 이야기는 분명했다. 프랑스령 기아나는 과거의 불명예스러운 노동을 극복하고 과학의 손이 축복한 미래를 향해 나아가고 있다는 것이었다.

그러나 나는 우리 조상들이 한때 신을 숭배했던 것처럼 로켓 엔지니어와 기술자들을 존경해야 한다는 것이 왠지 어색하게 느껴졌다. 이 전문가들은 밤하늘이나 산과 비교할 때 존경의 대상으로 삼기에는 어울리지도 않고 왠지 곤혹스러운 면도 없지 않았다. 과학 이전의 시대에는 아무리 부족한 것이 많다 하더라도 어쨌든 인간이 이룬 모든 성취는 우주의 장대함에 비추어 아무것도 아니라는 사실을 아는 데서 오는 마음의 평화를 누릴 수 있었다. 그러나 우리는 기계 장치에서는 그들보다 축복을 받았을지 몰라도 세계관에서는 그들보다 겸손하지 못하기 때문에, 우리의 똑똑하고, 정확하고, 맹목적이고, 도덕적으로 혼란을 일으키는 동료 인간들 외에는 달리 딱히 숭배할 대상이 없다는 사실에서 오는 선망, 불안, 오만의 느낌들과 씨름을 하게 되었다.

13

집으로 돌아온 뒤 일주일이 약간 지났을 때 록히드 마틴 위성은 성공적으로 궤도에 진입하여, 지구의 목걸이를 이루는 다른 수백 대의 위성 대열에 합류했다. 이제 그 위성은 WOWOW TV의 프로그램 이미지를 일본 전역에 쏟아내리고 있다. 맑은 날 밤이면 일본에서는 자연의 별을 흉내내는 그 위성을 가끔 볼 수 있다.

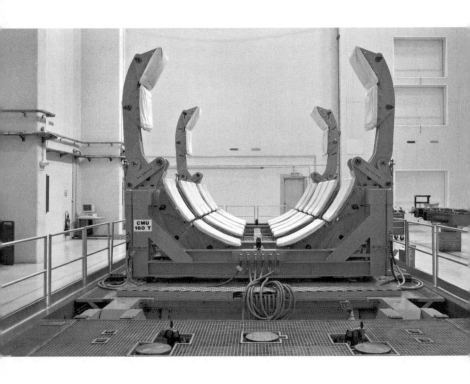

190

Six

그림

1

스티븐 테일러는 지난 2년간 이스트 앵글리아의 밀밭에서 똑같은 떡갈나무를 그리며 많은 시간을 보냈다. 물론 빛과 날씨는 그때마다 달랐다. 지난겨울에는 두 길이나 쌓인 눈을 헤치며 나오기도 했고, 올여름에는 새벽 세시에 바닥에 드러누워 하늘 제일 높은 곳에 올라간 달의 빛을 받고 있는 나무 위쪽 가지들을 그리기도 했다.

평범한 여름날 이 무명의 중년 화가는 아침 일곱시에 차에 물건을 실으며 일할 준비를 한다. 그는 런던에서 북동쪽으로 90킬로미터 떨어진 인구 십만의 도시 콜체스터 중심부에 있는 황폐한 연립주택에 산다. 축 늘어지고 여기저기 쭈그러진 시트로앵 자동차는 노쇠의 단계를 이미 넘어 마치 불멸의 상태에 들어가려는 것처럼 보인다. 뒷좌석에는 방금 다른 차와 정면충돌이라도 한 것처럼, 캔버스, 이젤, 해충 퇴치제, 오래된 샌드위치, 붓 통, 물감 상자가 어지럽게 널려 있다. 옷가방에는 목도리와 점퍼가 꽉 차 있다. 야외에서 그림을 그리는 화가들은 세잔이 어느 날 아침 액상프로방스의 들판에서 참새를 그리다 감기에 걸려 석양 무렵에 죽었다는 이야기를 잘 알고 있기 때문이다.

테일러는 콜체스터에서 벗어나는 도로를 따라 차를 몰고 창고와 건축 부지로 이루어진 상처투성이의 풍경을 지난다. 출근하는 차들은 안달이 나 금방 성을 낸다. 기차역 근처에 이르자 로터리 한가운데 오래된 능금나무가 서 있다. 도로 공사 때 그의 친구들은 다 잘려나갔건만, 녀석은 혼자 용케 살아남았다. 테일러는 도시에서 서쪽으로 15킬로미터 가까이 달린 끝에 도로를 벗어나 거의 사용되지 않는 농로를 따라 달리기 시작한다. 허리 높이까지 오는 풀줄기들이 마치 빗이 지나가는 길의 머리카락처럼 앞 범퍼 앞에서 고개를 숙이고 사라진다. 테일러는 늘 차를 대는 곳을 찾아간다. 나무에서 15미터 떨어진 곳이다. 그는 밀밭 속의 빈터에 베이스캠프를 차리기 시작한다.

떡갈나무는 250살쯤은 되어 보인다. 그렇다면 제인 오스틴이 아기였고, 조지 3세가 아메리카 식민지의 통치자였던 시절에 이미 종다리와 찌르레기가 깃들고 있었을 것이다.

2

완전히 마무리된 뒤 미술관에 걸린 반들거리는 그림들에 익숙한 사람들은 그림 한 점 만들어내는 데 필요한 엄청나게 다양하고 지저분한 장비들에 놀라지 않을 수 없을 것이다. 테일러는 끝을 개암나무로 만든 돼지털 붓, 검은담비 털 붓, 둥근 머리 붓, 깎아내는

그림 193

붓, 부드러운 일본 수채화 붓, 손으로 만든 오소리털 블렌더 등 백여 종의 붓을 갖고 있다.

테일러는 그 옆에 붓 못지않게 가지각색인 쭈글쭈글한 물감 튜브들을 내려놓는다. 이것이 그의 시각적 알파벳인 셈이다. 이런 요소들이 결합하여 꼼꼼하고 세밀한 종다리, 봄의 잎, 이끼가 덮인 가지를 창조해낸다는 게 잘 믿어지지 않는다. 그러나 능력 없는 사람 손에 들어가면 진흙과 다름없는 것이 되어버릴 물감이 엷게 펼쳐지고 덧칠이 되면 땅과 하늘의 여러 면으로 바뀌게 된다.

시간이 지나면 그림의 육체적 기원을 기억나게 하는 것은 모두 사라질 것이다. 화가의 손가락에 묻은 짙은 자홍색 얼룩, 신발의 붉은 점, 팔레트의 끈적끈적한 녹색과 파란색 오점. 이 모든 것은 녹아버리고 그림은 새로 깔아놓은 시골 도로처럼 자신의 물질적 부모에 관해서는 입을 다문 채 홀로 서 있을 것이다. 테일러가 일하는 것을 보고 있자니 유럽 미술사에서 보통 육체를 잃어버린 이름으로만 알려져 있는 페루지노*나 만테냐**조차도 한때는 몸을 가진 존재로서 돼지의 빳빳한 털이 달린 작대기를 이용하여 나무 조각에 물감을 문대고, 날이 저물면 아기 그리스도의 머리 위를 고요히 떠다니는 솜구름을 만드는 데 이용하던 물감을 묻힌 채 스튜디오에서 집으로 돌아왔겠구나 하는 생각이 든다.

---

* Pietro Perusino, 이탈리아 르네상스 초기 움브리아파의 화가(1450~1523)로 라파엘로의 스승이다.
** Andrea Mantegna, 이탈리아의 화가?판화가(1431~1506). 북이탈리아 르네상스 양식 확립에 기여했다.

3

테일러는 일주일 전에 시작한 나무 그림의 왼쪽 낮은 가지를 그리는 일에 착수한다. 엄지와 검지로 검은담비 털 붓을 움직여 그 끝을 마젠타* 한 방울과 생(生) 시에나토** 기름에 담근다. 이것은 나중에 응고하여, 멀리서 보면 정오의 태양을 받는 잎을 완벽하게 표현하게 될 것이다. 들판 위 높은 곳에서는 매 두 마리가 날면서 밀밭에서 꿈틀거리는 토끼를 찾고 있다.

나무 옆으로 뻗은 좁은 길을 따라 말을 달리곤 하는 지역 부르주아의 딸들은 이젤 앞에서 움직이는 이 텁수룩한 화가를 외면해 버린다. 한편 그런 무관심을 대신 갚아주려는 듯, 바지는 허리띠 대신 밧줄로 질끈 묶고 10년 전에 이미 사라진 정부(政府)에 대해 감정 섞인 욕을 외쳐대며 이 지역을 돌아다니는 부랑자는 늘 동정 어린 표정으로 테일러를 향해 고개를 끄덕인다.

테일러는 5년 전 여자 친구의 죽음 뒤에 시골길을 걸어다니다가 이 나무를 만났다. 발을 멈추고 나무 옆을 달리는 담장에 기대 쉬다가, 이 평범하기 짝이 없는 나무의 **뭔가**가 자신을 그림으로 그려달라고 외치고 있다는 느낌에 사로잡혔다. 그 일을 제대로만 해내면 그의 인생도 막연하기는 하지만 어떤 식으로든 구원을 받고, 그의 곤경들도 승화될 것 같았다.

---

* RGB(Red, Green, Blue) 가산혼합에서 빨강와 파랑을 동일하게 혼합했을 때 나타나는 색.
** 이탈리아의 산 지명에서 딴 이름으로, 황갈색 안료.

그림   195

300미터 상공의 글라이더에서 본 나무.

일을 하다가 깜빡 잊고 끼니를 거르는 것은 테일러에게 드문 일이 아니다. 일을 할 때 그는 사각형의 캔버스를 움직이는 하나의 정신, 하나의 손에 지나지 않는다. 물감을 섞고, 그 색깔을 세상과 비교하여 확인하고, 그것을 격자의 할당된 장소에 정착시키는 작업을 하다 보면 과거와 미래는 사라진다. 벌레 한 마리가 아무런 방해를 받지 않고 그의 손을 가로지르거나, 아니면 귀나 목에 잠시 자리를 잡을 수도 있다. 이제 아침 열시는 없다. 7월도 없다. 눈앞의 나무, 그 위의 구름, 하늘을 천천히 가로지르는 태양, 가지와 가지 사이의 작은 틈이 있을 뿐이다. 그 분해와 완성이 하루를 다 잡아먹는다.

테일러는 사물의 겉모습에 대한 책임감 때문에 괴로워한다. 밀의 색깔이 잘못 표현되었거나, 하늘의 두 조각 사이에 불편한 단층선이 있으면 밤에 잠을 이루지 못하기도 한다. 그는 자신의 일 때문에 긴장된 침묵의 분위기에 빠져들기도 하고, 그런 기분으로 콜체스터 거리를 걷는 모습이 눈에 띄기도 한다. 그러나 그의 걱정은 다른 사람들이 공감하기 어려운 것이다. 팽팽하게 펼쳐놓은, 돈이 생기지도 않는 천 조각에 부정확하게 발라놓은 물감 때문에 생긴 괴로움에 너그러울 수 있는 사람은 거의 없기 때문이다.

작업 속도는 느리다. 20평방센티미터의 캔버스에 5개월을 쏟아부을 수도 있다. 그러나 그의 수고를 아끼지 않는 작업 방식은 사실 20여 년의 연구의 결실이다. 강한 바람이 불 때 밀의 움직임을 가장 잘 표현하는 방법을 결정하는 데만 3년이 걸렸다. 색깔을 능

그림 197

숙하게 다루는 데는 더 긴 시간이 걸렸다. 10년 전이라면 나무의 잎을 칠하는 데만 적어도 열 가지 색조의 녹색을 썼을 텐데, 지금은 불과 세 가지에만 의존한다. 복잡함은 줄었지만, 그의 잎은 외려 전보다 훨씬 풍부하고, 짙고, 살랑거리는 느낌이 잘 살아난다.

테일러는 미술관 벽에서 스승들을 발견했다. 이미 세상을 떠난 위대한 거장들은 관대하다. 500년 뒤에 태어난 제자에게 기법과 관련된 지혜를 나누어주는 일도 드물지 않다. 일반 미술관 관람객에게는 움직이지 않은 오락물로 여겨질 수도 있는 작품이 화가에게는 살아 있는 처방이 된다.

테일러에게 잎을 그리는 방법을 가르쳐준 것은 티치아노*의 〈누비 소매 옷을 입은 남자〉(1510)다. 테일러는 런던 국립미술관에 걸린 이 그림 앞에서 수많은 시간을 보냈지만 그의 관심을 사로잡은 것은 그림 전체가 아니었다. 그는 남자의 얼굴에는 별 관심이 없었다. 그를 이 그림 앞에 붙잡아둔 것은 파란 소매, 더 구체적으로 말하자면 티치아노가 최소한의 색깔만 사용하면서도 그 옷감이 무거운 동시에 가벼워 보이게 그려냈다는 점이었다. 티치아노는 테일러에게 효율에 관해서, 사물을 설명하기보다는 암시하는 방법에 관해서 가르쳤다. 또 나무 그림은 각각의 개별적인 잎의 이야기가 아니라, 전체라는 역동적인 덩어리의 이야기가 되어야 한다고 가르쳤다. 티치아노의 소매에는 파란색이 다섯 가지

---

* Vecellio Tiziano, 이탈리아의 화가(1490~1576). 베네치아파의 대표적 인물로 바로크 양식의 선구가 되었다.

그림 199

밖에 없었다. 이 다섯 가지 색조를 세심하게 선택하고 현명하게 결합하여, 아래쪽 접힌 부분은 평평하고 텅 비어 보이게 하면서, 위쪽의 접힌 부분은 팔의 존재가 뚜렷하게 나타나도록 표현하여 관람객이 그림 안으로 손을 뻗으면 묵직한 팔을 잡을 수 있을 것처럼 느끼게 해놓았다.

4

테일러는 그가 아는 최대의 찬사로 화가들의 만신전에서 티치아노가 차지하는 자리를 규정한다. 이 화가는 옷 한 벌을 마치 생전 처음 보는 물건인 양 볼 수 있었다는 것이다.

정확한 묘사는 테일러의 그림 개념의 핵심이다. 그의 설명에 따르면 하늘은 절대 그냥 파랗지가 않다. 해에 가장 가까운 곳, 캔버스의 맨 꼭대기에는 울트라마린을 사용한다. 여기에 청록색을 점점 더 많이 섞으면서 땅을 향해 내려온다. 25도에서는 니켈 옐로와 마젠타를 약간 섞는다. 마침내 지평선에 이르면 부드러운 하얀 아지랑이 외에는 아무것도 남지 않는다.

테일러는 자신이 설정한 도전의 성격이 제한적임을 인정한다. 5년간의 그림을 모은 전시회에 맞추어 쓴 에세이는 다음과 같은 선언으로 시작된다. "나는 어른이 되어 거의 모든 시간에 물리적 세계를 관찰하는 일을 해왔다. 특히 지난 10년 동안은 해를 볼 때와 해에서 고개를 돌릴 때 일어나는 빛의 변화에 관심을 가졌다."

자기비하와 과대망상 사이에 아슬아슬하게 자리 잡은 야심을 요약한 말이다.

작년에 비가 오던 1월에는 2주 동안 떡갈나무 발치에 방수포를 깔아놓고 누워서 잎, 막대기, 풀, 지렁이, 벌레를 스케치했다. 그해 겨울에 이 떡갈나무에서는 잎이 약 18만 개 떨어졌고, 뿌리 주위에 사는 박테리아 수억 마리가 사람은 전혀 느낄 수 없을 정도의 느린 속도로 그것을 먹어치웠다. 테일러는 톡토기, 담륜충, 선충, 지렁이, 노래기, 책전갈, 민달팽이, 달팽이의 잿빛이 섞인 갈색 서식지를 그렸다. 작은 나무껍질에 퍼진 이끼를 꼼꼼하게 그렸고, 버섯이 착생 식물—다른 것 위에서 자라면서도 그것을 먹지는 않는 유기체—이라는 것을 안 뒤에는 거기에 끌리기도 했다. 박물학자에게는 '갈리움 아파리네'로 알려진 키가 큰 녹색 식물인 갈퀴덩굴의 줄기를 관찰하기도 했다. 그 잎의 끝에는 좀매미 거품—좀매미 애벌레가 숙주의 즙을 빼는 동안 자신을 잡아먹는 생물로부터 자신을 보호하려고 만들어내는 끈적거리는 분비물이다—으로 싸인 아주 작은 고리들이 달려 있었다.

테일러에게는 생물학의 전문적인 어휘가 중요하다. 그것은 관심의 표시이며, 세부를 존중할 줄 아는 공동체라는 표시다. 그가 보기에 전문적인 용어는 자연 세계를 우리한테서 차단하는 것이 아니라, 우리가 그 가장 귀중한 개별적 현상들을 더 충실하게 대하도록 돕는다.

그림 201

5

유난히 더운 여름날이 저문다. 들판에 나간 테일러는 밤에도 일할 준비를 한다.

근처 웨스트 버골트라는 이름의 마을 위로 달이 뜨고 있다. 테일러는 한 그루의 나무가 제공하는 더 풍부한 가능성으로 옮겨오기 전에는 4년 반 동안 그렇게 달이 뜨는 광경을 그렸다.

그러나 지금도 하늘에 달이 나타나는 그 정확한 순간을 잡아내는 것이 얼마나 어려운지 깨달으며 놀란다. 달은 처음에는 머나먼 도시의 빛들 사이에 숨어 있다가 은근슬쩍 먼 숲 바로 위의 자리로 온다. 그때부터 작지만 강력한 점이 빛을 발하기 시작한다. 달은 위로 올라가면서 계속 색깔이 변한다. 자주색을 띤 주황색에서 시작해, 10분 뒤에는 마젠타의 홍조가 사라지고, 마침내, 점점 검어지는 하늘을 배경으로 노란색은 눈부시고 순수한 하얀색으로 표백된다.

천천히, 테일러의 눈이 어둠에 적응한다. 밤하늘을 지배하는 녹색 때문에 마치 수족관에 들어와 있는 듯한 느낌이 든다. 몇 킬로미터 떨어진 집의 램프에 불이 켜진다. 지평선에 수령초 같은 주황색 별이 뜨고, 아래 나무들이 물속 해류에 휩싸인 산호 덩어리들처럼 산들바람에 흔들린다. 테일러는 목에 걸고 있던 휴대용 손전등을 켜, 물감통과 이젤에 빛을 비춘다.

밤이 깊어가면서 인간의 세계는 점차 물러나고, 테일러와 벌레들, 그리고 밀밭에서 노니는 달빛뿐이다. 그는 자신의 그림이 우

그림 203

리를 닮지 않은, 우리를 넘어선 모든 것으로부터 태어난다고 보며, 또 그런 것들을 숭배하는 마음을 불러일으키기를 바란다. 그는 한 번도 사람이 만든 것을 그리고 싶었던 적이 없다. 공장도, 거리도, 전기 회로판도 그리고 싶지 않았다. 그의 관심은 우리가 만들지 않았기 때문에 특별히 공감하고 상상하려고 노력을 해야만 이해할 수 있는 것들, 말 그대로 미리 볼 수 없기 때문에 예측도 할 수 없는 자연환경에 끌렸다.

그가 헌신적으로 나무를 바라보는 것은 자아를 옆으로 밀어놓고, 우리와는 다른 것, 우리를 넘어선 모든 것을 인식하려는 시도다. 우선 어둠 속에서 아주 오래되어 보이는 그 큼지막한 것에서부터 시작을 해보는 것이다. 그 제멋대로 뻗은 가지들, 수천 개의 빳빳하고 작은 잎들, 인간 드라마와 아무런 직접적 관련을 맺지 않은 그 놀라운 상태.

6

테일러의 집 2층 침실 옆에 붙은 작은 방을 스튜디오라고 부른다면 너무 거창할 것이다. 어쨌든 그 방은 1년의 여러 철, 하루의 여러 시간에 그린 떡갈나무 그림으로 덮여 있다.

크기는 작지만 아주 쾌적한 방이다. 사실 여러 해의 노동의 결과를 사방의 벽에 걸어놓고 한눈에 훑어볼 수 있는 직업은 많지 않다. 우리의 모든 지능과 감수성을 한 장소에 모아둘 기회는 더

군다나 찾아보기 힘들다. 일반적으로 우리의 노력은 오랫동안 지속되는 물리적 상관물을 찾지 못한다. 우리는 거대하지만 손에 잘 잡히지 않는 집단적인 기획들 속에서 희석되고, 그러다 보면 작년에 **우리가** 도대체 무엇을 하고 살았는지 궁금해진다. 더 깊은 수준에서는 우리가 어디로 간 것이고, 도대체 무엇이 된 것인지 궁금해하다가 결국 퇴직 기념 파티 같은 분위기에 젖어 우리의 사라진 에너지들을 바라보게 된다.

그러나 세상의 한 부분을 자기 손으로 바꾸는 장인에게는 모든 것이 얼마나 달라 보일런지. 그는 자신의 작업이 자신의 존재로부터 발산되는 것을 볼 수 있고, 하루를 마치고 또는 한 생을 마치고 한 걸음 뒤로 물러서서 하나의 대상—그것이 네모난 캔버스든 의자든 도자기든—을 보며 그것이 그의 기술들의 안정된 저장소이고 그가 보낸 세월의 정확한 기록임을 확인할 수 있다. 따라서 그는 자신이 이미 오래전에 손에 쥐거나 눈으로 볼 수 없는 무(無)로 증발해버린 기획들로 띄엄띄엄 연결되어 있는 것이 아니라, 한 군데 다 모여 있다고 느낄 수 있을 것이다.

테일러는 자신을 넘어서는 것들을 창조한다는 사실을 알고 있다. 일상생활을 영위할 때는 도저히 불가능한 방식으로 캔버스 위에서 자신을 올바로 드러낼 기회를 가진다.

그렇다고 그가 늘 예민하고 인내심 있는 관찰자인 것은 아니다. 그의 사회적 자아는 약한 데가 많다. 그는 다른 사람들이 옆에 있을 때면 과민해지며, 과장된 웃음으로 불안을 감추곤 한다. 그는

또 관습적인 의미에서 힘이 있는 것도 아니다. 그동안 그의 여정에는 독특하게 영국적인 괴로움이 끊이지 않았다. 다른 나라에서라면 더 쉽게 찾아왔을지도 모르는 성취 ― 지방적이고 노동계급적인 배경에서 벗어나 문화적이고 지성적인 서클에서 자신의 미술적 정체성을 주장하는 것 ― 는 이루기가 힘이 들었고, 그의 지위는 여전히 허약하다.

그러나 그는 이젤 앞에 서면 전혀 오만하다는 느낌 없이 자신이 그림을 그리는 방법을 안다고 말할 수 있다. 그런 순간에 그의 동료는 동네 술집에서 함께 술을 마시는 술친구들이 아니다. 그리고 그 자신도 이제는 우체부와 가게 점원 사이에서 태어난 무일푼의 아들이 아니다. 그는 티치아노의 둘도 없는 친구인 동시에 상속자다.

7

3년간 작업을 한 뒤 어느 봄 날 테일러는 운전사가 밴에 그의 떡갈나무 그림 32점을 싣는 것을 도왔다. 그의 목적지는 런던 시티 가장자리에 있는 한 화랑이다. 커다란 사무용 고층건물들이 갑자기 조그만 사무실과 상점들이 줄지어선 불규칙한 느낌의 거리에 자리를 내주는 곳이다.

그림은 화랑의 1층과 지하실 벽에 걸릴 것이다. 보도를 내다보는 커다란 판유리에는 초가을의 그 나무를 묘사한 12센티미터 높

이의 캔버스 하나만 자리를 잡을 것이다.

이 엄혹한 풍경에서 그의 떡갈나무는 묘하게 이질적으로 보인다. 이곳은 사람들이 통명스러운 표정으로 사무실로 향하는 곳이며, 크레인이 높이 솟아 있고 비행기가 머리 위를 가로질러 동쪽과 서쪽의 공항으로 가는 곳이다. 밖에는 커피, 샌드위치, 신문, 구두에 새로 박아넣을 힐을 사는 사람들이 있다. 모두 필수적이고 실용적인 요구를 처리하고 있다. 그런 활동의 한가운데 자리 잡고 있으니, 테일러의 그림이 도대체 무엇을 **위한** 것이냐고 묻는 것이 논리적으로 보인다.

그의 그림은 우리가 이미 본 것을 눈여겨보도록 돕기 위한 것이다. 나무 그림들은 우리의 관심을 자극하고 휘어잡으려고 노력한다. 어떤 면에서는 광고판과 비슷하다. 다만 우리가 특정한 상표의 마가린이나 할인 항공권에 초점을 맞추도록 강요하는 대신, 자연의 의미를 생각해보도록 자극한다. 매년 주기적으로 순환하는 성장과 부패, 얽히고설킨 식물과 동물 영역, 땅과 단절되어버린 우리, 물감으로 얼룩덜룩한 수수한 물체가 지닌 구원의 힘. 예술이란 중요하지만 무시되어온 방향으로 우리 생각을 밀어붙이는 모든 것을 가리키는 말인지도 모른다.

그럼에도 테일러는 예술을 말로 요약하려는 모든 시도를 수상쩍게 여긴다. 그는 훌륭한 그림이라면 자동적으로 모든 논평을 부적절하게 만들 것이라고 주장한다. 그 그림이 우리의 논리적 기능보다는 우리 감각에 영향을 줄 것이기 때문이다.

예술 작품의 특수성을 강조하기 위해 테일러는 그림과 음악이 '관념의 감각적 표현'에 매진하는 장르라는 헤겔의 정의를 인용한다. 헤겔은 우리에게 그런 '감각적인' 예술이 필요하다고 주장했다. 많은 중요한 진실이 감각적이고 감정적인 재료로 만들어졌을 때에만 우리 의식에 각인되기 때문이다. 예를 들어 정치적인 팸플릿을 읽은 뒤에 남을 용서하는 일의 중요성에 관해서 기계적이고 정체된 방식으로 동의할 수도 있지만, 노래 한 곡으로 그것을 본능적으로 깨달을 수는 있다. 그와 마찬가지로 자연 세계의 의미를 의무적으로 받아들이는 것이 아니라 어떤 식으로든 느껴보려면 떡갈나무를 성공적으로 그려낸 그림 앞에 서보는 수밖에 없을지도 모른다.

위대한 예술 작품은 어떤 것을 깨우치는 특성이 있다. 예를 들어 바람 없는 뜨거운 여름 오후 떡갈나무의 서늘한 그림자. 초가을 잎의 황금빛을 띤 갈색. 기차에서 스쳐가며 본, 묵직한 잿빛 하늘을 배경으로 윤곽으로만 서 있는 헐벗은 나무의 어떤 금욕적 슬픔. 동시에 그림은 우리 정신의 잊고 있던 측면들과 신비하게 결합될 수 있다.

우리는 나무에서 말로 표현하지 못했던 갈망을 발견하고 놀라기도 하고, 여름 하늘의 아지랑이 색조에서 사춘기의 자아를 발견하기도 한다.

8

다음 8주 동안 화랑에서 판매된 그림은 많지 않다. 전국지에 리뷰가 실리지도 않는다. 권력을 가진 유명한 사람들이 어떻게 생각하는지 알지도 못하는 상황에서 그림을 사기란 어려운 일이다.

그래도 길을 지나가던 사람 몇 명이 본능에 이끌려 계획 없이 화랑으로 들어온다. 한 나무는 점심시간에 도이체 방크의 트레이더에게 팔리고, 또 한 나무는 보 출신의 인쇄업자에게 팔리고, 또 하나는 멜버른에서 런던을 찾아왔다가 리버풀 스트리트 역에서 길을 잃은 남녀에게 팔린다.

전시회 마지막 주에는 가장 작은 떡갈나무, 판자에 그린 불과 10센티미터 높이의 유화를 밀턴 케인즈 출신의 치과의사 수전이 산다. 수전은 이 그림을 거실에 걸어둔다. 이 그림은 그곳에서 텔레비전, 룩소르에서 온 나무 낙타들, 노디와 테시 베어의 마을과 공생하며 관심을 차지하려고 경쟁한다.

수전은 그 그림을 친구들에게 보여주는 것을 좋아한다. 부나 지위를 자랑하는 것과는 아무런 관계가 없는 일이다. 어떤 의미에서는, 그녀 자신에게도 완전히 이해가 되지 않는 어떤 의미에서는, 남들에게 자신이 이 그림과 약간 비슷하다는 이야기를 하고 싶은 것이다.

그녀는 전에도 이런 나무를 본 적이 있다. 서머싯에서 자랄 때 학교 가는 길에 지나치던 나무. 대학 다닐 때 자전거를 타고 더램 시골을 통과할 때 본 나무. 첫아들을 낳았을 때 병원 너머 들판에서 있던 나무.

이 그림은 현대의 세속적 성상(聖像)처럼 자신의 주위에 자기장을 만들어, 자신을 보는 사람에게 어떤 태도와 행동 규범을 제시한다. 보통은 그날의 일상적인 일들이 거실을 집요하게 지배한다. 텔레비전은 질투심 많은 화면이다.

노디는 자신의 목소리가 들리게 할 기회를 좀처럼 놓치지 않는다. 그러나 이따금씩, 깊은 밤에, 다른 가족이 잠들었을 때, 수전은 그림 앞에서 몇 분 더 미적거리며 자신이 그 인격과 미묘하게 일치를 이룬다는 느낌을 받는다.

더불어 그녀 자신의 역사와 인간성이 다시 확대되어 그녀 안에서 제자리를 찾는 느낌도 받는다.

9

전시회가 끝난다. 지난 2년을 돌이켜보면, 테일러는 변변치 못한 배관공의 1년 수입 정도를 벌어들였다. 평소의 우리 모습보다 더 우아하고 지적인 대상을 창조하기 위하여 기꺼이 희생하는 인간 본성의 비실용적 측면을 보는 듯하다.

테일러는 자신의 운에 기가 죽지 않는다. 최근에는 콜체스터 북부의 한 마을을 찾아갔다. 콜린 강의 한 지류를 보러 간 것이다. 다음에는 물을 그려보고 싶기 때문이다. 둑에 자리를 잡고, 그곳에서 오랫동안 다양한 분위기와 빛 속에서 강을 그릴 것이다.

그림 215

"물을 본 적 있어요?" 테일러가 묻는다. "제대로 본 적이 있냐는 거죠? 전에 한 번도 본 적이 없는 것처럼."

Seven

송전 공학

1

아내의 막내 사촌 결혼식 피로연에서 스코틀랜드의 어느 전력 회사에서 일하는 중년의 사근사근한 남자 이언과 이야기를 나누게 되었다. 우리는 댄스 플로어 근처의 탁자에서 초콜릿 무스를 먹으며 각자의 직업 이야기를 했는데, 이언은 스코틀랜드 시골에 송전용 철탑을 세우는 일을 한다고 말했다. 그 위치만이 아니라, 철탑의 높이, 크기, 힘도 구체적으로 자신이 정한다고 했다.

그는 여가 시간을 활용해 '송전탑 평가회'를 만들었다. 재정도 빈약하고 종종 욕도 얻어먹지만, 전선을 따라 걸어다니면서 전기 전송에 관한 호기심이 정당한 관심사들의 만신전 안에 자리를 부여받기를 고대하는 집단이다. 이언은 이 평가회의 회원 세 명과 함께 최근에 일본 여행을 다녀왔는데, 도쿄 서쪽의 숲으로 덮인 골짜기에 걸려 있는 송전선들의 민첩해 보이는 모습에 놀랐다. 그 전 해에는 남아프리카에도 다녀왔는데, 그곳의 많은 철탑은 매우 특이한 구조물이었다. 어쨌든 유럽인과 미국인의 눈에는 그렇게 보일 만하다는 것이었다. 이어서 그는 요하네스버그 근처의 한 철탑을 묘사했다. 두 팔을 활짝 벌린 이 철탑은 이렇다 할 기초가 없었고, 커넥터들은 대각선으로 고정되어 있었다. 송전탑에 관한 나의 기존 관념 어느 것과도 일치하지 않는 것이었다.

이언은 우리 문화가 새나 오래된 교회는 관찰을 해보라고 공개적으로 권유하지만, 철탑을 강조하는 일은 보기 힘들다고 말했다. 그러나 철탑도 그 독창성과 아름다움에서 우리의 호기심을 자극하는 기존의 많은 대상들과 경쟁을 할 만하다는 것이었다. 그러면서 이언은 스코틀랜드의 '오' 호수를 예로 들었다. 그림 같은 낭만적인 관광지로 유명한 이 호수의 중심은 14세기에 지어진 킬천성의 폐허였다. 그 부지는 벤 크루어천과 글래스고 교외를 연결하는 400킬로와트 철탑들이 가로지르고 있었는데, 호수와 성의 그림엽서를 보면 거의 하나같이 전선은 다 지워놓아 허구적인 순수함을 가장하고 있다. 이언(브랜디의 영향 때문에 점점 수다스러워지고 있었다)이 보기에 그림엽서에 나오는 그 헐벗은 산과 더럽혀지지 않은 호수는 감상적인 러다이트주의자의 정원 수호신 같은 태도를 보여주는 증후였다.

2

우리는 주소를 교환했지만, 나는 이언을 만난 일을 거의 잊고 있었다. 그러다가 8개월 뒤에 이언이 워킹 홀리데이로 잉글랜드를 방문할 계획이라는 메모를 남겼다. 영국의 가장 중요한 송전선 가운데 하나로 꼽히는 것이 이어지는 길을 따라가보겠다는 것이었다. 이 회로는 수도의 최고 전력 수요의 3분의 2를 감당해주며, 한쪽 끝은 켄트 해안의 핵발전소와 연결되어 있고 또 한쪽 끝은 런던 동부의 변전소에 연결되어 있었다. 이언은 차를 타기도 하고 걷기도 할 계획이었는데, 나도 함께 갈 생각이 없느냐고 물었다.

그래서 우리는 한겨울의 엄청나게 추운 날 새벽에 던지니스 해변에 우뚝 선 핵발전소의 한쪽 벽 앞에서 만났다. 둘 다 두툼한 옷을 입고, 배낭에는 샌드위치와 초콜릿을 넣어 왔다. 이른 시간이었음에도 발전소의 활동은 절정에 이르러 있었다. 곧 들이닥칠 5백만 대의 주전자와 보일러의 요구에 부응하려는 것이었다. 우리 종(種)이 처음 불의 사용법을 익히고 나서 약 75만 년이 흐른 지금 핵 원자로는 어둠을 몰아내려는 우리의 가장 발전적이고 지적인 시도를 대변하게 되었다. 이 발전소는 전기를 1110메가와트나 생산하지만, 높게 윙윙거리는 소리 외에는 아무런 소리나 빛도 발산하지 않는다. 석탄이나 석유를 이용하는 지저분한 발전소와는 달리 고급 물리학과 화학의 뚫고 들어갈 수 없는 완벽한 논리가 연료로 사용되는 것처럼 보인다.

그럼에도 핵발전소는 걱정스러운 상태였다. 드러난 파이프의 많은 부분이 바다의 짠 공기에 녹이 슬었으며, 커다란 천을 이용해 냉각탑의 기초의 상처 난 곳을 때우고 있었다. 영국인들에게 핵분열 기술을 이용하라고 허용한 것이 아주 어리석은 일로 보이기도 했다. 본능적으로 권위를 불신하고, 아이러니를 사랑하고, 관료적 절차를 혐오하는 이 민족만큼 규칙에 얽매인 이런 정밀한 산

업에 종사하는 데 덜 어울리는 사람들은 없을 것 같았기 때문이다. 이 분야는 게르만 인종들의 손에 완전히 맡겨두는 것이 더 지혜로운 일인 것 같았다.

출발점인 던지니스와 종착점인 런던 동부 캐닝 타운 사이에는 송전탑이 542개 있고 그 전체 길이는 175킬로미터가 넘었다. 이언과 나는 이틀 동안 여행을 할 생각이었다. 전기는 초속 30만 킬로미터의 속도로 움직이기 때문에 0.00058초면 끝낼 수 있는 여행길이었다. 발전소의 벽에서 나온 전선 네 가닥이 수도의 정육점, 골동품상, 탁아소에 에너지를 보내고 있다는 상상을 하는 데 걸린 시간보다도 더 짧은 시간에 전기는 이미 내 상상을 현실로 만들어놓은 것이다. 발전소가 자리 잡고 있는 황량한 자갈 해변 때문에 그 생각은 더욱 더 받아들이기 어려웠다. 이 해변에서는 바글거리는 도시는커녕 인간과 관련된 생각을 한다는 것 자체가 말도 안 되게 이질적인 일로 여겨졌기 때문이다.

3

우리는 북서쪽으로 방향을 잡고 송전선 밑을 걷기 시작했다. 이언은 L6 철탑이 송전선을 메고 있는 것을 보고 기뻐했다. 그는 이것이 영국에서 가장 매력적인 송전탑으로 꼽을 만하다고 생각했다. 두 다리는 넓게 벌리고 섰으며, 격자 구조의 받침대는 최소한으로 줄였고, 팔은 자신의 짐을 인정하듯이 아래로 내려올수록 가늘어

졌다. 이런 것들이야말로 이언이 특히 반감을 갖고 있는, 발이 더 무겁고 몸통도 더 두꺼운 새 L12 모델과 L6를 구별해주는 특징이 었다.

이언은 세계의 철탑들을 모아놓은 휴대용 백과사전을 꺼냈다. 대한민국의 한 출판사가 펴낸 이 책은 생각할 수 있는 모든 크기와 형태의 예들을 담고 있었다. 그것을 보면 거의 인간 개성의 수만큼이나 많은 철탑 디자인이 있고, 나아가서 우리의 눈은 살과 피를 가진 동료들을 평가할 때와 똑같은 몇 가지 기준으로 이 움직이지 않는 구조물을 평가하는 습관이 있다는 생각이 들기도 한다. 실제로 나는 이 첨탑들에서 겸손과 오만, 정직과 변덕의 여러 형태를 찾아냈다. 심지어 핀란드 남부에 가면 흔히 눈에 띄는 어떤 150킬로볼트 유형의 철탑에서는 중앙의 기둥이 컨덕터 선에 섬세한 손을 내민 모습에서 요염한 교태를 찾아내기도 했다. 송전 엔지니어들은 말로는 표현하지 않지만, 이상적인 친구나 연인에게서 찾아볼 수 있는 심리적, 신체적 덕목들로 사람들의 무의식을 자극하는 첨탑을 만들어내는 일에 도전하고 있는 듯했다.

나는 곤혹스럽다는 느낌이 들 정도로 오래 살았지만, 한 번도 전선 밑에서 발을 멈추어본 적이 없었다. 그래서 전선이 내는 강렬한 소리를 듣고 깜짝 놀랐다. 동굴 같은 팬 오븐 주위에서 은박지 띠들이 사납게 펄럭이는 느낌이었다. 4만 킬로볼트가 전선을 따라 달리면서, 축축한 공기 속에서 활발한 화학 반응을 일으키기 때문이었다. 질소와 산소 입자가 나뉘는 중이었다. 이 '코로나 방출'이라는 현상을 보며 이언은 최근에 종지부를 찍은 자신의 15년 결혼 생활을 생각했다. 그는 토니스 발전소와 에든버러 외곽을 잇는 송전선 밑에서 바로 이런 딱딱거리는 소리를 들으며 첫 키스를 나누었던 여자가 한 달 전에 갑자기 자신을 떠났다고 이야기했다.

이언은 데이트 초기에 미건을 철탑에 데려가, 철탑 주위의 공기는 전기로 꽉 차 있기 때문에 작은 전기 장치는 저절로 움직이는 일이 생길 수도 있다는 것을 보여주기도 했다고 말했다. 이언은 차 뒤에서 형광등을 가지고 와 머리 위로 들어올렸다. 가정용 형광등이 눈에 보이지 않는 공중의 전기를 끌어당겨 깜빡거리더니 불을 밝혔다. 우유빛 광택이 나는 이 깨지기 쉬운 등은 연인들이 칠흑 같은 라머무어 힐즈를 배경으로 첫 포옹을 할 때 그들을 밝혀주었다.

결국 공통의 관심사가 없기 때문에 멀어진 거죠. 이언은 어두운 표정으로 간단하게 결론을 내렸다.

이언은 분위기를 바꾸려는 듯 머리를 뒤로 젖히더니 우리 머리 위의 철탑 양 끝에 있는 컨덕터 선에 고정된 작은 시가 모양 원통을 보라고 했다. 그리고 설명을 시작했다. 그 원통의 발명자인 캘리포니아의 엔지니어 조지 스톡브리지는 1920년대에 전선이 가벼운 바람에도 위험하게 진동하기 때문에 철탑이 안전하게 지탱할 수 있는 전선의 길이가 제한을 받는다는 사실을 알아냈다. 스톡브리지의 업적은 기둥으로부터 가까운 곳에서 정확하게 조정된 진동을 반대 방향으로 보내면 전선의 움직임을 효과적으로 진정시킬 수 있다는 사실을 보여준 것이었다. 그는 용수철로 분리된 무거운 추 두 개로 이루어진 튜브를 만드는 데 10년 세월과 더불어―그의 동료들이 나중에 추측한 바에 따르면―그의 멀쩡한 정신을 바쳤다. 이 튜브는 컨덕터에서 발생하는 것과는 다른 주파수로 공명하여 철탑 전체의 안정을 보장해주는 것이었다. 인간이 이룬 혁신 가운데 엄청난 희생과 재주를 요구하지 않은 것은 하나도 없는 것 같았다.

걸어가면서 이언은 우리가 보는 전선이 밧줄처럼 한데 꼰 91개의 알루미늄 케이블 가닥으로 이루어져 있다고 알려주었다. 이 정도면 전선 가운데도 매우 튼튼한 쪽에 속하는 것이었다. 부담이 적은 경우에는 보통 7가닥만 들어간 전선을 이용했다. 나는 또 전선의 단면의 형태가 꽃의 줄기를 잘랐을 때 나타나는 무늬와 비슷하기 때문에 케이블의 두께에 따라 여러 가지 꽃의 이름이 붙는다는 것도 알았다. 7가닥 알루미늄 케이블은 양귀비, 19가닥은 월계수, 37가닥은 히아신스, 61가닥은 금잔화, 127가닥은 수레국화라고 불렀다. 런던을 향해 느릿느릿 움직이는 우리 앞길에는 양취란화의 긴 그림자가 드리워져 있었다.

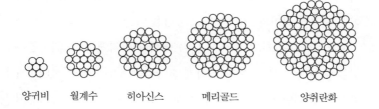

양귀비   월계수   히아신스   메리골드   양취란화

4

송전탑을 따라간다는 것은 일반적인 도로에서 벗어나 비정통적인 각도에서 풍경을 배회하고, 담장을 넘고, 숲을 통과하고, 철도 아치 밑으로 들어간다는 뜻이었다. 우리는 자동차와 기차가 다니는 주요 통로 말고도 마치 흐릿해진 문자처럼 대안적인 네트워크의 망이 다양하게 놓여 있음을 깨달았다. 수도관, 가스관, 광케이블, 항공기, 로마 시대 도로, 오소리와 여우를 위한 길 등. 이것은 예상되는 관심의 중심을 우회하는 축들로, 쭉 늘어선 기둥, 짐승의 똥, 들판 가장자리에서 반쯤 덩굴에 덮여 있는 회색 상자 같은 미묘하고 파악하기 어려운 실마리를 통해 자신의 의도를 알린다.

여행의 이 단계에 이르자 전선은 인간들로부터 한참 멀어졌다. 그래도 뒤쪽의 욕실이나 차고 창문에서는 볼 수 있었다. 도버로 가는 열차에서, 피크니 부시 팜의 침실에서도 잠깐이지만 볼 수 있었다. 하지만 철탑은 어디서 왔는지 어디로 가는지 아무런 말이 없었다. 이것은 말없는 산업용 물체가 군데군데 박힌 풍경에 전형적인 수수께끼다. 그러나 아쉬움은 남는다. 시인이 현대의 삶을 읊은 서정적인 시구가 적힌 플래카드 하나쯤 걸어놓는 것이 그렇게 어려운 일은 아니지 않은가. 그러면 지나가는 방랑자도 전기의 이런 편력의 의미와 방향을 두고 공감을 나눌 수 있을 텐데.

스톡스힐 우드라고 부르는 숲이 빽빽한 지역에서 우리는 좁은 길섶에 멈추어 선 채 혼자 심하게 흔들리는 빨간 스테이션왜건과 마주쳤다. 이언은 송전선을 꼼꼼하게 관찰하는 사람들은 해방되

었다고 하는 우리 사회에서도 쉽게 표현되기 힘든 인간의 성(性)의 여러 측면을 자주 목격할 수밖에 없다고 말했다.

가끔 우리는 죽음을 생각했다. 늘 철탑에 올라가지 말라는 경고문과 만났기 때문이다. 그러나 그 경고문보다는 감전사하여 철탑 기초 근처에 쓰러져 있는 여러 동물의 유해가 더 생생한 실물 교육을 해주고 있었다. 경험적으로 가장 위험에 노출된 동물은 백조 같았다. 부주의한 신이 그들의 눈을 머리 양옆에 달아놓는 바람에 어둡거나 안개가 심한 경우에는 전속력으로 송전선에 충돌하는 일이 잦았다. 이런 일을 당하는 것은 보통 무리의 우두머리뿐이었다. 12킬로그램이 나가는 몸이 시속 50킬로미터 속도로 전선에 부딪히는 소리가 나머지 백조들에게 경고를 해주기 때문이다. 지역의 개와 여우도 송전망을 잘 알기 때문에 눈을 부릅뜨고 지켜본다. 달 없는 밤이면 가끔 아예 철탑 밑에서 배를 깔고 기다리기도 한다. 그러면 캔에 든 단조로운 식사에 질렸던 개들은 정신을 잃은 백조, 머리가 넓적해진 백조를 만나 피와 깃털을 씹던 조상의 즐거움을 다시 맛본다.

이언은 옆에 트래킹 휠이 달린 낯선 도구를 이용해 철탑 사이의 거리를 자주 재고, 나중에 가죽 장정의 공책에 그것을 적었다. 나는 크림 색깔의 종이에 대수 방정식이 격자무늬처럼 덮여 있는 것을 보았다. 그것이 무슨 의미인지 파악할 수 없었기 때문에 외려 자유롭게, 순수하게 미학적인 관점에서 그것을 보고 감탄할 수 있었다. 내용물 모르는 사람이 악보나 고전 아랍어를 감상하는 경우

와 마찬가지였다.

$$T/T_H = \cosh\frac{wl}{2T_H} \fallingdotseq 1 + \frac{w^2l^2}{8T_H^2} \ and\ if\ \frac{w^2l^2}{8T_H^2} \ll 1 \quad T \fallingdotseq T_H$$

이언은 내 어리둥절한 표정을 보더니 자신이 케이블에 작용하는 중력의 힘을 계산하고 있으며, 방정식에서 l은 철탑 사이의 길이, ω는 길이 단위당 효과적인 무게, T_H는 송전선에 따른 상수라고 말해주었다. 그는 송전 엔지니어들은 아무리 미로 같은 전기적 시나리오라도 명료하게 전달할 수 있는 매우 정확하고 효율적이고 보편적인 어휘를 마음대로 다루는 특별한 축복을 받았기 때문에, 이란에서 칠레에 이르기까지 ψ는 전기의 흐름, μ는 투자율(透磁率), $\mathscr{P}$은 투자도(透磁度), α은 저항의 온도 계수를 가리킨다고 설명했다.

나는 감명을 받았다. 그것과 비교하면 일상 언어는 무척이나 궁핍해 보였기 때문이다. 일상 언어에서는 전기 네트워크와 관련된 것보다 훨씬 더 기본적인 의미를 전달할 때도 엄청나게 많은 단어들을 불안정하게 잔뜩 쌓아올려야 했다. 나도 모르게 나머지 인류도 엔지니어의 예를 따라 잘 잡히지 않고 쉽게 증발해버리는 고통스러운 심리 상태를 논쟁의 여지없이 지시할 수 있는 일련의 상징에 동의했으면 하는 마음이 간절했다. 그런 부호가 있으면 우리가 침울해지는 일도 드물어지고 외로움도 덜 수 있을 것 같았다. 말없이 몇 가지 방정식만 빨리 교환하고 나면 논쟁이 해소될 것 같았다.

엔지니어의 간결성이 적용되어 이익을 볼 수 있는 감정의 예는 부족하지 않은 것 같았다. 가령 특별히 좋아하지도 않는 사람들에게서 사랑을 이끌어내고자 하는, 이따금씩 생기는 이상한 욕망을 우아하게 암시할 수 있는 기호가 있으면 얼마나 좋을까(이것을 β라고 해두자). 자신의 병을 두고 친지가 자신보다 더 걱정하는 것처럼 보일 때 느끼는 짜증은 ω라고 할까. 또 가끔 삶의 다양한 시기가 동시에 공존하는 듯한, 그래서 어렸을 때 살던 집에 돌아가기만 하면 아무도 죽지 않고 아무것도 변하지 않은 채로 모든 것이 옛날 그대로임을 확인할 수 있을 것 같은 막연하기 짝이 없는 느낌은 ξ라고 해보자. 이런 표기 체계를 갖고 있다면 일요일 오후면 느끼곤 하는 그 제멋대로 둥둥 떠다니는 노스탤지어와 불안을 압축해서 모호한 구석이 전혀 없는 하나의 명료한 수식($\beta+\omega+\xi\times2$)으로 표현할 수 있을 것이고, 그러면 아무 도움 안 되는 투덜거림만 늘어놓기 십상인 주위의 친구들한테서도 공감과 동정을 끌어낼 수 있을 텐데.

5

우리는 캔터베리까지 계속 걸었다. 관광 안내서에서는 성당과 로마 시대 별장 유적지를 둘러보라고 권했지만, 우리는 대신 북동쪽 교외의 주택가로 향했다. 근대가 도시의 중세적인 스카이라인을 침범하는 것이 내키지 않았던 당국이 케이블을 그쪽으로 돌려 통과시켰기 때문이다. 얼마 전만 해도 고압적으로 고립된 숲을 가로지르던 철탑들이 이제 뒤뜰과 정원에 발을 딛고 가족생활에 흡

수되어 있는 것을 보자 기분이 묘했다. 마치 집에 들어온 지 몇 분 지나지도 않은 낯선 사람에게 진공청소기를 들고 위층으로 좀 와 줄 수 있겠냐고 묻는 것 같았다. 한 철탑에는 빨랫줄을 묶어놓았고, 또 한 철탑에는 아이의 자전거를 기대놓았다. 트라팔가 광장에 들어갈 전기는 일군의 접의자와 더께가 덮인 바비큐 세트를 뛰어넘고 있었다.

그러나 첨탑 여덟 개를 지나자 송전선은 다시 광야로 들어갔다. 송전선은 광대한 클라우스 우드를 두 쪽으로 나누더니 서쪽으로 휘어 템스 강 후미의 늪지대를 향했다. 비를 맞으며 송전선을 따라 세 시간을 걷자 시팅번이라는 도시의 가장자리에 이르렀다. 우리는 뭔가 단 것을 먹을 만한 데를 찾아볼 생각으로 그곳에서 발을 멈추기로 했다. 작은 공동체에서는 불가해하게도 종종 벌어지는 일이지만, 이곳 모든 사람이 똑같은 직업—이 경우는 미용이었다—을 갖는 바람에 대부분의 사업이 파산 지경에 이른 것 같았다. 우리는 다행히도 집에서 만든 케이크와 구세계 분위기라는 것을 광고하는 다방을 발견하고 뒤편에 자리를 잡았다. 얼마나 명랑한 사람이어야 그런 곳에 있으면서도 존재를 후회하지 않을 수 있는 것인지. 옛날식 보닛* 차림의 여자가 찻주전자를 들고 왔다. "둘 중 한 사람은 잠시 입을 다물어도 좋아요." 한 사람이 먼저 주문을 하라는 말을 그렇게 이상하게 표현하니, 한동안 이언도 나도

---

* 여자나 어린아이들이 쓰는 모자의 일종. 턱 밑에서 끈을 매게 되어 있다.

먼저 말을 하겠다고 나서지를 못했다.

여자는 부엌으로 사라지고 딸로 보이는 젊은 여자만 남았다. 십대 후반으로 보이는 이 여자애 또한 옛날 보닛 차림이었는데, 아름다운 만큼이나 괴로운 표정으로 바닥을 쓸고 있었다. 작은 도시의 어둠을 빠져나가고 싶은 욕망을 표현한 낭만적 예술과 노래가 200년 동안 쌓여 강력한 힘을 발휘하고 있었음에도, 시팅번은 그녀에게 이길 수 없는 적이었다. 지금 닦아내려고 애쓰는, 바닥에 딱 달라붙은 소스만큼이나 완강한 적이었다. 그녀의 힘겨운 청소 일은 그녀 삶의 여러 저항하는 힘들과 맞서는 큰 싸움, 이미 패배하고 있는 싸움을 상징했다.

우리는 차를 마시고, 돈을 내고, 다시 작은 도시 로어 해슬토를 향해 걷기 시작했다. 도착하자 저녁이 깊어지기 시작하여, 우리는 철탑 옆의 호텔에 방을 잡았다. 불편한 밤이었다. 잠을 자려고 노력할수록 정신은 고집스럽게 더 말짱해질 뿐이었다. 그래서 일어나려 하면 바로 더 깊은 피로와 마주쳤다. 새벽 두시에 나는 불을 켜고 동이 틀 때까지 책을 읽겠다고 공식적인 결정을 내렸다. 앙심을 품고 나의 말짱한 정신에게 그의 봉기의 최종 결과를 통보해주어야겠다는 생각이 든 것이다. 무거운 내용에는 집중할 수가 없었기 때문에 침대 옆 탁자의 서랍을 열었더니 브로슈어들이 즐비하게 놓여 있었다. 그것을 보니 정상에서 벗어난 것으로만 보였던 이 호텔이 사실 34개국에 지사가 있는 체인이었으며, 멀리 덴마크와 베네수엘라에서도 똑같은 매력과 서비스를 약속하고 있었다. 그 덕분에 지구 전체가 더 작아지고 더 타협을 이룬 것처럼 보였다.

그 숙박업소들 모두가 전기 네트워크에 연결되어 있다는 사실을 알게 되자 그래도 좀 안심이 되었다. 바로 그 순간 부쿠레슈티에 있는 자매 호텔이 그 52개의 방에 있는 미니바를 냉각시키려고 발전소 — 아마 체르나보다에 있는 핵발전소일 것이다 — 에서 전력을 끌어오고 있었다. 우루과이의 호텔은 살토 그란데의 수력발전소에서 생산한 전류로 24시간 미니골프 코스를 밝히고 있었다. 티롤의 알프스 로지의 경우에는 빽빽한 격자구조의 철탑이 심지어 브로슈어 사진 모퉁이에까지 몰래 기어들어와 있었다. 나는 그것을 보면서 현대에는 어디에서든 곤혹스러운 상황이 생기면, 그곳의 전기가 어디에서 왔는지 궁리하며 잠시나마 그 상황을 잊을 수 있겠다고 결론을 내렸다.

밖에서는 폭풍이 시작되었다. 바깥 늪지대의 송전선은 감탄할 만했다. 태연자약하게 어둠과 북해의 바람에 맞서고 있었기 때문이다. 나뭇잎이 흩어져 있는 정원 웅덩이 맞은편 끝에 전등이 하나 밝혀져 있었다. 바람에 흔들리는 전등은 역경에도 초연한 태도를 보이는 또렷한 상징의 자리를 만족스럽게 차지하고 있었다. 나는 켄트의 이 지역 전체에 빛나고 있을 — 주유소 앞에서, 모텔 앞에서, 애완동물 먹이 판매점 앞에서, 정원용품점 앞에서 — 다른 상징들을 떠올려보았다.

나는 또 우리의 전기 네트워크에 대한 무관심도 생각해보았다. 전기에 진짜로 고마움을 느낄 만한 사람들은 오래전, 1950년대에 이미 죽었을 것이다. 어렸을 때부터 이미 잘 확립되어 있는 기술에 감탄하는 것은 드문 일이다. 전구가 위세를 떨치는 것은 노인에게 남아 있는 촛불에 대한 기억 때문이며, 전화가 위세를 떨치는 것은 전서구(傳書鳩)*에 대한 기억 때문이며, 비행기가 위세를 떨치는 것은 기선에 대한 기억 때문이다. 이는 흥미롭게도 과학기술의 역사가 어떤 혁신이 도입된 시점만이 아니라 그것이 잊힌 시점, 너무 익숙해져서, 조약돌이나 구름처럼 평범해지고 딱히 눈에 띌 만한 구석이 없어져서 집단의식에서 사라져버린 시점을 확인하는 데도 유용하다는 점을 보여준다.

점점 두서가 없어지는 이런 재미없는 생각의 흐름이 언제 끝이 났는지는 잘 모르겠다. 어쨌든 외투를 덮고 팔걸이의자에 늘어진 채 잠을 깨보니 새벽이었다. 무릎에 펼쳐진 호텔 브로슈어는 안도라의 산비탈 호텔을 보여주고 있었다. 근처 라 마사나의 수력발전소에서 전기를 끌어올 것이 거의 틀림없었다.

6

우리는 아침 일찍 호텔을 나와 다시 송전선으로 돌아갔다. 너무 어두워서 하루가 자신을 포기해버린 것처럼 보였다. 도로변의 가로등이 깜빡거렸다. 가로등의 자동감지기가 시간을 존중하느냐

---

* 편지를 보내는 데 쓸 수 있게 훈련된 비둘기.

아니면 자신들이 탐지하는 믿을 수 없을 정도로 낮은 광량을 따르
느냐 하는 문제를 놓고 갈등하고 있었기 때문이다.

　우리의 송전선은 런던으로 들어가는 옛 로마시대 도로를 가로
질렀다. 그러나 바로 수도로 들어가는 대신, 질링엄, 채텀, 로체스
터 등 메드웨이 강변 도시들을 구불구불 에둘러 갔다. 지평선이
가까이 다가왔다. 정착지들은 물이 새듯 윤곽이 흐려지며 서로 이
어졌고, 풍경은 어디에서 시작되고 어디에서 끝나는지 알 수가 없
었다. 우리는 마술(馬術) 센터, 접골 학교, 꽃으로 장식된 도로변
추모 공간 — 머리에 기름을 발라 뒤로 넘긴 젊은 남자들과 깜짝
놀란 듯한 눈으로 호소하는 젊은 여자들을 추모하는 곳이었다 —
을 지났다. 상점 진열장에는 허풍을 떠는 간판들이 있었다. '시세
를 말해보세요 — 그것보다 싸게 드립니다.' 또 어떤 것들은 장편
드라마에 활기를 불어넣을 만한 음모들을 시적으로 간결하게 표
현하고 있었다. '세차: 전보다 나아진 새로운 관리진이 운영.' 채텀
의 빨래방에서 우리는 편안한 냄새와 침대보를 말리는 리듬에 맞
추어 샌드위치를 먹었다.

　그 다음에 송전선은 노스 홀링, 이어 조지 왕조 양식을 흉내 낸
주택단지를 통과했다. 이언은 이 단지의 집 세 채의 진입로에서 조
그만 황동 풍차를 보았다. 이언은 종종 그 교훈 때문에 다시 들추어
보곤 하는 네덜란드의 책《네덜란드 풍경에서 전기 철탑의 아름다
움 De Schoonheid van hoogspanningslijnen in het hollandse landschap》을
떠올렸다. 로테르담 대학의 부부 학자 안네 미케 바커와 아레이 데

보데가 쓴 이 책은 송전 공학이 네덜란드의 시각적 매력에 기여한 면들을 옹호하면서, 발전소에서 도시로 행진해 가는 철탑의 주목받지 못한 웅장함을 이야기한다. 그러나 이언이 이 책에서 특히 관심을 갖는 대목은 네덜란드와 풍차의 관계의 역사에 관한 명제다. 이 책은 처음에는 산업적 구조물이었던 풍차도 지금의 철탑과 마찬가지로 위협적이고 이질적인 물체였다고 강조한다. 지금 일반적으로 풍차 하면 연상되는 매혹적이고 장난스러운 분위기와는 사뭇 달랐다. 설교단에서는 풍차를 비난했고, 의심 많은 마을 사람들은 가끔 풍차를 태워버리기도 했다. 풍차가 재평가를 받은 것은 많은 부분 네덜란드 황금시대의 위대한 화가들의 업적이었다. 이 화가들은 조국이 빙글빙글 돌아가는 이 실용적인 구조물에 의존한다는 사실에 강한 인상을 받아, 그들에게 캔버스에서 자랑스러운 자리를 내어주고, 폭풍우가 몰아쳐도 튼튼하게 버틴다든가 늦은 오후의 햇빛을 받아 날개가 반짝인다든가 하는 가장 멋진 면들이 부각되도록 노력을 기울였다. 아브라함 푸네리우스의 〈암스테르담의 레이젠호프트 성벽Het Bolwerk Rigenhoofd te Amsterdam〉이나 야콥 반 루이스다엘의 〈두르스테데 운하 옆의 풍차Molen bij Wijk bij Duurstede〉가 그런 작품으로, 이 작품들은 네덜란드인이 그들에게 생명을 주는 기계를 존중하고 그 아름다운 면에 관심을 갖도록 이끌었다.

이언은 우리가 현대 과학기술을 이용한 구조물의 미덕을 파악하도록 가르치는 것이 우리 시대의 화가들에게 맡겨진 임무라고 결론을 내렸다. 그는 앞으로 컨덕터를 찍은 사진이 식탁 위에 걸

리고, 누군가 그리드를 배경으로 한 오페라 리브레토를 쓸지도 모른다는 희망을 품었다.

첨탑들이 그리는 선은 마침내 스완콤 동부의 텁수룩한 들판의 불연속적인 하복부를 통과하여 런던으로 뚫고 들어간 다음, 노스플리트를 비집고 나아가 템스 강변에 이르렀다. 그곳의 축구 경기장 옆에서 첨탑들은 지금까지 만나보지 못했던 크나큰 난관에 부딪혔다. 감조하천(感潮河川) 1.3킬로미터를 건너는 일이었다. 컨덕터가 이렇게 긴 거리를 건너다 위험스럽게 늘어지는 것을 막으려면, 일반적인 첨탑 세 개가 필요했을 것이다. 그러나 이 강은 배가 많이 지나다니는 수로였기 때문에 교각을 물에 가라앉히는 방법은 배제할 수밖에 없었다. 그래서 둑에 가장 가까운 곳에 첨탑 두 개만 남기고 그 높이를 위로 키울 수밖에 없었다. 결국 그 높이는 190미터가 되어, 40층짜리 마천루보다 더 높아졌다. 안개 때문에 그 꼭대기의 루비처럼 빨간 불이 간신히 눈에 들어왔다. 우리가 그렇게 오랫동안 알고 지냈던 송전선이 아주 어른스러운 큰 걸음을 내디딘 것이 자랑스러웠다.

그러나 이런 업적을 세운 것에 대한 보상은 별것이 없었다. 송전선은 일단 건너편에 도달하자 바로 창고, 저장소, 값싼 호텔로 이루어진 풍경 속에 묻혀버렸기 때문이다. 한 호텔은 성인 채널 세 개가 나오고, 퀸 엘리자베스 다리가 보인다고 자랑하고 있었다.

점심때였기 때문에 레이크사이드 쇼핑센터의 푸드 코트에 들를까도 생각했지만, 이언은 계속 가면 송전선이 레인햄 습지의 조류

보호구역 가장자리와 마주칠 것이라고 말했다. 왕립 조류보호협회가 소유한 이 보호구역은 철새들의 중요한 휴식처였는데, 막 문을 연 방문자 센터에서는 전 세계 고상한 기관 소속 카페테리아의 공동 메뉴라고 할 수 있는 호박 수프와 당근 케이크를 팔았다.

그러나 안락한 의자, 거칠 것 없이 펼쳐지는 습지 풍경, 우리가 앉아 있는 발코니까지 빼놓지 않고 찾아주는 수많은 솔잣새(불공평한 이름이 붙은 새다*)에도 불구하고, 이언은 침울해졌다. 어디를 둘러보나 조류 관찰자 모임이 번창한다는 것은 한눈에 알 수 있었다. 책도 내고, 선물 가게도 열고, 행주도 팔았다. 커피 머신 옆에는 애원하는 눈길의 플라스틱 울새가 손님들에게 자기 머리에 난 틈으로 돈을 넣어달라고 호소하고 있었다. 이 조직은 새를 관찰하는 개인적 만족감이라는 작은 기회를 포착하여, 그것을 공식화되고 상업적으로 활성화된 활동으로 바꾸어놓았다. 게다가 암묵적으로 다른 여가 활동보다 도덕적으로 월등하다는 주장까지 펼치고 있었다. 형태가 없는 고립된 관심사를 포착하여, 거기에 공동의 언어와 품위를 제공하는 문화 사업의 원형을 보는 듯했다.

이와 비교하면 송전탑 평가회는 얼마나 애처로울 정도로 미성숙한가. 회원도 소수이고, 카페테리아도 없고, 간신히 뉴스레터나 발행하는 정도였다. 그 결과 전기 철탑에 대한 공감 어린 반응은 우리 대부분에게 우연적이고 근거 없는 충동으로만 남아 있었다. 고속도

---

* 영어로는 'crossbill'인데, 부리가 교차한다고 해서 그런 이름이 붙었다.

로를 따라 차를 몰거나 황무지를 따라 걷다가 불현듯 어떤 깨달음이 오는 듯하지만, 그 지속 시간은 1분 정도이며, 여기에는 어떤 명예도 따라붙지 않고 또 여기에서 어떤 가치가 나오지도 않는다.

미국 작가 랄프 월도 에머슨은 1844년에 발표한 '시인'이라는 제목의 에세이에서 그의 동료들이 아름다움을 너무 좁게 정의한다고 개탄했다. 시인들은 '아름다움'이라는 말을 과거의 유명한 화가나 시인의 작품에 나오는 전원적인 풍경, 또는 때 묻지 않은 목가적 장면에만 한정해서 사용하는 경향이 있었다. 그러나 에머슨 자신은 산업 시대의 새벽에 글을 쓰는 사람으로서, 철도, 창고, 운하, 공장이 급격히 증가하는 것을 유심히 관찰했으며, 다른 형식의 아름다움이 존재할 가능성에 여지를 주고 싶었다. 에머슨은 노스탤지어에 젖어 구식의 시에 헌신하는 사람들과 그가 진정한 현대적 시 정신을 가졌다고 판단한 사람들 — 그들이 실제로 쓴 것보다는 편견이나 편애 없이 세상에 접근하고자 하는 태도 때문에 시인이라는 이름을 들을 자격이 있는 사람들 — 을 비교했다. 에머슨은 구식의 시를 옹호하는 사람들이 "공장촌과 철도를 보면서 그것들 때문에 풍경의 아름다움이 무너졌다고 생각하는데, 이는 그들이 읽은 책에서 그런 것들이 아직 거룩하게 여겨지지 않았기 때문"이라고 주장했다. "그러나 진정한 시인은 공장촌이나 철도가 벌집이나 기하학적인 거미줄과 마찬가지로 위대한 자연 질서 안에 포함된 것이라고 본다. 자연은 그 생명력 넘치는 품 안에 그것들을 빠르게 받아들이며, 미끄러져 가는 자동차들을 자기 자신처럼 사랑한다."

7

우리의 송전선에 문제가 생겼다. 시골에서는 한 번에 철탑 여남은 개씩 직선으로 달렸는데, 도시의 밀도가 높아지면서 계속 장애에 부딪히게 된 것이다. 철탑은 발을 디딜 때마다 마치 덩치 큰 사람이 잡동사니가 흩어진 양탄자를 딛는 것처럼 온갖 요령을 부려야 했다. 뒤꿈치를 들고 가스 저장 탱크와 철로를 돌아갔으며, 하수 시설에 길을 내주기 위해 발을 멈추었고, 시티 공항의 엠브라에르 비행기의 날개를 피하려고 몸을 웅크렸다. 런던 중심부에서 몇 마일 떨어진 곳에는 자쿠지* 수입업자와 케이크 제조업자의 본거지인 산업 단지가 있었는데, 그곳에서 송전선은 완전히 지하로 사라질 준비를 했다.

당연한 일이지만 그 순간을 기념하는 팡파레 같은 것은 없었다. 백악층 고원지대와 짐승들이 풀을 뜯는 초원, 캔터베리의 뒷마당과 켄트 습지의 거위가 보내는 감사 인사도 없었다. 전력은 런던의 회로에 진입하기 전에 먼저 일련의 사기 애자(磁子)**에 길들여져야 했다. 그 볼록한 기둥 같은 모양을 보자 원시 부족이 하늘에 드리는 의식이 떠올랐다. 유난히 높은 애자의 끝에서 전체 송전선의 힘을 안정시켜 담아낸 검은 고무 튜브가 갑자기 땅의 작은 구멍 안으로 미끄러져 들어갔다. 이 전력의 최종 사용자 5백만 명

---

* 분류식(噴流式) 기포 목욕조 또는 목욕탕.
** 전선을 철탑 또는 전봇대의 어깨쇠에 고정시키고 절연하기 위하여 사용하는 지지물. 사기, 유리, 합성수지 등으로 만든다.

250

가운데 이 사실을 아는 사람은 거의 없을 터였다.

　이언은 기차를 타야 했다. 우리는 헤어지는 것이 뜻밖에도 섭섭하다고 서로 털어놓았다. 다른 사람들과는 나누기 힘든 것들을 함께 경험했다는 느낌 때문이었다.

　송전선은 이제 수수하게 변신한 새로운 모습으로 새프츠베리 애비뉴의 후추를 넣은 사천식 오리 요리 전문점 뒤편에 감추어진 변전소로 향했다. 이곳에서 전기는 옥스퍼드 스트리트에 있는 부츠의 화장품 카운터, 토튼햄 코트 로드의 현금 인출기, 세인트제임스 광장의 브리티시 페트롤륨 본부, 지하실에서 에스토니아 여자들이 폴 댄싱을 한다고 광고하는 브루어 스트리트 클럽의 간판 등에 분배될 것이다.

　송전선은 지하의 경로를 따라 점점 작은 힘으로 해체될 것이다. 처음에는 400킬로볼트라는 엄청난 힘이지만 곧 그보다 온건한 275킬로볼트로 줄어들고, 주택가로 가면 평온한 132킬로볼트로 작아지고, 마침내 소켓에서는 모든 격렬한 힘들이 다 잘려나가고 겨우 240볼트만 남게 된다. 전류는 흘러가는 과정에서 최고의 자선을 베푼다. 소비자들이 전류에 관하여 어떤 생각도 할 필요가 없게 해주기 때문이다. 그들 가운데 누구도 잿빛 강철 철탑이 풍경을 가로질러 저 머나먼 남서부 해안으로부터 달려온다는 사실을 생각할 필요가 없게 해주는 것이다. 그 남서부 해안의 조약돌 해변에서는 지금도 바위 덩어리처럼 보이는 발전소가 해협에서 밀려오는 수많은 파도와 바위를 깎아내는 힘을 지닌 바람에 맞서며 쉬지 않고 음산하게 윙윙 소리를 내고 있을 것이다.

Eight

회계

1

런던 타워를 등지고 서서 템스 강 너머를 바라보면 남쪽 강변을 따라 새로운 사무용 건물들이 가족처럼 서 있는 것이 보일 것이다. 이 건물들을 짓는 데는 6개월밖에 걸리지 않았다. 강철 프레임을 조립하고 거기에 색유리를 덮으면 그만이었기 때문이다. 그래서인지 이 건물들은 아직 이 도시에 완전히 속했다는 느낌을 주지 않는다. 이상하다 싶을 정도로 깨끗하고, 그것을 둘러싼 역사에도 무감각하며, 거기에서 풍겨나오는 비토착적인 낙관주의의 분위기는 토론토나 클리블랜드의 도심에 더 잘 어울릴 듯하다. 그 바로 동쪽, 민간이 관리하는 나무들과 분수로 장식된 광장에는 외국 초등학생들이 무리를 지어 버스에서 내려 템스 강 사진을 찍는다. 드물게 시간을 맞춘 기차나 뻥 뚫린 길 때문에 자투리 시간이 남은 비즈니스맨들은 벤치에 앉아 맨 눈에는 보이지 않는 신호를 이용해 아침 공기를 뚫고 휴대전화까지 전송되어온 메시지를 열심히 살피고 있다.

그중 한 타워는 세계 최대로 꼽히는 회계 회사의 유럽 본부인데, 곁에서 그 회사임을 알아볼 수 있는 표시는 꼭대기에 붙어 있는 신중한 로고가 전부이다. 그러나 이런 과묵한 태도에도 불구하고, 이 건물은 호기심 많은 행인들에게 아무것도 가리지 않고 안에서 진행되는 일들을 보여준다. 자신들이 구경거리가 된다기보다는 거꾸로 바깥 구경한다고 생각하는 것처럼, 직원들은 양말을 신은 발을 프린터 카트리지 상자 위에 올려놓기도 하고, 아무런 자의식 없이 창가에서 점심을 먹기도 하고, 인간공학적인 의자에서 몸을 빙글빙글 돌리기도 하고, 반원을 그린 채 서서 뭔지 모르는 그룹 운동을 하기도 하고, 집중하여 눈을 반짝이는 동료들로 가득한 방에서 화이트보드에 약어를 쓰기도 한다. 삼중 유리 뒤에서 펼쳐지는 그들의 행동을 보면 마치 기괴한 무성영화를 보는 듯한 느낌이 든다. 이 영화에는 갈매기, 강을 오가는 배, 동풍으로 이루어진 음악만 배경에 깔릴 뿐이다.

건물에 들어서면 처음 온 사람은 불가피하게 뒤로 고개를 젖힐 수밖에 없도록 설계된 로비와 마주친다. 층과 층이 이어지며 무한히 위로 뻗어올라가는 것을 눈으로 따라가려 하기 때문이다. 그러다 보면 마치 본당 회중석 위에 둥근 지붕을 덮은 성당에라도 들어온 것처럼, 이런 거대한 건물을 세우고 관리하는 사람들에게 경의를 바쳐야 하는 게 아닌가 하는 생각이 든다. 그러나 샤르트르 성당과는 달리 무엇에 영광을 돌려야 할지 불분명하다. 힘든 노동일까, 정확성일까, 어떤 무자비함일까, 놀랄 정도로 복잡한 감리 절차일까? 벽에 붙은 명판은 선언한다. "우리는 성실, 정력, 의욕을 보여주는 사람들을 좋아한다."

로비의 붉은 가죽 소파에 앉아 있는 사람들 수로 판단해보건

대, 안에 있는 사람을 만나기 전에 먼저 잠시 기다리게 하여 은근히 위층에 있는 사람들이 중요한 존재라는 인상을 강요하는 것도 드문 일이 아닐 것 같다. 델피 신전의 여사제만큼이나 엄숙한 태도로 자신의 역할을 이행하는 안내원은 짧은 입문 의식을 거행한 뒤, 표찰을 건네주며 언젠가는 끌어내주겠다는 믿기 힘든 약속을 하면서 소파 쪽을 가리킨다. 그곳에는 신문과 회사 이름이 박힌 물병이 있다. 기다림은 아마 가장 오래된 인간 활동이 아닐까? 로마 제국에서는 원로원 의원들이 황제의 숙소 앞에서 어슬렁거렸을 것이고, 중세 코르도바의 대리석이 덮인 궁에서는 상인들이 칼리파를 보려고 줄을 서 있었을 것이다. 뒤쪽에서는 한 줄로 늘어선 엘리베이터들이 무작위로 '땡' 소리를 내고, 경비원은 하루의 권태를 깨울 수 있는 일이 일어나기를 바라기라도 하는 표정으로 십자형 회전식 문을 순찰한다.

의사의 진찰실 앞에서처럼 함께 기다리는 사람들을 살피면서 그들이 여기에 온 이유를 궁리해보고 싶은 유혹을 느낀다. 그러나 이들은 솔직할 것 같지 않다. 회계사들은 삶의 피상적인 요구를 충족시켜주는 사람들이 아니기 때문이다. 사실 그들의 일은 비즈니스의 역사에서도 뒤늦게 생겨났다. 수백만 명의 사람들이 도시에 모여 산업의 방진으로 편제된 뒤에야 나타난 것이다. 그전에 회계란 이따금씩 뒷방에서 잠깐씩 촛불 빛에 장부를 들추어보던 것이 전부였다.

물고기를 잡지도 못하고 집을 짓지도 못하고 옷을 꿰매지도 못

GREEN BALLPOINTS

하고 오로지 분할 상환, 표준 고용 소득, 거래세 문제에 답하는 일에만 헌신하는 재정 전문가의 도래는 3천 년 전 고대 이집트에서 시작된 분업의 긴 역사의 절정을 이루는 듯이 보이며, 적어도 이런 오아시스에서는 엄청난 수입과 더불어 뚜렷한 심리적 부작용을 낳고 있다.

이 회계사들의 건물에서는 모든 것이 우아하고 매끈하게 유지되고 있는 것처럼 보인다. 일반적인 세상에는 풍토병과 다름없는 거미줄도 전혀 보이지 않는다. 사람들은 뚜렷한 목적을 갖고 복도를 가로지르고 고가 보도를 걸어간다. 5천 명의 직원은 회계 감사, 세금, 금융, 자본 시장, 부동산, 위험 자문 서비스 등의 이름이 붙은 부서에 분산 배치되어 있다. 지원 부서에 근무하는 200명은 의자를 수리하고, 고객과 회의를 하는 자리에 비스킷을 갖다주고, 이메일을 전달하고, 신분증명 패찰을 클립으로 한데 묶는다. 알라딘의 동굴보다 더 많은 물건을 비축해둔 지하의 문구점은 하이라이터 펜 3천 자루의 재고를 자랑한다. 이 정도면 형광색 노란 잉크로 지구를 한 바퀴 도는 원을 그릴 수도 있을 것이다. 그 생각을 하다 보니 많은 나라에서 그 펜의 잉크가 똑 떨어져버리는 상황을 상상해보게 된다. 예를 들어 어떤 펜은 키에프의 한 호텔에서 〈구리 광산업의 가중 평균 자본 비용〉이라는 제목의 500페이지짜리 문건에서 눈에 두드러지는 많은 곳에 표시를 하다가 잉크가 다 떨어져버릴 수도 있을 것이다.

공중의 넓은 관점에서 보자면 회계는 관료적인 지루한 일과 동의어일 수도 있다. 그러나 가까이 다가가서 보면 수에 관한 재능이 특별하게 밀집되어 있는 이곳은 동지애, 지능, 무익함이 흥미롭게 뒤섞여 있어 사무실의 여러 가지 매력의 사례를 연구하기에 적당하다. 템스 강변에 서 있는 이 본부는 다양한 행동이 이루어지는 무대인데, 이런 행동은 적어도 민족지학자가 사모아의 씨족들에게서 밝혀내는 행동만큼이나 독특하다.

나는 이 회계사들의 일반적인 하루의 스냅 샷을 찍어보기 위해 그들의 유리 타워, 나아가 그들의 가정 한두 곳에서 시간을 보내기로 결심했다.

2

7월 말 아침 여섯시, 사무실에서 50킬로미터 떨어진 버크셔의 시골 마을이다. 집요하게 쩩쩩 울려대는 전자음 덕분에 지금 고통스럽게 끝나고 있는 과정을 '잔 것'이라고 규정한다면, 내가 지금 그림자처럼 따라다니는 이 회계사가 지난밤 지역 뉴스를 보다가 의식적인 자아와 접촉이 끊어지면서 잠이라는 백조의 등을 타고 날아간 지난 일곱 시간 동안 실제로 벌어진 일의 거죽도 제대로 긁지 못하는 것이다. 그녀는 이따금씩 천장을 훑고 지나가는 자동차 전조등 외에는 아무런 방해가 없는 방에서 새털을 넣은 이불 밑에 그냥 누워 있기만 했던 것인지도 모른다. 지난밤 내내 예상치 못한 얼굴과 감정이 등장하는 거친 여행에 시달렸기 때문이다.

그녀는 학교 체육관으로 돌아가 대수 시험을 보고 있었다. 옆에 앉은 남학생은 '소매 및 소비재' 담당 부서에서 일하는 동료였는데, 그 사람이 그렇게 앉아 있는 것이 그 상황에 안 어울린다는 느낌이 들지는 않았다. 이어 슈퍼마켓에 줄을 선 사람들이 나타났고, 여왕은 누가 자기 귀걸이를 훔쳐갔다고 소리를 지르고 있었다. 그 장면이 희미해지는가 싶더니, 그녀는 나룻배에서 10년 동안 보지 못했던 연인을 만나고 있었다. 그러나 그녀는 헤어지는 문제에 관하여 정확하게 이야기하고 있었다. 그녀가 깨어 있을 때라면 결코 생각하지 못했을 냉정한 태도였다. 그녀가 머릿속에서는 그런 유령 열차를 타고 돌아다녔음에도 겉으로는 이따금씩 팔이나 다리를 움직였을 뿐, 아주 유순한 모습을 보여주었다는 것이 놀라웠다.

자명종이 울렸으니 이 회계사는 자신의 환상들을 어떻게 처리해볼 새도 없이 욕실로 갈 수밖에 없었다. 이제 감상적인 연상과 불가능한 갈망들은 차단되고, 자아가 적어도 겉으로 보기에는 일관성을 갖춘 하나의 실체로 다시 조립된다. 이제 안정된 태도로 노력을 기울일 수 있고, 미래는 분명하게 규정되어 있다. 그러나 새벽 아지랑이 속에서 그녀는 잠시지만 여전히 양쪽 세계에 동시에 발을 딛고 있는 느낌이 든다. 그녀의 일부는 꿈을 붙들고 있고, 일부는 멀쩡한 정신으로 수도를 틀고 칫솔을 쥐는 것이다. 그러나 시간이 지나면서 밤과 연결된 도개교는 거두어지고, 곧 남는 것은 수도꼭지에서 물이 쏟아지는 소리뿐이다. 창턱에 있는 샴푸 통에 굵은 글자로 적힌, 이제는 익숙하지만 그럼에도 여전히 묘하게 느껴지는 '올-인-원 컨디셔너'라는 말은 은근히 낮이라는 현실의 우월성을 강조하는 것 같다.

45분 전만 해도 온 나라가 얼마나 고요했던가. 그러나 이제 이 회계사의 집에서 벌어지는 일들이 포크스턴에서 에일즈버리까지, 하슬미어에서 첼름스퍼드까지 수도를 둘러싼 거대한 원 안에 있는 다른 수많은 가정에서 되풀이되는 30분 동안 얼마나 많은 머리 감기, 넥타이 묶기, 열쇠 찾기, 얼룩 제거하기, 배우자에게 소리치기가 동시에 일어날 것인가. 로팅딘과 하리치에서 자명종이 시끄럽게 울리고 있다. 소나무 선반과 대리석이 덮인 침대 옆 탁자 위에 놓인 자명종. 진동하는 자명종과 비단결 같은 아나운서 목소리가 사이클론의 진행 방향과 환율에 관한 소식을 전하는 자명종.

샤워를 하고 옷을 입은 뒤에 크런치 넛 한 사발을 먹는다. 그런 뒤에 핸드백과 레인코트를 집어 들고 쌀쌀한 공기 속으로 나가 기차역을 향해 걸어간다. 일단 밖으로 나오니 자연 세계가 인간의 일에 무관심한 채로 여전히 존재한다는 것이, 겉으로 보기에는 아무런 방해도 받지 않고 고요하다는 것이 왠지 특별해 보인다. 새 하늘은 어제의 스콜을 씻어내고 아무런 원한이 없는 맑은 얼굴이다. 그 순수한 아름다움을 직접 눈으로 보자 자신의 내부에서 탄력과 명랑한 기분을 찾아내려는 의지도 강해지는 느낌이다.

열차는 정각에 도착한다고 역의 스크린에 적혀 있다. 회계사는 수십 년에 걸친 페인트칠로 스펀지가 된 듯한 느낌을 주는 빅토리아 여왕 시대의 아치들을 통과하여, 웨스트엔드에서 열리는 연극을 구경하라거나 유서 깊은 성으로 나들이를 하라는 광고를 지나 플랫폼 끝으로 걸어간다. 비행기 한 대가 머리 위 높은 곳을 가로 지른다. 그녀보다 훨씬 더 이른 시간에 출발했을 것이다. 어쩌면 아이가 타고 있을지 모른다. 그 아이가 지금 이 순간 동그란 창문으로 아래를 내려다본다면 해안에서 도시로 들어가는 철로가 한눈에 들어올 것이다. 다시 지상으로 내려오면, 먼 곳에서 녹색 제복을 입은 기차가 양옆으로 약간씩 흔들리며 시야에 들어온다. 앞에 전조등을 켰고, 바퀴 주위에서는 불꽃이 튀긴다. 넓은 지평선을 배경으로 장난감 같은 기적을 울린다.

열차에 타자 교회에 모인 회중을 방해하는 듯한 느낌이 든다. 차가운 바람이 열차 안으로 들어가, 철로 저 먼 곳에서부터 시작되어 밀밭을 가로지르며 부풀어 올랐을 사람들의 백일몽을 갈라버린다. 자리를 잡고 있는 승객들은 고개를 들지도 않고 다른 식으로 아는 체를 하지도 않는다. 그러나 남은 빈자리를 향해 그녀가 비집고 들어갈 수 있도록 팔다리를 능숙하게 재배치하는 것을 보면 새로운 사람이 탔다는 사실을 아는 것은 분명하다. 기차가 떠난다. 철로를 따라 박자를 맞추어 철컹거리는 운동을 다시 시작한다. 이 철로가 놓인 150년 전쯤, 처음으로 수도는 눈앞에 펼쳐진 밭이 세상의 전부이거니 생각하며 살아왔던 먼 시골 마을 노동자들을 침대에서 끄집어내기 시작했을 것이다.

인간이 자연스럽게 모여 사는 종임을 고려할 때, 열차 안의 정적은 왠지 현실처럼 느껴지지 않는다. 그럼에도 통근자들이 서로 은

밀히 평가하고, 심판하고, 비난하고, 욕망을 드러내는 것보다는 다른 일에 몰두하고 있는 척하는 것이 얼마나 더 편하게 느껴지는지 모른다. 그래도 몇 명은 낟알을 쪼는 새처럼 몰래 여기저기 흘끔거리기도 한다. 아마 기차 사고라도 나야 열차 안에 누가 있었는지, 통로 건너편에 국가 경제의 어떤 작은 부분들이 덤덤하게 앉아 있었는지 비로소 확실히 알 수 있을 것이다. 대개 호텔, 정부 부처, 성형외과, 과일 묘목 회사, 카드 회사 등에서 일하는 사람들이겠지만.

모두 신문을 읽고 있다. 물론 새로운 정보를 얻고자 하는 것이 아니라, 잠으로 인해 내성적으로 되어버린 마음을 살살 달래 밖으로 끄집어내려는 것이다. 신문을 본다는 것은 소라고둥을 귀에 대고 인류의 고함에 압도당할 각오를 하는 것이다. 오늘은 인터넷으로 밤늦게까지 부정(不貞)한 짓을 하다가 아침에 운전대에서 졸아버린 남자의 이야기가 실려 있다. 그의 차가 고가도로에서 벗어나는 바람에 밑의 트레일러하우스에 살던 일가족 다섯 명이 다 죽고 말았다. 또 다른 기사는 아름답고 장래가 촉망되는 대학생이 파티 후에 실종되었다가 닷새 후 소형 콜택시 뒤에서 조각난 주검으로 발견되었다는 소식을 전한다. 세 번째 기사는 테니스 코치와 열세 살짜리 제자 사이의 연애를 시시콜콜히 까발린다. 발광과 파국에 이른 것이 분명한 이 이야기들은 역설적으로 위로가 되기도 한다. 그런 것들과 비교할 때 우리는 제정신이고 복을 받았다고 느끼게 해주기 때문이다. 우리는 그 이야기들에서 고개를 돌리면서 우리의 예측 가능한 일상을 확인하고 안도감을 느낄 수 있다. 우리가 욕망을 단단하게 묶어둔 것이 너무도 감사하고, 놀라운 자제력을 발휘하여 우리 동료를 독살하지 않고 친척을 앞마당에 묻지 않은 것이 너무도 자랑스럽다.

밖에서는 익숙한 장면들이 흘러간다. 발전소, 버려진 땅 한 조각, 우체국, 오래된 나무들로 이루어진 작은 숲, 회색과 파란색이 섞인 교복을 입은 초등학생 한 무리, 서쪽으로부터 퍼지는 띠 모양의 뭉게구름, 고속도로 건너편의 쇼핑몰, 빨랫줄에서 흔들리는 속옷, 그리고 서서히 나타나는 교외 빌라들의 뒷모습은 열차가 런던 중심부에 들어왔음을 알려준다.

회계사의 건물에서는 직원들이 이미 판유리 문으로 줄을 지어 들어가고 있다. 그들은 빅토리아와 파링던, 런던 브리지와 워털루에서 열차를 내렸고, 터널들을 뚫고 차를 몰고 왔고, 디젤 버스를 타고 흔들렸고, 공항 중앙 홀을 달려왔고, 공원을 달렸고, 자전거를 타고 언덕과 중심가를 넘어왔다. 어떤 경우든 세상 나머지 사람들로부터 자신이 향하고 있는 거미줄의 중심을 감추고 여기까지 왔다. 그들이 또 얼마나 다양한 아침을 먹었는지. 대니시 패스트리, 지난밤에 먹고 남은 카레, 소시지, 스카치 에그, 또 출근하는 소비자에게 희망을 주기 위해 쾌활한 이름을 붙인 '치어리오'와 '코코 팝.'

직원들은 주위를 둘러보지 않고 위층으로 올라간다. 사무실에서 편안함을 느낀다는 것은 곧 로비의 이상한 은 조각품에 눈길을 주지 않는다는 것이고, 이곳이 첫날 얼마나 낯설어 보였는지 잊어버렸다는 것이다. 일을 시작한다는 것은 자유의 끝이라는 뜻이지만,

동시에 의심과 집념과 변덕스러운 욕망의 끝이라는 뜻이기도 하다. 이 회계사의 만 가지 가능성도 이제 마음에 드는 몇 가지로 줄어들었다. 그녀에게는 사람을 만나면 나누어주는 명함이 있다. 이것은 다른 사람들에게 그녀가 우연적인 우주에 나타났다가 곧 사라질 덧없는 의식 한 조각이 아니라 '비즈니스 유닛 시니어 매니저'라고 말해준다. 아니, 좀 더 의미 있는 관점에서 보자면, 그녀 자신에게 그 사실을 일깨워준다. 동료들이 그 직책을 근거로 나에 관하여 가정하는 것들이 나를 제어해주는 덕분에 새벽의 외로움 속에서도 과거에는 가능했지만 이제는 결코 가능하지 않은 것들을 생각하지 않게 되니 얼마나 만족스러운지. 보험 중개 회사에서 나온 팀과 만날 약속은 30분 뒤이기 때문에 그녀는 카페테리아에서 머핀과 커피를 살 시간이 있다. 사무실에서 하루가 시작되면 풀잎에 막처럼 덮인 이슬이 증발하듯이 노스탤지어가 말라버린다. 이제 인생은 신비하거나, 슬프거나, 괴롭거나, 감동적이거나, 혼란스럽거나, 우울하지 않다. 현실적인 행동을 하기 위한 실제적인 무대다.

3

7층에 있는 회의실에 열 사람이 모였다. 버밍엄에 있는 한 회사의 감사 진행 과정을 토론하려는 것이다. 요식 산업용 비닐 포장지를 제조하는 회사다. 탁자 상석에 셔츠 차림으로 앉아 있는 나이 많은 파트너부터 지난여름에 대학을 졸업한, 눈에 띄는 줄무늬 양복

을 입은 신입 사원까지 다양한 연령대의 사람들이다. 농담도 하고 정겹게 놀리기도 한다. 마치 선생과 건방지지만 존경심을 잃지 않는 학생들 사이의 대화 같다. "어젯밤 시합 봤나, 고슴도치?" 임원이 오른쪽의 젊은이에게 묻는다. 머리에 젤을 발라 뿔을 여러 개 만들어 놓았다. "당연하죠, 로빈슨. 하지만 다음 주말에는 그 얼굴에서 웃음이 사라지게 할 겁니다." 젊은이가 대꾸한다.

지난달에는 감사 팀의 하급 직원 다섯 명이 매주 버밍엄에 내려가 있었다. 그들은 도시의 남쪽 입구에 있는 비닐 공장 근처 모텔에서 묵었다. 낮에는 클라이언트 회사의 경리부로 가서 파일들을 검토하고 노트북으로 자료를 확인했다. 저녁에는 콜디츠(그들이 묵는 곳에 그런 별명을 붙였다)에서 이중 차도 건너에 있는 벵골 레스토랑 '스타 오브 인디아'에 자주 들렀다. 출장 규정에는 매니저 이하 직급 직원에게는 저녁 식비로 20.50파운드까지 지원한다고 나와 있다.

회계사에게 자신들이 하는 일을 설명해달라고 하는 것은 쉬운 일이 아니다. 그들은 일반인이 보이는 호기심에는 반드시 조롱이 숨어 있다고 느낀다. 졸업 후 이런 직업을 선택했다고 처음 밝힌 이래 넓은 세상에서 자주 마주치던 익숙한 것이 또 나온다고 생각하는 것이다. 그러나 조금만 참으면, 그들의 조건 반사적인 자기 비하가 점차 사라지면서 미로 같은 일을 정복한 것에 대한 진지한 자부심이 나타난다.

나는 에밀리 완과 이야기를 나눈다. 스물여덟 살인 그녀는 중국 교통대학교를 우수한 성적으로 졸업하고 상하이 지사에 근무

하다 최근에 런던으로 옮겨왔다. 그녀는 감사 과정을 목공일에 비유한다. 그러면서 자기 없이는 자본주의가 돌아갈 수 없다며 미소를 짓는다. 감사에 사용되는 절차는 세계적으로 동일하기 때문에, 회계사들은 비행기 조종사와 마찬가지로 외국의 동료들과 어려움 없이 일을 할 수 있다. 그 규칙들은 4천 페이지짜리 성서라고 할 수 있는《세계 감사 방법론*Gloval Audit Methodology*》에 정리되어 있다. 나는 그 책을 침대에서 읽어보기로 한다. 버밍엄에서 팀 멤버 각각은 클라이언트 회사의 대차대조표의 다양한 항목을 실증하는 일을 맡았다. 한 사람은 고정 자산 항목을 조사하고, 다른 사람은 부채를, 또 다른 사람은 채무를, 또 다른 사람은 대변을, 또 다른 사람은 공제를 맡았다. 이 과정이 끝나면 선임 파트너가 이 회사의 공식 회계의 정확성을 법적으로 보증하는 600페이지짜리 문서에 서명을 한다. 그러면 잠재적 투자자들은 이 회사에 충분한 신뢰를 갖게 되며, 그들의 돈은 이 회사를 향해 실체가 보이지 않는 기나긴 디지털 여행을 하게 된다.

현재 이 팀은 부가가치세 청구 체계의 신뢰성을 확인할 방법들을 찾아내고 있다. 그들은 지난 여섯 달 동안 1억 파운드가 클라이언트 회사의 내부 배관을 통하여 흘러온 과정을 도표로 정리했다. 그러나 파일 하나가 사라지는 바람에 '연금 지급 채무에 대한 비감사 용역 연간 독립성 존속 양식'의 완성이 짜증 날 정도로 늦어졌다.

가까이서 살펴보면 '자연적'인 것과 '인공적'인 것 사이의 구분이 흐려지는 경우가 많지만, 우리가 25만 년 전 아프리카의 지구

대(地溝帶)에 처음 등장했던 인간조건으로부터 멀리 떠나왔다는 점만은 부정할 수 없다. 작은 활자에 대한 회계사들의 헌신에는 감탄하지 않을 수 없다. 이전 사회에서는 군사적 모험이나 종교적 도취에 바쳐졌던 노력이 지금은 숫자 바느질로 흘러들고 있다. 역사는 영웅담을 길게 이야기할지 모르지만, 결국 우리 가운데 몇 사람만 먼 바다에 나가고 다수는 항구에서 밧줄을 헤아리고 닻의 꼬인 사슬을 풀지 않는가.

회계가 세상을 보는 특수한 관점을 제공한다는 점은 분명하다. 회계사는 나에게 책을 어떻게 또는 왜 쓰냐고 묻지 않고, 어떤 책의 세금을 몇 년에 걸쳐 낼 수도 있느냐, 아니면 출판할 때 전부 내야 하느냐고 묻는다. 그들은 사람을 보면 먼저 신장부터 생각하는 신장 전문의와 비슷하다.

더 인상적인 것은 그들에게 지속적인 유산으로 남을 만한 일을 하고 싶어 하는 욕망이 없는 것처럼 보인다는 것이다. 그들이 지성을 발휘할 때 누리는 내적 자유란 택시 운전사들이 길을 찾는 기술을 실행에 옮길 때와 비슷하다. 어디든 손님이 가라고 하는 방향으로 가는 것이다. 그들은 이번 주에는 석유 시굴 회사의 재정 문제를 처리해달라는 요청을 받았다가, 다음 주에는 슈퍼마켓이나 광섬유케이블 공장의 조세 부담 문제를 처리해달라는 요청을 받을 수도 있다. 다급한 내부의 기획 또는 병이나 그로 인한 고통 때문에 그 일을 미룰 수는 없다. 그들은 낯선 사람들에게 알려지고 싶은 야망도, 둔감하고 덧없는 미래를 위해 자신의 통찰을 기록해두고 싶은 야망도 없다. 그들은 망각을 순순히 받아들일 만큼 잘 조정이 되어 있다. 감사 업무에 불멸을 위한 기회는 거의 없다는 사실을 우아하게 받아들이는 것이다.

4

1층의 회의실에는 신입사원 스물다섯 명이 3년에 걸친 회계 훈련 코스 가운데 두 번째 주 훈련을 받고 있다. 이들은 지난주에 회계의 원칙에 관한 개론을 들었다. 이번 주에는 회사 보증 체계의 구조를 훑어볼 것이다. 이 회사에서는 사기를 높이기 위해 이들을 버스에 태워 런던 외곽의 우아한 호텔로 데려가 사장을 만날 기회를 주기도 하고, 오후에 온천에 보내 치료와 마사지를 받게도 한다. 그들은 또 회사의 심리 상담사, 회사 내 세탁소, 정보 기술 책임자를 소개받았으며, 회계사 남녀 동성애자 협회 회장도 만나 회원들이 매달 첫 번째 화요일에 모여 한잔 기울인다는 이야기도 들었다. 한 시간 반 이상 강의가 진행되어 훈련생 다수가 피곤한 기색을 보이자 강사는 그들을 일찍 내보내 밖에 있는 크루아상과 대니시 패스트리를 먹게 한다.

인간 역사의 대부분의 기간 동안, 피고용자들이 자신의 의무를 힘차게 또 빈틈없이 완수하게 유도하는 데 필요한 유일한 도구는 채찍이었다. 노동자들이 무릎을 꿇고 탈곡장 바닥에 흩어진 낟알을 줍거나 비탈에서 캐낸 돌을 들어올리는 일을 하기만 하면 되는

경우에는 세게 자주 때려도 무방했고, 종종 면책과 혜택이라는 방법을 구사하기도 했다. 그러나 일을 하는 사람이 단지 겁에 질리거나 체념하는 것이 아니라 상당한 수준의 만족감을 느껴야만 제대로 해낼 수 있는 일들이 등장하면서 고용의 규칙을 새로 써야 했다. 뇌종양을 들어내거나, 구속력 있는 법률 문서를 작성하거나, 힘찬 모습으로 설득력 있게 콘도를 팔아야 하는 사람이 찌무룩하거나 원한에 차서는 혹은 병적이거나 분노에 차서는 많은 이윤을 낼 수 없다는 것이 분명해지자, 피고용자의 정신적 복지가 관리자들의 최고의 관심사가 되기 시작했다.

세계의 유리 타워 사무실에서 이루어지는 일은 외적 힘에 대한 공포를 무기로 삼아서는 진행시킬 수 없다. 직원에게 연간 세금 유예 일정 초안 작성에 고도의 능력을 발휘하라고 하거나, 고위 관리직에게 관리하는 사람들을 참을성 있게 공을 들여 존중하며 다루라고 요구할 때 감시탑은 아무런 소용이 없다. 그곳의 영주들은 구루병 초기 증상만 보여도 노예를 대서양 한가운데 내던지던, 부러울 만큼 자유로웠던 18세기 선박 소유자들의 호남자 같은 태도를 박탈당했다. 이제는 권위를 가진 인물들이 탁아소 문제에 관여해야 하며, 매달 한 번씩 부하 직원을 만날 때마다 활기차게 일이 재미있냐고 물어보아야 한다.

이 회계 회사의 6층 인적자원부 책임자인 제인 액스텔은 권위의 쇠주먹에 벨벳 장갑을 끼우는 책임을 맡고 있다. 그녀는 최근에 감사 담당자들의 잠재적인 창조력을 끌어내는 데 도움을 주려

고 풍경화 그리기 대회를 열었으며, 지금은 사기를 높이려고 건물의 복도와 안내 구역에 '우리의 가치 선언: 우리는 누구이며 무엇을 위해 일하는가?' 하는 글자판들을 붙여놓았다.

액스텔이 루이 14세 시대의 베르사유에 있었다면 생시몽 같은 일기 작가가 쓸 내용이 틀림없이 많이 줄어들었을 것이다. 그녀 덕분에 이 회사는 이제 괴롭히고 뒷공론을 하는 행위에 대한 불관용 정책을 확립했으며, 고민이 있는 직원을 위해 24시간 핫라인을 가설했고, 동료에 대한 불만을 제기할 수 있는 포럼을 열었으며, 관리자가 팀의 구성원에게 입 냄새가 난다는 사실을 요령 있게 알려줄 수 있는 절차를 만들었다.

이런 혁신 밑에는 일터의 역학이 가족 관계만큼이나 복잡하고 갑자기 격렬해질 수 있다는 믿음이 깔려 있다. 아니, 가족생활보다 외려 더 어려운 면이 많다. 가족생활이야 그래도 〈메데아 *Medea*〉의 장면들을 연상시키는 히스테리의 현장으로서 잘 알려져 있고 또 인정도 받았지만, 사무실 생활은 보통 명랑함이라는 가면 뒤에서 이루어지기 때문에 그곳에서 일하는 사람들 가운데는 동료들이 계속 일으키는 분노와 슬픔에 대처할 준비가 부족한 사람들이 안타까울 정도로 많다는 것이 그 이유다.

인적자원부가 제도화한 전략들이 인위적으로 보일지 모르지만, 사실 바로 그런 인위성이 성공을 보장해준다. 하루 회사를 떠나서 벌이는 세미나나 그룹 피드백 모임의 부자연스러운 분위기 때문에 그런 훈련에서는 배울 것이 전혀 없다고 단호하게 항의하기도

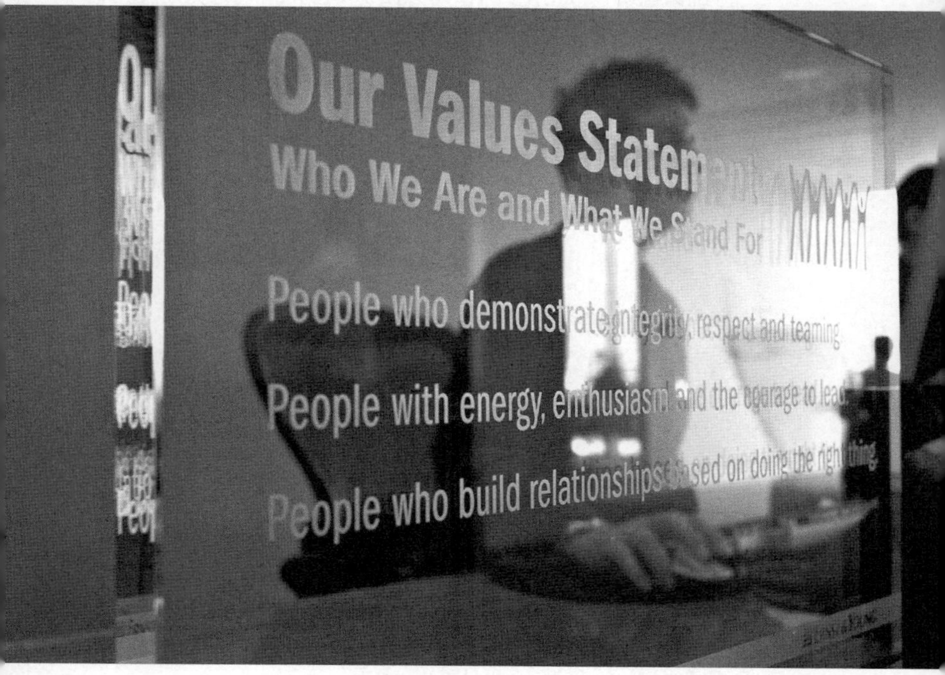
Our Values Statem
Who We Are and What We Stand For
People who demonstrate integrity, respect and teaming
People with energy, enthusiasm and the courage to lead
People who build relationships based on doing the right thing

한다. 하지만 마치 어떤 집에서 열린 파티에 가서 픽셔너리 게임을 하자는 주인의 제안을 처음에는 비웃다가 나중에 달라지는 손님들처럼, 게임이 진행될수록 스스로 적대감을 발산하고, 애정을 확인하고, 허튼 잡담의 괴로움을 피할 수 있다는 것에 놀라기도 한다.

물론 액스텔의 직책이나 그녀의 전문적인 어휘('클라이언트와 관계 맺기', '개인적 낙인찍기')에는 역사적 선례가 거의 없다. 이런 상황 때문에 사람들은 그녀를 불필요하고 역겨운 존재라고 판단하기도 한다. 그러나 이것은 현대 사무실의 독특한 면을 오해하는 것일 수 있다. 현대의 사무실은 수만 명의 직원들이 자기들끼리 제대로 의사소통을 해야만 돌아가는 생각들의 공장이다. 그렇게 돌아가야만 난폭하고 부담스러운 고객들의 요구를 이행할 수 있다. 따라서 같이 죽자는 싸움, 부서끼리 편협하게 정보를 감추는 태도, 불평등한 보수 체계에 대한 독기 어린 불만, 관리자의 칼라에 묻은 비듬, 회사의 보도자료에 담긴 부정사(不定詞)를 쪼갠 표현, 핵심적인 인물과 악수할 때 내미는 끈적끈적한 손에 매우 취약한 존재다. 그렇기 때문에 노래방의 밤, 또는 강 유람선이나 중역실에서 사장과 함께 먹는 점심을 상으로 주는 '이 달의 직원'이라는 제도를 우습게 여길 수 없는 존재이기도 하다.

5

나는 오래전부터 이 회사 사장을 만나려고 시도했다. 그러나 처음에는 러시아, 그 다음에는 인도, 그 다음에는 미국에 가 있었다. 그런데 다른 곳에 가 있다고 한 시기에 나는 그가 런던 본부에서 엘리베이터를 타는 것을 분명히 보았다. 그런 다음에 얼마 동안은 공식적으로 위층에 있기는 하지만 너무 바빠 나를 만날 수가 없었다. 그러다 마침내 나는 그와 회사의 미래와 그가 일에서 겪는 난관에 관해 이야기할 수 있는 30분을 할당받았다.

우리는 텅 빈 방에서 마주 보고 앉았다. 마치 보호자처럼 홍보 책임자도 들어와 있었다. 하지만 왜 왔는지는 분명하게 알 수가 없었다. 다만 내가 각별히 조심해야 한다는 뜻은 전달받는 느낌이었다.

사장은 표면적인 온화함 밑에 나 같은 작가들에 대한 짜증을 간신히 감추고 있었다. 그는 오늘 아침에도 여느 평일 아침과 다를 것 없이 다섯시에 일어나 40분간 조깅을 하고 일곱시 전에 출근했다. 그는 덴마크, 카메룬, 인도, 세네갈, 스웨덴, 스코틀랜드, 알바니아, 북아일랜드, 몰도바, 남아프리카에 퍼져 있는 1만 2천 명이 넘는 사람을 다스린다.

그러나 그런 광범한 활동 영역에도 불구하고 권위의 도구와 상징을 거의 모두 포기했다. 그는 일반적으로 성이 아니라 이름으로 알려져 있다. 제트기나 운전기사도 없다. 비서도 다른 임원들과 함께 쓴다. 기차를 타고 출근한다. 심지어 전용 사무실도 없다. 건축가들은 그를 위해 타워 브리지가 보이는 방을 설계해주었지만, 그는 보통 층 한가운데 인턴이 쓰는 것과 다를 것 없는 책상에 앉아 있다. 유일하게 구별되는 것이 있다면 전화기 오른쪽에 있는 비닐 코팅물이다. 거기에는 시어도 루스벨트의 연설에서 따온 말이 인쇄되어 있다. 대통령은 "모두가 탁월한 수준을 향해 노력할 필요가 있다"고 말하면서 이렇게 덧붙인다. 그러다가 "만일 실패한다 해도, 적어도 과감하게 큰 일을 하다가 실패했으니, 그의 자리는 승리나 패배가 무엇인지 모르는 차갑고 소심한 영혼들 사이에 있지는 않을 것이다."

사장이 사용하는 사무용 가구의 모습을 보자 W.H. 오든의 시 〈매니저들 *The Managers*〉(1948)이 떠올랐다.

나빴던 옛 시절도 그렇게 나쁘지는 않았지.
사다리 꼭대기는
즐겁게 앉아 있을 수 있는 자리였어. 성공은
많은 것을 의미했지—여가,
엄청난 식사, 그리고 사람이 결코 다 손댈 수 없을 만큼
많은 물건과 책과 여자와 말로 가득 찬 많은 궁전,
그리고 다른 사람들이 걷는 것을 구경하며
편안하게 앉아 언덕을 올라가는 것.

그러나 오든은 지도자의 자리가 어떻게 바뀌는지 알았다. 그는 현대를 바라보며 궁금해했다.

이제 어떤 화가가

벌거벗은 채 돌고래를 타고
호수에서 의기양양하게 솟아오르며
우산처럼 펼쳐진 천사들의 보호를 받는 사람의 모습을
그릴 수 있을까?

물론 권력은 완전히 사라지지 않았다. 재구성되었을 뿐이다. 사장이 자신의 앞선 위치를 보존할 수 있는 최선의 방법은 평직원의 자세를 취하는 것이다. 부하 직원들은 그가 그들과 운명을 공유하는 척할 때 보여주는 신실함에 감탄하지만, 그는 속으로는 자신이 보통 사람임을 설득력 있게 보여줄 때에만 다시 보통 사람으로 돌아가지 않을 수 있다는 사실을 인식하고 있다.

사장은 또 큰 소리로 명령을 내리는 권리도 포기할 수밖에 없다. 하긴 인시아드*와 와튼** 졸업생들을 야단칠 수는 없는 노릇이다. 그에게 남은 한 가지 도구는 설득뿐이다. 그래서 그는 자신의 제국 여러 곳에서 한 달에 서너 번씩 연단에 올라가 재킷을 벗고 앞에 모인 회계사 3천 명을 건너다보며 파워포인트 구호들을 배경 삼아, 그들이 존경할 만한 전문직업인이라고 먼저 이야기를 꺼낸 뒤에야 그들이 일하는 방법에서 개선할 점들을 교묘하게 제시할 수 있다. 마치 신앙이 쇠퇴하는 시대에 겸손하게 호소하는 설교자 같다.

---

* 프랑스 파리 근교 퐁텐블로에 있는 경영대학원.
** 미국 펜실베니아 대학교의 경영대학원.

사실 그가 성공을 거두려면 궁극적으로 자신의 능력으로 어떤 일을 하기보다는 그의 치세가 경제사의 상서로운 흐름들과 운 좋게 맞아떨어지는 것이 더 중요하다. 전장에 나가 간헐적으로 폭약이 폭발하는 혼돈의 와중에 상황을 통제하는 듯한 모습을 보여주려고 헛되이 안간힘을 쓰는 장군과 비슷한 처지인 것이다.

　　사장은 나의 우려를 느끼는 것 같았다. 그는 이 인터뷰를 유용한 정보를 제공할 기회가 아니라, 나중에 계속해서 기억에 떠올라 자신을 괴롭히게 될 말을 하지 않는 능력을 시험하는 위태로운 상황으로 여기는 것 같았다. 다시 말해서, 최대한 지루하게 나오고 있었다. 그는 군중에게 사용하는 듯한 온화하면서도 비인격적인 말투로 나에게 말하려고 했다. 나는 그에게 회사의 미래에 관해 설명해달라고 했다. "우리가 중대한 도전에 직면해 있다는 점을 모르는 사람은 없습니다. 하지만 모두 이것이 아주 좋은 기회이기도 하다는 점을 의심하지 않습니다." 직원들에 대해서는 어떤 희망을 가지고 있습니까? "우리 임직원 모두가 승리하는, 성공을 거두는 조직의 일원이 되고 싶어 합니다. 시장 지분을 많이 차지하고, 그렇게 해서 회사의 모든 사람에게 기회가 확대될 수 있는 조직 말입니다." 출장은 좋아하십니까? "우리는 다행히도 이미 성공을 거둔 세계적 기업입니다만, 우리의 세계적 조직과 세계적 시장에 온전히 헌신하기 위해서는 더 노력을 해야 하지요." 이 회사가 경쟁사들과 다른 점은 뭐죠? "우리 회사 사람 한 명 한 명은 우리 클라이언트들의 눈에 우리 브랜드와 다름없습니다. 클라이언트들

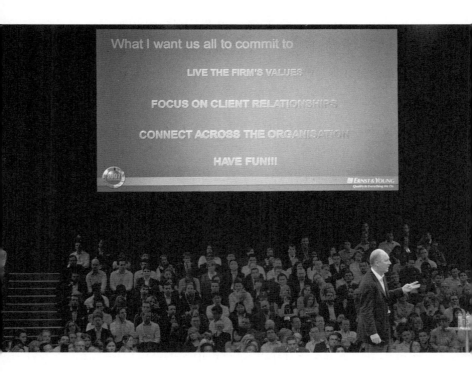

286

이 차별화된 경험을 하려면 우리 회사 사람들이 우리 가치대로 살아야만 하지요."

20분 동안 이런 식으로 대화가 진행되자 나는 그에게 회의를 하다가 배탈이 나 고생한 일이 최근에 언제 있었느냐고 묻고 싶은 유혹을 느꼈다. 그러나 그가 이런 식으로 말을 하는 것은 무슨 비밀을 지키려고 했기 때문이 아니라, 오랫동안 지구를 돌아다니며 냉방이나 난방이 조절된 공기를 마시고 회의를 주재하는 동안 그의 인격이 텅 비어버렸기 때문일 것이다. 그는 아무 할 일 없이 방에 혼자 있어본 지 10년이 넘었는지도 모른다. 나는 내 권태가 연민으로 바뀌는 것을 느꼈다. 조금 전까지만 해도 연민을 느낄 구석이라고는 정말이지 하나도 없을 것이라고 여기던 사람에게.

6

점심시간이 다가오면서 튀긴 음식의 유혹적인 냄새가 아트리움을 통해 위층으로 올라온다. 직원들은 인트라넷으로 카페테리아의 오늘의 특별요리를 확인할 수 있다. 금요일은 '오늘 들여온 다진 물고기, 타르타르 소스, 레몬 조각'이다. 수요일은 카레다. 목요일에는 '모든 고명을 넣은 구이'다. 식사를 하러 오려는 사람이 쓸데없이 기다리는 것을 막기 위해 웹캠은 줄이 얼마나 긴지 실시간으로 보여준다.

그러나 점심식사를 하면서 모두가 편히 쉴 수 있는 것은 아니다. 건물의 맨 꼭대기에 있는 일련의 임원 식당에서 선임 파트너들은 이 나라의 가장 큰 기업의 대표들로부터 수임료로 수백만 파운드를 받아내는 복잡한 업무를 하고 있다. 그러나 입으로는 오직 최근의 휴가나 아이들 교육에만 관심이 있는 척한다. 지금 이 자리에서 왔다 갔다 하는 돈은 저 아래의 지저분한 세상에서 손님을 잡으려는 소매상이나 전화 영업사원들이 다루는 돈과는 비교도 할 수 없을 정도로 크지만, 파트너들은 이런 일에도 의사나 대학 교수들처럼 고요하고 초연한 태도를 유지하게 되었다.

동관에서 점심을 먹는 파트너 마크는 '고객에게 이야기하기'라는 제목이 붙은 훈련 강좌에서 자신의 접근 방법을 완벽하게 정리했다. 그 강좌의 목적은 참석자들이 'C' 기술들, 즉 신뢰, 영리, 소통, 능력, 헌신*을 계발하는 것이었다. 이 강좌는 노샘프턴 외곽의 숲 가장자리에 있는 한 호텔에서 열렸다. 저녁 교육에서 마크가 종이 접시와 플라스틱 포크, 나이프를 앞에 두고 앉아 상상의 고객과 식사를 하는 적절한 방법을 보여주는 동안 여우 한 쌍이 창문으로 그를 살폈다.

지금 그의 앞에는 진짜 고객이 앉아 있다. 영국에서 세 번째로 큰 치과 장비 제조업체의 최고재무관리자인 에이런이다. 대화는 삐걱거린다. 첫 번째 코스가 아직 나오지도 않았는데, 두 남자는 이미 크리켓, 코모 호수, 포뮬러 원 자동차 경주, 태양 전지의 상대적인

---

* Confidence, Commerciality, Communication, Capability, Commitment 등 모두 알파벳 C로 시작한다.

비효율성, 런던 비둘기 이야기를 다 해버렸다. 마크는 오늘 유난히 피곤하다. 어젯밤 애버딘의 매리엇 호텔에서 열린 석유산업 회의에서 포워드 스왑과 옵션 기법을 이용하여 대부금을 부가 저당으로 사용하고 캐시 플로를 앞당겨 개발비를 충당하는 문제를 토의하느라 집에 늦게 들어갔기 때문이다. 그래도 식당의 창밖으로는 인상적인 광경이 펼쳐지기 때문에, 어느 것이 로이즈 빌딩인지 찾아내는 일로 몇 분은 보낼 수 있다. 벽에는 그림도 있다. 이 회사는 그림을 좋아한다. 처음에 새 본부로 이사했을 때 그림 구매 회사에게 거의 모든 공간을 젊은 화가들의 자극적이고 흥미 있는 그림으로 덮어달라고 요청했다. 그래서 식당에는 강의 갈색 흙탕물에 몸을 던지는 것처럼 보이는 암소의 커다란 사진이 걸려 있다. 배경은 인도일 것이다. 암소는 어쩌면 자살을 하고 있는 것인지도 모른다.

식당 안에서는 구일례르미가 돌아다니고 있다. 마흔두 살로 브라질 남부 바제 출신인 그는 외부의 케이터링 회사에 고용되어 점심과 저녁 식사시간에 웨이터 일을 하고 있다. 그는 액슨 그룹, 브레이브하트 투자, 데이너 석유, 인다고 석유, 오메가 진단 그룹, 자이트로닉 PLC의 주요 임원들을 만나본 사람이다. 아니, 잠깐 동안 그들과 같은 방에 있었다고 말하는 것이 더 정확하겠지. 그 임원들은 이 여섯 아이의 아버지인 갈색 눈의 잘 생긴 남자, 한때 은색 바구니에서 가루가 묻은 롤빵을 꺼내 나누어주었던 사람을 기억하지 못할 것이기 때문이다.

오늘 첫 코스는 게 링귀니다. 그 다음에 뢰스티 감자를 곁들인

참치 스테이크가 나온다. 대신 생각을 해달라고 마크를 고용하는 데 드는 비용은 시간당 500파운드다. 반면 구일례르미는 불과 7파운드면 된다. 이 차이는 두 사람의 출신국의 역사와 상대적 부만이 아니라, 마크가 법학 학위를 위해 3년을 공부하고, 킹즈 크로스의 BPP에서 PAR(회계 원리)를 익히려고 2년을 더 보내고, 공인회계사 협회에 가입하고, 평직원에서 제한적인 자격을 갖춘 간부로, 완전한 자격을 갖춘 간부에서 부매니저로, 매니저에서 선임 매니저로, 마침내 파트너에서 선임 파트너로 상승하는 15년 동안 고된 일을 해왔다는 점으로도 설명이 된다.

몇 달 뒤, 〈코지 판 투테Cosi fan tutti〉와 르누아르의 풍경화 개막전 표 덕분에 에이런은 마침내 마크의 신중하게 감추어진, 돈을 써달라는 애원에 우호적인 답을 하게 될 것이다. 구일례르미는 비자가 만료되어 내키지 않지만 조국으로 돌아갈 것이다.

7

점심식사 후에는 이상하게 조용하다. 조상들의 시에스타에 대한 기억이 하루의 정상적인 에너지를 감싸버린 것 같다. 7층의 노동자들은 책상에 앉아 자판과 서류에 집중하고 있다. 이따금씩 프린터가 윙윙 소리를 내며 살아나 종이들을 뽑아내고, 이 종이들은 마치 갓 구운 베이글처럼 초자연적으로 느껴지는 강렬한 열을 발산한다. 이 열은 좀체 사라지지 않는다.

책상들을 ML6W.246 같은 뻣뻣한 약어로만 확인할 수 있는 오픈 플랜의 포괄적인 규칙성에 도전하여 직원들은 각자의 작업대에 미묘한 개성을 부여하는 데 성공했다. 펠트 판에는 가족사진이 붙어 있다. 이따금씩 스포츠 팀이나 휴가 목적지를 기념하는 머그나 장신구가 보인다. 바닥에 몸을 웅크리면 얼마나 많은 사람들이 신발을 벗고 양말을 신은 발을 카펫에 문지르고 있는지 알 수 있다. 이 동작은 나일론이 많이 섞인 직물이 면과 마찰되는 자극적인 느낌을 줄 뿐 아니라, 비록 작기는 하지만 규칙을 깨고 집의 친밀한 느낌을 일하는 영역으로 가져왔다는 만족감도 준다.

사무실 고참들은 환경을 길들이는 데 능숙하다. 그들은 공동 주방의 어디에 자기 먹을 것을 감추어야 하는지, 언제 화장실에 가야 조금 전까지 좋은 향기가 나는 긴장된 분위기의 좁은 공간에서 칸막이를 가운데 두고 나란히 앉아 있던 동료와 세면대에서 어쩔 수 없이 대화를 나누는 일을 최대한 피할 수 있는지 안다. 생산적 활동의 분출은 저녁식사 약속, 연애에 관한 소식 확인, 영화배우와 살인자들의 기묘한 행동에 대한 철저한 분석 때문에 중단된다. 하루 가운데 진짜로 돈을 버는 시간은 얼마나 적은지, 그 사이 사이에 백일몽에 빠지거나 다시 기운을 차리는 데 쓰는 시간은 얼마나 많은지.

창문 너머에서 사람들은 편한 차림으로 강가를 걷고 있다. 그들의 여유를 보자 이 건물에서 펼쳐지는 일의 더 깊은 논리가 궁금해진다. 그러나 어떤 활동의 안에 들어가 있으면 큰 질문들은 의미를 잃는 경향이 있다. 아무 생각 없이 그저 네시 회의에 쓸 서류를 준비할 뿐이다. 앙드레가 그것을 요청했으니까, 또는 카트린이 방갈로르에서 프리젠테이션을 하는 데 그것이 필요하다고 하니까. 게다가 회계사들은 일하는 삶의 의미를 요약하는 데 전문가들이다. 이 회사는 직원들이 맡은 클라이언트의 연말 회계 보고서를 준비해주면서 솜씨를 발휘할 때 가장 큰 수입을 벌어들이는데, 이 보고서는 운용 자산, 자본 인수, 대부, 채무에 관하여 길게 이야기를 한 뒤에 1년의 모든 일이 다음과 같이 요약될 수 있다고 말한다.

	금년(파운드)	작년(파운드)
총매출	50,739,954	0,719,640
총수익	10,305,392	7,003,417

이런 숫자는 사무실 생활의 어떤 진실을 표현하는 것으로, 인간 존재의 목적이 우리 유전자를 증식시키는 데 있다는 진화생물학자의 당당한 말만큼이나 논란의 여지가 없으며, 또 결국에는 그만큼 부당하고 짜증이 나는 것이기도 하다. 연말 결산의 이 삭막함은 돈을 버는 것이 결국은 다른 일을 하기 위한 구실일 뿐임을 강조해줄 뿐이다. 아침에 침대에서 일어난다든가, 머리 위의 프로젝터 앞에서 권위적으로 이야기를 한다든가, 외국의 호텔 방에서 노트북의 전원을 켠다든가, 시장 지분을 분석하는 프리젠테이션을 한다든가, 케이티의 무릎까지 오는 회색 모직 반바지를 보고 싶다

는 갈망에 빠져든다든가 하기 위한 구실일 뿐이다. 우리는 돈을 벌기 오래전부터, 늘 바빠야 할 필요가 있다는 점을 인식했다. 우리 행동의 더 큰 목적을 고민하지 않으면서 그냥 벽돌을 쌓고, 컨테이너에 물을 넣었다 빼고, 모래를 한 구덩이에서 다른 구덩이로 옮기는 일이 주는 만족감을 알고 있었던 것이다.

8

아, 그 반바지. 케이티는 북유럽 소매 분과의 책임자를 돕는 스물두 살 난 여자다. 오늘 그녀는 2주 후 시작될 상사의 스칸디나비아 출장 일정을 짜고 있다. 그녀의 책상에는 《코펜하겐을 발견하라Discover Copenhagen》가 놓여 있다. 그녀는 코펜하겐 임페리얼 호텔의 조용한 위쪽 방을 잡아놓고, 상사가 쇠렌 스트룀, 라세 스코브 크리스텐센, 모르텐 스톡홀름 불 등 지사의 중요 직원들과 일곱시 30분에 아침을 먹을 수 있도록 일정을 짠다.

그러나 그녀 근처에 있으면서 마음을 사로잡는 그녀의 얼굴과 몸매 외에 어떤 다른 일에 집중할 수 있는 사람은 케이티 자신뿐일 것이다. 그녀의 아름다움이 일으키는 생각들은 너무 집요하고 부적절해서 그녀를 상대할 때면 가혹하고 초조한 태도를 보이기 십상이며, 이것이 무관심, 심지어 무례함으로 오인받기도 한다. 회사의 행동 규약은 다음과 같이 명백히 규정하고 있다. "일터에서 성희롱은 절대 묵과하지 않는다. 성희롱에는 어떤 사람의 외모에 관한 천한 언급, 상스러운 말, 성생활에 관한 질문, 품위를 해치거나, 위협적이거나, 적대적이거나, 품위를 훼손하거나, 불쾌한 작업 환경을 조성하는 신체 접촉이 포함된다."

피상적으로 보자면 이 규약은 오로지 피해자들의 권리를 옹호하는 데 존경할 만한 관심을 갖고 있는 것처럼 보인다. 그러나 이 가차 없는 조항에는 액면의 내용보다 더 냉소적이고 덜 이타적인 측면이 있을 수도 있다. 진짜로 보호되는 것은 어쩌면 상스러운 관심으로 괴롭힘을 당하는 특정한 개인이라기보다는 회사 자체일 수도 있기 때문이다. 케이티의 반바지가 이끌어내는 느낌은 선동적이다. 그것이 회사의 전체적인 근거를 뒤집어엎을 수도 있기 때문이다. 이런 느낌은 자칫 하면 낯 뜨거운 진실을 드러낼 수도 있다. 사실 일을 하는 것보다는 섹스를 하는 것이 훨씬 더 재미있을 것 아닌가.

회사의 질투심은 놀랍지 않다. 역사적으로 어느 사회나 어떤 일을 이루기 위해서는 성적인 충동을 규제할 수밖에 없었다. 전문가들의 행동 규약 안에 구식의 성적 억압이 묻혀 있다는 사실을 인식하지 못한다면, 그것은 우리 자신이 개방된 태도를 갖고 있다고 순진하게 믿고 있기 때문일 뿐이다.

그러나 역설적으로, 이런 억압은 의도와는 다르게 매우 성적인 결과를 낳는다. 가장 금지된 곳에서 가장 왕성하게 번창하는 것이야말로 성애의 핵심적인 특징이기 때문이다. 14세기에 '하느님의 어머니' 수도회만큼 성적인 긴장이 팽팽했던 곳은 없었다. 마찬가지로 오늘날에는 기업들의 얇은 판으로 나뉜 오픈 플랜 공간들만큼 호색적인 곳은 없다. 현대 세계의 사무실은 중세 기독교 왕국의 수도원과 같다. 겉으로는 정숙해 보이지만 비길 데 없이 강한 욕망을 자극할 만한 잠재력을 갖춘 무대인 것이다.

이 두 시스템이 파계의 기미를 보이는 사람들에게 가혹한 벌을 주는 것은 그 각각이 각 사회에서 가장 소중하게 여기는 가치를 간직한 곳이기 때문이다. 즉 옛날에는 그리스도의 가르침이었고, 지금은 돈이다. 사무실에서 돈은 수녀원의 신과 마찬가지다. 육체적 욕망을 성희롱 정책의 언어로 단죄하든 아니면 죄와 사탄이라는 표현으로 단죄하든, 그 욕망은 이단에 필적하는 것으로 치부된다. 감히 정전에서 규정하는 목표를 부인하고, 뻔뻔스럽게도 세상에 주식 가격이나 구원자보다 더 귀중한, 더 절실한 요소가 있을지도 모른다는 사실을 암시하기 때문이다.

이런 억압 덕분에 적어도 한 부문은 이익을 얻었다. 충분히 논리적인 일이지만, 사무실과 수녀원은 포르노그래피 작가의 상상력에서 유난히 인기 있는 장소였던 것이다. 근대 초기의 에로틱한 소설들 가운데 저녁 기도 시간이나 예배당을 배경으로 성직자들의 방탕과 채찍질에 초점을 맞춘 것들이 압도적으로 많듯이, 현대의 인터넷 포르노그래피가 사무직 노동자들이 작업대나 컴퓨터 장비를 배경으로 벌이는 펠라티오나 남색에 큰 관심을 가지는 것도 놀랄 일은 아니다.

9

사무실은 여섯시에 비기 시작하며, 거기에서 한 시간이 더 지나면 다급한 프리젠테이션이나 보고서 작업을 하는 사람들만 남는다. 그들 가운데 일부는 책상에 앉아 긴 밤을 보내다, 새벽 한시쯤 오는 코카콜라와 피자를 먹을 때만 일을 중단한다.

해가 지평선 가까이 내려가 타워의 유리에 주황색 빛을 드리운다. 오늘은 무엇을 이루었을까? 한 직원은 슬로베니아에서 사과를 수입하는 것과 관련된 세금 문제에 관해 클라이언트에게 조언을 했다. 다른 직원은 서아프리카의 5개국의 판매세를 비교하는 글을 썼다. 또 한 직원은 명찰을 나누어주고 회사로 걸려오는 전화 300통을 받았다. 이런 성취들은 시간이 지나면 틀림없이 그 의미가 어느 정도 퇴색할 것이다. 앞으로 3년만 지나면 7월 29일 오후의 일지는 거의 알아볼 수 없을 것이다. 이 일지에는 시간 단위로 동료들과 만나는 약속이 촘촘하게 할당되어 있지만, 조만간 그 이름과 얼굴조차도 희미해질 것이다.

자문 서비스 쪽에서 일하는 직원 하나는 켄트로 돌아가는 기차를 타러 런던 브리지 역으로 향하다 가는 길에 슈퍼마켓에 들려 와인 한 병과 치즈 소스를 바른 닭 가슴살을 산다. 오늘은 한 번도 건물에서 나온 적이 없다. 미국의 어느 의학 진단 회사의 투자를 스프레드시트로 분석하기 위한 초안을 작성하고, 덴버의 어떤 프로젝트에 관하여 직장 동료들의 이메일에 답변하느라 바빴기 때문이다. 그는 냉방장치가 된 아트리움에서 나오다 밖이 무척 덥다는 것, 강이 아주 오래되어 보인다는 것, 살아 있는 사람들이 많다는 것, 몸집도 각각이고 옷도 각각이라는 것을 알고 놀란다.

예외적으로 오늘밤에는 열차 반량을 독차지할 수 있다. 그는 지난 12년 동안 똑같은 길을 오갔다. 넓게 트인 벌판으로부터 비낀 여름빛과 더불어 새로 벤 풀 냄새가 창으로 들어오자, 그는 노스탤지어에 젖어든다. 그는 맞은편 의자에 두 발을 올려놓고 오늘 저녁과 거의 똑같이 느껴지던 다른 저녁들을 기억한다. 기온도 똑같고 하늘도 똑같이 맑았지만, 어머니가 아직 살아 있었을 때, 아이들이 아직 태어나기 전, 그가 아직 이혼을 하기 전이다. 그는 어려웠고, 불필요했고, 후회스러운 일들을 깊이 생각하지만, 이제는 그래도 거리를 두고 볼 수 있다. 객관적인 시점에서 차분하면서도 신랄한 마음으로 자신의 불완전함과 놓쳐버린 기회를 살필 수 있다. 그의 삶은 형편없이 감상적인 영화를 닮았다. 그 자신은 반은 공감할 만하고 반은 역겨운 주인공이다. 그는 이제 회상에 젖을 나이에 이르렀다. 물론 지금도 바깥에 흩어진 집들 어딘가에 사는 어떤 열여섯 살짜리 소년에게는 이 계절이 갈망과 발견으로 가득 찬 뜨거운 여름으로 인생의 중심에 자리를 잡겠지만. 그 소년은 오스트레일리아 서부 사막의 붉은 잡목 지대에 잠들어 있는 철광석으로 만들게 될 미래의 기차를 타고 30년 뒤에 이 여름을 기억하겠지만.

아파트는 죄책감을 느끼는 것처럼 조용하다. 회계사가 템스 강변에서는 IT 사와 회의를 하고, 인턴사원 앞에서 성질을 죽이느라

고 안간힘을 쓰는 동안 이곳에서는 아무것도 움직이지 않았다. 아침에 샤워를 한 뒤 소파에 급하게 던져놓고 나온 목욕 수건이 보인다. 오늘 같은 하루를 어떻게 마감해야 할까? 그것은 까다로운 문제다. 사무실에서 이루어진 상호작용 때문에 그의 정신은 태엽이 감겨 집중도가 한 눈금은 올라갔다. 그런데 이곳은 정적과 전자레인지의 맞추지 않은 시계에서 나오는 불빛뿐이다. 그의 반사 신경을 가혹하게 테스트하는 컴퓨터 게임을 하다 갑자기 벽에서 플러그를 뽑아버린 느낌이다. 짜증이 나고 불안하다. 그러나 동시에 곧 부서질 듯 피로하다. 도저히 무슨 의미 있는 일을 할 기분이 아니다. 책을 읽는 것은 물론 불가능하다. 진지한 책이란 시간을 요구할 뿐 아니라, 텍스트를 둘러싸고 형성될 연상과 불안이 펼쳐질 수 있도록 감정적으로 깨끗한 잔디를 깔아놓을 것도 요구하기 때문이다. 그는 아무래도 인생에서 한 가지만 잘할 팔자인 것 같다.

이런 식으로 피곤하고 신경이 곤두설 때 유일하게 효과가 있는 해결책은 와인이다. 사무실 문명은 커피와 알코올 때문에 가능한 가파른 이륙과 착륙이 없으면 존립할 수 없을 것이다. 오늘밤에는 자비로운 칠레산 카베르네, 그리고 전혀 괴롭지 않게 최면을 걸듯 오늘의 범죄와 변화를 이야기해주는 저녁 뉴스의 안내를 받아 착륙 지점을 향하여 다가가게 될 것이다.

Nine

창업자 정신

1

이 프로젝트가 끝나갈 무렵 (태양열로 움직이는 전기 스쿠터) 발명가를 한 사람 만났는데, 그는 현대사회의 일을 이야기하는 이 에세이가 정통적이고 성숙한 분야에서 이미 자리를 잡은 산업만 다룬다면 결코 완성된 것으로 볼 수 없다고 말했다. 그는 수많은 창업자들도 반드시 고려해보라고 권했다. 창업자들 가운데 많은 사람들이 단기 임대 사무소에 중고 책상을 갖다놓고, 로고와 명함으로 최소한의 허울만 갖춘 채 혼자 일을 하면서도, 우리의 생활과 운명을 바꾸려는 희망으로 매년 낯선 발명품과 서비스를 내놓고 있다는 것이었다.

나는 그의 권유에 따라 몇 달 뒤 런던 북서부 낯선 지역에 자리 잡은 컨벤션 센터를 찾아갔다. 잠재적 투자가들에게 소사업체를 소개하려고 기획된 연례 행사였다. 홀에는 리비아에서 뉴질랜드에 이르기까지 다양한 나라의 200개 기업이 부스를 차렸고, 또 바로 옆 베스트 웨스턴의 할인된 숙소를 이용하고 있었다.

상상할 수 있는 모든 경제 분야에서 새로운 아이디어들이 나와 있었다. 소를 추적하는 위성 시스템, 잃어버린 골프공을 찾는 데 사용하는 휴대용 레이더 장치, 공기로 팽창시킬 수 있는 야전용 수술대, 코를 곯는 배우자를 둔 사람을 위한 고밀도 귀마개, 안경 점을 위한 상품권 체계 등등. 에너지와 마실 물을 만들어내는 방법을 다시 생각하는 회사도 많았다. 스웨덴 사람 세 명은 닭똥으로 움직이는 발전소의 모형을 가져오고, 그 근거 자료로 전 세계의 배설물 양에 대한 통계도 제시했다. 입구 근처에서는 심리 상담사 한 무리가 장거리 비행 동안 임원들에게 심리 상담을 해주는 계획을 설명하고 있었다.

여기서 제시되는 다양한 사업들을 보면 현재의 선진 자본주의가 여전히 유아기에 속한 것이 아닌가 하는 생각마저 든다. 우리는 소비 사회의 역사에서도 후기를 살고 있다고 생각할지 모르지만, 뒷세대들은 우리의 가장 세련된 경제조차도 원시적이라고 생각할 것이다. 마치 우리가 암흑시대의 유럽을 원시적이라고 판단하는 것처럼. 탈취제의 도입은 불과 80년밖에 안 된 일이고, 원격 조종기를 이용한 차고 문이 생긴 지는 불과 35년밖에 안 되었으며, 의사들이 부신에서 종양을 안전하게 제거하고 우리 심장에 대동맥 키홀 판막을 삽입하는 방법을 발견한 것은 겨우 5년 전 일이다. 또 자신 있게 결혼할 상대를 찾는 데 컴퓨터가 도움을 주고, 스캐너가 잃어버린 열쇠를 찾아주고, 집 안의 좀을 제거할 믿을 만한 방법이 나타나고, 영생을 보장해줄 약이 나타나기를 여전히 기다리고 있다. 현재의 비능률과 소망 속에는 헤아릴 수 없이 많은 새로운 사업 가능성들이 숨어 있다. 우리 욕구의 의미심장한, 어쩌면 가장 중요하다고 말할 수 있는 부분을 충족시키는 방법은 아직도 상업의 메커니즘에 묶여 있지 않은 것인지도 모른다.

2

나는 참가자들의 브로슈어를 훑어보다가 물 위를 걷는 것을 도와주는 신발을 발명한 이란인 모센 바마니를 특별히 만나보고 싶었다. 신발은 방추(紡錘) 모양의 광섬유 조각으로 이루어져 있으며, 여기에 소형 외장 엔진을 장착했다. 이것을 신으면 시속 15킬로미터로 움직일 수 있고, 물에 맞게 개조한 스키폴의 도움으로 몸의 균형을 유지할 수 있었다. 바마니는 5년 동안 자신의 생산품을 섬세하게 다듬었으며, 카스피 해의 휴양 도시 마무다바드에 있는 어머니 집 근처 바다에서 시험을 해왔다. 그는 이 신발이 놀이 시장이나 군수 시장에 먹힐 것이라고 내다보고 있었다.

우리는 이메일을 이용하여 컨벤션 홀 맞은편의 피자헛에서 만나 점심을 먹기로 약속을 했다. 막 마늘빵과 탄산수 한 병을 주문했을 때, 바마니가 히스로 공항에서 폭탄 제조 장비를 들여왔다는 혐의로 억류되어 하운슬로우의 출입국관리소에서 심문을 받고 있다는 소식을 듣게 되었다. 이 소식을 전한 사람은 그의 동료이자 과학자인 무함마드 쇼라비였다. 그의 고풍스러운 예의, 운율 있는 영어, 트위드 양복은 오로지 근대 이전의 문학 작품을 매개로 영국과 접촉하는 사람의 경우가 아니라면 이제 찾아보기 어려운 영

국 애호의 경향을 보여주고 있었다. 쇼라비는 그래도 자기가 바마니의 홍보 브로슈어는 들고 올 수 있어, 그것을 그의 부스에 갖다 놓았다고 말했다. 이 두 사람은 하타미 대통령이 이란을 혁신의 중심으로 바꾸고자 하는 희망에서 테헤란에 세운 연구 시설인 '발명 연구소'에서 함께 일하는 동료였다. 현재 문제의 신발을 포함하여 이 연구소의 제품 다섯 가지가 박람회에 전시되고 있었다.

이미 한시 반이 지났으니 이 사람은 나를 찾아내는 데 상당한 에너지를 쓴 것이 분명한 듯하여 쇼라비에게 함께 점심을 먹자고 했다. 우리는 슈퍼슈프림 피자 두 판을 주문하고 쇼라비 자신의 발명품 이야기를 했다. 자동차와 오토바이를 충돌로부터 보호하는 장치였다. 이것은 그가 '뉴턴의 제1운동법칙의 실수'라고 부르는 것을 이용한 장치로, 오토바이의 앞바퀴나 차의 펜더에 추와 도르래로 이루어진 이 장치를 묶어놓으면 설치가 끝났다. "이제는 도로에서 사고가 나도 아무도 죽지 않을 수 있습니다." 쇼라비는 그렇게 말했는데, 그것이 그의 회사의 슬로건이기도 했다. 그는 양복 주머니에서 노랗게 변색된 종이를 꺼냈다. 《테헤란 타임스*Tehran Times*》에서 한 면을 잘라낸 것으로, 그의 발명품이 미아네의 육군 기지에서 지프를 대상으로 한 실험에서 성공을 거두었다는 내용이었다. 그 밑에는 이 발명품과 전혀 관련 없이 이란 국가대표 스키 팀의 선수인 후세인 사베-샤키가 터키에서 벌어진 슬랄롬에서 멋진 피니시를 보여주었다는 기사 내용도 보였다. 쇼라비는 수출 제한 때문에 시범용 차 전체를 런던에 가져오지 못한 것을 몹시 아쉬워하며, 그래도 아동용 자전거는 가져올 수 있었는데, 이것이면 자기 발명품의 원리는 충분히 보여줄 수 있으니 점심을 먹고 자신의 부스로 가보자고 했다. 다시 박람회장으로 돌아가자, 그는 시키지도 않았는데 작은 자전거 위에 큰 몸을 어색하게 웅크리고 카펫이 깔린 통로를 오르내렸다. 내가 어린 시절에 타던 초퍼 자전거가 생각났다. 그는 그렇게 돌아다니면서 발음은 정확하지만 점점 알아듣기 힘들어지는 영어로 자동차 안전에 관하여 빠르게 설명하다가, CIA에서 서구의 모든 주요 자동차 제조사를 대상으로 그의 혁신적 발명품을 받아들이지 말라고 선동했다는 주장을 펼쳤다.

이란인의 부스에서 조금 떨어진 곳에서 나는 캐럴라인 오클리를 만났다. 그녀는 켄트 출신의 젊은 어머니로 크리습 바를 발명했다. 이것은 회색의 딥프라이드 포테이토칩 12센티미터—보통 25그램 봉투에 들어 있는 분량—를 압축하여 기름기가 있는 하나의 덩어리로 만든 것이었다. 오클리는 자기가 가장 좋아하는 간식을 두 손으로만 먹어야 한다는 사실에 짜증을 내다가 이런 아이디어를 떠올렸다고 한다. 그녀는 시간이 지나 적당한 투자자를 만나면 이 바를 일반 포테이토칩과 마찬가지로 어디에서나 보게 될 것이라고 확신했다. 그녀는 집에서 만든 샘플을 하나밖에 가져오지 않았다. 방문자들은 이 바를 마음대로 만져볼 수 있었다. 그러는 동안 그녀는 포테이토칩을 으깨 바의 형태로 만든 것이 봉투 안에 담아 먹는 것보다 확실하게 좋은 점 몇 가지를 이야기했다. 아이

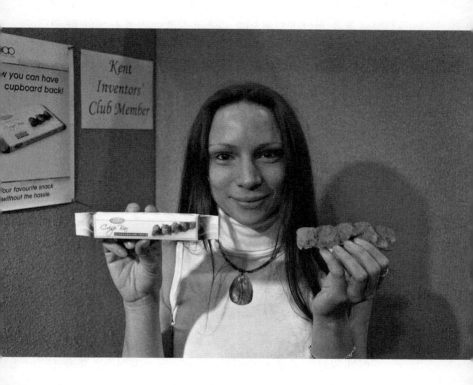

들의 도시락 통에 넣기도 편하고, 부엌 찬장에서 자리도 덜 차지하고, 크리스마스에는 소나무 모양으로, 밸런타인데이에는 하트 모양으로 만들 수도 있다는 것이었다. 이 제품의 마케팅은 오클리의 남자친구 몫이었다. 이 열정적인 남자는 파트너의 재능에 경외심을 품은 것이 분명했으며, 나에게 샘플로 가져온 바의 한 귀퉁이를 깨물어보고, 정보 꾸러미도 가져가라고 강요하다시피 했다. 나는 현재 공기를 채운 포장 용기 안의 귀중한 자리를 차지하고 있는 다른 소비재 가운데 막대 모양으로 압축해서 우리에게 혜택을 줄 수 있는 것이 달리 무엇이 있는지 곰곰이 생각해보았으나, 곧 생각이 여러 군데로 흩어지고 말았다. 이내 나의 생각은 지금 창업 에너지의 절정에 이르러 크리습 바를 밀고 있는 이 두 사람이 위엄 있게 뒤로 물러서야 하는 날이 올지도 모른다는 쪽으로 흐르기 시작했다. 이웃이 호의적으로 묻는 질문에도 모욕을 느끼는 바람에 사람들을 기피하게 되고, 결국 노년에 이르러서야 적절한 거리를 두고 자신들의 이 크리습 바 경험을 생각해보게 될지도 모른다. 다락 한 구석, 아이들이 버린 장난감들 옆에 쌓인 마케팅 자료 한 상자만이 그들 벤처의 유일한 기념물로 남을지도 모른다.

창업자 정신은 현재의 질서는 가능한 것들만 보여주는 믿을 수 없고 겁쟁이 같은 지표라는 믿음에 전적으로 의존하고 있는 것처럼 보인다. 어떤 관행이나 제품이 없다는 것이 창업자들에게는 옳게 보이지도 않고 불가피한 상태로 보이지도 않는다. 단지 집단적 순응의 결과로 상상력을 발휘하지 못한다는 증거일 뿐이다. 그러나 창업자들이 처한 환경은 까다로운 재정적, 법적 현실을 냉정하게 인식하고, 다른 인간들이 실제로 무엇을 좋아하는지 정확하게 파악할 것을 요구한다. 상상력과 현실적 태도 사이에서 절묘하게 그 어려운 균형을 잡을 것을 요구하는 것이다.

3

하지만 이런 균형이 드물다는 사실을 생각하면, 어디선가 용기를 얻어 창업의 길로 나서는 사람들이 여전히 많다는 사실이 매우 불길하게 느껴진다. 이런 박람회의 인기(또 지역 당국과 정부 부처에서 적극적으로 장려하는 분위기)는 새로운 사업을 시작한다는 생각이 현대적인 성취라는 개념과 얼마나 밀접하게 연결되어 있는지 보여준다. 이런 개념은 잘나가는 창업자들을 찬미하는 방식으로 부각되며, 여기에 그들만큼 성취하지 못한 동료들의 파산과 드물지 않은 자살에 관한 상대적 침묵이 결합된다. 중세의 우리 조상들에게 망자의 영혼을 위한 기도 의식이나 여성의 처녀성 보호가 그랬던 것처럼, 현대에는 회사의 창업이 우리의 이상에서 중심을 이루고 있는지도 모른다.

그러나 현실적으로 오늘날의 자본주의 사회의 정점에 오를 가능성은 400년 전에 프랑스에서 귀족이 될 가능성보다 아주 약간 더 클 뿐이다. 외려 귀족 시대는 그 가능성에 관해 솔직했고, 그런 면에서 더 친절했다. 옛날 사회는 포테이토칩에 미래를 한번 걸어보라는 식으로 모든 사람들에게 열려 있는 가능성을 무작정 강조하지 않았으며, 따라서 평범한 삶은 실패한 삶과 똑같다는 식의 잔인한 이야기도 하지 않았다.

반면 우리 시대는 예외가 규칙으로 행세한다는 점에서 왜곡되어 있다. 사무실 밖에서 하루를 보낼 기회를 얻는 것 외에도 몇 가지 기대를 품고 박람회장을 찾았던 한 심술궂은 벤처 캐피털리스트는 현재의 상업적 현실에서 성공을 거둘 통계적 확률을 내 앞에서 까발려 보여주었다. 그는 1년에 받아보는 사업 계획안 2천 개 가운데 1950개는 그 자리에서 쓰레기통에 던져버리고, 50개는 꼼꼼히 살펴보고, 결국 10개에 투자를 한다. 5년이 지나면 그 가운데 네 기업이 파산을 하고, 다른 네 기업은 저이윤의 '묘지 순환'이라고 부르는 것에 빠지며, 겨우 두 개만 회사를 물에 떠 있게 해줄 만한 수익을 만들어낸다. 신청자의 99.9퍼센트가 반드시 실망할 수밖에 없는 성공 전망인 셈이다.

그러나 창업자의 활동에 수반되는 자본과 희망이 화려하게 박살나는 데에는 어떤 영웅적인 아름다움이 있었다. 우선 눈에 띄지 않는 일을 해서 수십 년 동안 끈기 있게 돈을 모은다. 그럴 듯한 사업 계획 때문에 갑자기 낙관적 분위기가 지배를 하고, 그런 분위기에서 순간적인 설득력이 뛰어난 최고 경영자에게 돈을 건넨다. 이 경영자는 그 화장용 장작을 서둘러 태워, 찬란하기는 하지만 대체로 별 의미가 없는 불길을 잠깐 피워 올린다.

박람회에 전시를 하러 나온 사람들 거의 모두가 창업의 성취라는 절벽에서 몸을 던졌다가 밑에 떨어져 납작하게 짜부라질 운명이었다. 예를 들어 목욕 용품과 화장품을 보관하기 위한 욕조 밑 수납장을 들고 나온 폴 놀런, 현실 세계에서는 제한된 범위에서만 사용 가능한 휴대용 소화기인 '1-2-3 스톱 파이어'를 개발하는 데 평생 모은 돈을 쓴 암스테르담의 선술집 주인 에드바르트 판 노르트 같은 사람들은 언젠가는 자신의 존재 이유를 더 소박한 곳에서 찾을 수밖에 없는 수많은 박람회 참석자 가운데 두 사람일 뿐이었다.

그럼에도 이런 창업자들은 적어도 인간 본성 가운데 고집스러우면서도 명예로운 측면을 구현해냈다는 점에서는 칭찬을 받을 만하다. 이런 본성 때문에 사람들은 누가 시키지도 않았는데 결혼을 하기도 하고, 마치 죽음이 피할 수 있는 조건인 것처럼 행동하기도 한다. 그들은 우리가 권태와 안전보다는 흥분과 파국을 훨씬 더 좋아한다는 사실을 보여주는 증거였다.

이른 오후에 나는 영국 발명가 협회의 모임에 참석했다. 한 회원이 철도역에 비치하도록 고안된 탈취제 자동판매기에 대한 아이디어를 발표하고 있었다. 그 자신은 물론 다른 통근자들도 도시의 혼잡한 플랫폼을 오가는 길에 땀을 엄청나게 흘린다는 깨달음에 기초한 아이디어였다. 이 협회의 회원들은 지금 세상이 온전한 잠재력을 다 발현할 수 없는 방식으로 조직되어 있다는 믿음으로 똘똘 뭉쳐 있었다. 그들은 집이나 다른 곳에 제대로 기능하지 못하는 것이 없나 늘 살피는 습관이 있었다. 꽉 닫히지 않는 쓰레

316

기봉투, 너무 단단해서 닦기 힘든 도시락 통, 트럭이 후진하다 받을 경우에 자동으로 쑥 들어가면 더 좋을 주차용 말뚝. 나는 이제까지 한 번도 발명이라는 것을 해본 적이 없지만, 오후 시간이 흘러가면서(점심을 먹으면서 주문한 와인 몇 잔이 힘을 발휘하여), 나도 현재 세계 경제에서 아직 자리를 찾지 못한 사업 아이디어 몇 개를 어설프나마 이 사람들에게 제시해볼 수 있을 것 같다는 생각이 들었다. 예를 들어 박물관이 아니라 산업 지역을 안내하는 신종 여행사라든가, 무신론자들이 혼란스러운 종교적 갈망을 진정시키기 위해 찾아갈 수 있는 세속적 예배당 체인이라든가, 음식 자체보다는 우정이나 대화의 기술에 관한 지침을 주는 데 초점을 맞춘 레스토랑이라든가. 발명가들은 무척 마음이 넓은 사람들이었음에도, 내가 그런 목록을 제시하자 갑자기 긴장된 정적이 찾아왔다.

흔히들 좋은 생각은 바보라도 할 수 있으나, 수익이 나는 사업을 시작할 수 있는 능력을 갖춘 사람은 위대한 정신을 가진 소수뿐이라고 말한다. 영국 발명가협회 회원들은 이 냉혹한 방정식을 뒤집어놓은 것 같았다(선천적으로 구상을 할 줄만 알지 그것을 어떻게 할 것이냐 하는 문제에는 무능한 운명을 타고난 작가라는 부류의 눈에는 통쾌한 뒤집기였다). 이 발명가들은 창업자 정신에 입각하여 아이디어들을 정리해내는 활동을 비전 있는 사람이나 하는 활동의 지위로 격상시키고 있었다. 비록 벤처 캐피탈의 실용적인 언어로 자신의 노력을 합리화할 수밖에 없지만, 그럼에도 그들은 속 깊은 곳에서는 세상을 더 나은 곳으로 바꾸고자 하는, 한 번에 탈취제 자동판매기 기계 같은 것을 하나씩 만들어내는 방식으로 세상을 바꾸고자 하는 유토피아적인 생각을 가진 사람들이었다.

4

박람회장에서는 늦은 오후에 창업가적인 통찰을 보여준다고 소문이 난 일련의 연사들을 초대하여 연설을 들었다. 공무원인 트레버 스웨이트는 '보석 같은 아이디어를 헛간에 쓸어 담을 만큼 많은 돈으로 바꾸는 방법'이라는 제목으로 강연을 했다. 가볍게 정하려고 한 제목이지만 그 주제에 담긴 불안을 완전히 감추지는 못했다는 느낌을 주었다. 휴대용 피뢰침을 발명한 말레이시아 사람을 포함하여 세 사람이 이 강연에 참석했다.

행사의 마무리를 기념하기 위해 어디서나 그냥 간단하게 보브 경이라고 부르는 스코틀랜드의 유명한 실업가가 참석하여 박람회를 빛내주자 강당은 아연 활기를 띠었다. 보브 경은 40년 동안 사업을 하면서 십억 파운드의 돈을 모았는데, 그는 이 돈을 모두 글래스고 대학 도서관에 물려줄 계획이었다. 두 자녀에게 돈의 가치를 가르치려는 것도 그런 유산 기증의 목표 가운데 하나였다. 보브 경은 욕실 타일 판매에서부터 사업을 시작했다. 남달리 조숙했던 보브 경은 열여섯 살에 배관공 도제로 일하면서 그 방향으로는 미래가 없다는 점을 인식하고, 8천 종의 다양한 타일을 제공하는 창고 체인을 세웠다. 이 타일은 루마니아의 한 공장에서 제조

했기 때문에 원가는 소매가에 비하여 아주 낮았다. 조명을 환하게 켜 놓고 매니저들이 놓칠 수 없는 할인 소식을 고객들에게 외쳐대는 커다란 타일 상점 때문에 애버딘에서 세인트아이브스까지 모든 소규모 타일 상인에게는 조종이 울렸으며, 사람들은 비오는 주말마다 하려다 말았던 집 안 재단장 계획을 다시 생각하게 되었다. 보브 경의 왕관에 박힌 다음 보석은 헬스클럽 체인으로, 이 체인은 돈의 대부분을 새해가 시작되고 나서 2주 안에 벌어들였다. 사람들은 부풀어오른 몸의 수치에 정신이 팔려 작은 활자로 덧붙여진 처벌 조항을 읽지 않았던 것이다. 그 다음에는 흐름에 어울리게도 "큼지막한 여인네" — 보브 경의 표현이다 — 들을 위한 케이터링 사업으로, 스코틀랜드와 북부 잉글랜드에 50개 점포를 두었다. 이제 그의 사업체는 건강에서 금융 서비스까지 다양하게 펼쳐지게 되었다. 그는 또 덴마크의 고속도로 다리 여남은 개와 알바니아의 시멘트 공장도 소유하고 있었다.

영국 발명가협회 회장은 모인 사람들에게 보브 경을 소개하는 과제를 맡았지만, 최근에 발레아릭 섬에 갔다온 이야기와 아들의 결혼 계획을 한참 자세하게 늘어놓은 후에도 아주 유유자적한 태도로 자신과 동료 회원들이 보브 경을 초대하게 되어서 얼마나 영광인지 모르겠다고 말하는 바람에 애초의 좋은 의도를 살리지 못하고 말았다. 창이 두꺼운 구두를 신은 보브 경은 변치 않는 표정으로 그 옆에 서 있었지만, 계속 이어지는 찬사가 언제 끝날지 알 수 없는 상황이 되었기 때문인지 이 초대를 받아들인 것을 주최측

만큼 영광으로 생각하지는 않는 듯했다.

마침내 키 150센티미터의 보브 경은 마이크를 잡게 되었고, 연설 제목—'우리 모두에게 있는 창업자 정신'—에서 청중이 예측한 것과 달리 그는 분노 섞인 목소리로 연설을 시작했다. 그는 관료, 관료적 형식주의, 쓸모없는 사람, 등치는 사람, 신탁 자금 담당자들, 세금 조사관 등에 대하여 스코틀랜드 억양으로 욕설을 섞어가며 총을 쏘아대더니, 마침내 '돈을 버는 기술에 관하여 인생이 가르쳐준 열 가지'라는 주제로 관심을 돌렸다. 그러나 안타깝게도 그 열 가지는 무척이나 진부했다. 어쩌면 자신이 무사히 땅에 묻히고 나서 자신의 돈이 글래스고 대학으로 갈 때까지는 진짜 비밀을 가슴에 간직하고 싶어 했기 때문인지도 모르겠다. 아니면 글래스고의 실직한 부두 노동자의 아들인 자신이 어쩌다가, 왜 지구상에서 가장 부유한 사람으로 꼽히게 되었는지 정말로 몰랐기 때문인지도 모르겠다. 어쨌든 그는 자신이 재능을 발휘할 수 있는 영역에 관하여 공항의 신문 판매대에 꽂혀 있는 경영서에서 볼 수 있는 정도의 이야기만 몇 가지 하고 말았다.

보브 경 스스로 자신의 강점이 뭐라고 하든 간에, 그가 뛰어난 재능을 보이는 한 가지 영역은 불안인 것 같았다. 무엇보다도 다른 사람들의 평범함에서 무자비하게 흠을 잡아내는 능력을 갖추었다는 점이 도드라졌다. 이것을 보면 어떤 종류의 지능은 사실 그 핵심이 단지 남들보다 불만을 잘 느끼는 능력 이상도 이하도 아니라는 느낌이 들기도 한다. 그는 자신의 직원과 하청업자들을 모두 철저하게 불신하며, 자신의 모든 회사에서 발생하는 모든 비용을 반드시 직접 챙기려 하며, 매일 밤 오랜 시간 책상에 앉아 스프레드시트의 항목들을 면밀히 검토하는 습관이 있음을 인정했다. 아마 '1-2-3 스탑 파이어'를 만든 에드바르트 판 노르트가 암스테르담 교외의 집에서 편안한 잠에 빠져들고 나서 한참 뒤까지도 보브 경은 그러고 있을 것이 분명했다.

우리는 모든 인간 특질이 조화를 이루어서, 우리가 아름다운 동시에 사려 깊고, 주도면밀한 동시에 느긋하고, 재능이 있는 동시에 균형이 잘 잡혀 있을 수도 있다는 관념에 매달리는 경향이 있다. 그러나 보브 경의 성취와 에너지가 비록 감탄할 만하기는 하지만, 그의 부인이나 아들로서 사는 것이 그리 즐거운 일이 아님은 분명한 것 같았다.

그래도 보브 경은 가슴을 설레게 할 정도로 민주적이었다. 그는 자신이 고려하게 된 모든 사업 분야에서, 자신과 같은 사람에게는 성공이 불가능하다는 생각을 믿으려 하지 않았다. 그는 다양한 활동을 한 덕분에 일이 돌아가는 이치를 파악하는 특별히 날카로운 감각을 지니게 되었으며, 우리 대부분이 세상을 바라보는 그 순진하고 아이 같은 관점에서 벗어나 있었다. 그는 우리를 둘러싸고 있는, 재정과 산업으로 이루어진 커다란 인공물, 우리가 종종 지구의 자연적인 특징들만큼이나 불가피하다고 가정해버리는 인공물—우리의 창고, 쇼핑센터, 관제탑, 은행, 휴양지—을 먼 데서 이루어지는 알 수 없는 과정의 산물로 보는 것이 아니라, 자신과 대

체로 비슷한 사람들, 운명은 자신이 만든다고 믿는 대담하고 열심히 노력하는 사람들이 노력을 기울인 결과물로 보았다. 그는 어떻게 일들이 짜맞추어지는지 알았다. 어떻게 슈퍼마켓의 자금을 끌어오고, 어떻게 52층 마천루를 짓는지도 알았다. 어느 도시 변호사가 석유 굴착용 플랫폼을 얻는 것을 도와줄 수 있고, 뉴사우스웨일스의 사립학교들을 사들이려면 오스트레일리아 정부와 어떻게 협상을 해야 하는지도 알았다. 그는 어떤 풍경을 내다보든 그것을 만든 존재는 신이 아니라, 자신과 비슷한 사람들이라고 확신했다. 그는, 적어도 이런 의미에서는, 진정한 어른이었다.

강연 뒤에는 질문이 허락되었다. 학생처럼 보이는 남자가 그 기회를 이용해 자리에서 일어서더니 왜 재산을 대학 도서관에 기부하기로 결정했는지 그 이유를 물었다. 보브 경의 짧은 답변으로 판단해보건대, 그 질문이 짜증이 나거나 지루했던 것 같았다. 그의 초연한 태도를 보자 지구를 약탈하고 직원들을 윽박지르느라 한 평생을 보냈지만, 죽음이 다가오면서 조용히 약탈물을 재단에 던져넣은 많은 실업가들이 떠올랐다. 그런 재단은 오늘날까지 계속해서 초기 아시리아 도기에 관한 논문을 쓰거나 바순을 연주하고 싶은 강한 욕구에 시달리는 궁핍한 영혼들에게 돈을 나누어주고 있다. 이런 것을 보면 그 실업가들은 결국 가장 관습적인 방식으로 모양 좋게 끝을 맺기 위해서는 야망이나 탐욕의 방향을 트는 것 외에 다른 선택이 없다고 느꼈던 것 같다는 생각도 든다.

5

나는 영감과 동시에 벌을 받은 기분으로 창업자들의 모임을 떠났다. 나는 모센 바마니(물에 뜨는 신발 발명가) 같은 비전을 품은 사람들을 존경한다는 사실을 스스로 인정했다. 그의 갓 태어난 사업은 한층 주류에 속하는 기업들이 간과하는 욕망을 포착하여 그것을 활용하려 했다. 그러나 나는 이 정력적인 사람들이 설정한 목표가 호수를 건너거나 포테이토칩을 먹는 문제, 욕실에 물건을 보관하고 불을 끄는 문제에서 실제로 보통사람들이 어떤 식으로 결정을 내리는지 이해를 못하기 때문에 빛이 바랜다는 사실도 놓치지 않았다. 이 사람들은 현대 소설의 하위 장르인 사업계획서 장르에 속하는 이야기를 쓰고, 거기에 전혀 있을 법하지 않은 인격을 부여받은 등장인물들을 집어넣었다. 이런 허점은 《런던 리뷰 오브 북스London Review of Books》에 실린 똑똑한 젊은이의 신랄한 서평 대신, 고객 부족과 즉각적인 파산이라는 벌을 받게 될 터였다.

반면 보통사람들의 심리를 파악하는 보브 경의 능력에는 흠잡을 데가 없었다. 그는 대중이 널찍한 주차장을 좋아하고, 눈에 띄는 욕실 설비 할인 판매 광고를 좋아한다는 사실을 파악했다. 그는 우리가 허벅지 둘레의 수치에 쉽게 공포를 느끼면서도, 동시에 경쟁력 있는 가격이 붙은 소시지를 보면 얼마나 탐욕스러워질 수 있는지 알았다(그의 지주회사는 바로 몇 년 전에 함부르크에 기반을 둔 패스트푸드 체인 '골데네 브라트부르스트'의 지분을 상당 부분 사들였다). 그러나 이렇게 세속적인 관심사를 잘 이해함에도, 그 자신의 맹렬한 활동의 더 깊은 의미를 헤아리는 문제가 되면, 보브 경은 남들에게서 눈에 띄면 참지 못하는 게으름을 보여주었다. 그는 재산을 축적하는 큰 목적에는 거의 관심을 갖지 않는 듯했으며, 영리를 목적으로 하는 사업이 그 자체로 사회적 혜택을 줄 수 있느냐 하는 문제는 전혀 연구하고 싶어 하지 않는 것 같았다. 그는 그런 혜택을 주는 일은 자선사업이라는 경건하고 나약한 분야에서나 하는 일이라고 조롱했다.

그럼에도 비전을 가지고 상상을 펼치는 사람과 보브 경의 가장 좋은 면을 합치자 이상적인 창업자상 같은 것이 나타났다. 성격으로 보자면 유토피아적인 면과 실용적인 면이 적절하게 결합되어, 중요한 욕구를 제대로 파악할 수 있을 뿐 아니라 관료제나 재정과 관련된 까다로운 문제도 성공적으로 처리할 수 있는 사람이다. 그래야 그런 욕구의 해소에 제도적 형식을 부여할 수 있고, 그럼으로써 이론만으로는 절대 이룰 수 없는 방식으로 다른 사람들의 생활에 영향을 주게 된다.

이런 이상은 상상의 영역에만 존재하는 것이 아니었다. 창업자 정신으로 혁신적인 학교와 진보적인 정치적 집단을 조직하고, 새로운 형태의 공동체를 만들고, 삶의 질을 높이는 기술을 개발하는 데 성공한 실제 사례들이 비록 감질날 정도로 적기는 하지만 분명히 존재했다. 나는 나 자신이 그런 사람들을 얼마나 깊이 존경하는지 알고 있다. 그들이 이룬 일을 우연히 미디어에서 접하거나 (훨씬 더 나쁜 경우지만) 파티에서 만난 옛 친구에게서 들을 때마다 강렬한 질투의 나락으로 떨어지면서 나는 도대체 뭐하는 사람인가 하는 생각이 들곤 했기 때문이다. 이런 창업자 유형에 속한 사람들은 나와는 달리 판매세나 직원 장부 이야기가 나올 때마다 자신의 꿈속으로 달아나버리거나 하지 않았다. 이들은 재정, 법, 채용이라는 까다로운 문제도 견디고 살아남았으며, 그 결과 그들의 만개하던 공상은 이익도 남고 의미도 있는 현실적 영역으로 자리를 잡게 되었다. 이런 모범적 인물을 단순한 지식인과 비교하는 것은, 레스토랑을 소유한 요리사와 요리책을 쓰는 작가를 비교하는 것과 비슷할 것이다.

공개적으로 이런 진부한 질투를 고백한 것을 변명할 핑계를 찾자면, 이런 맥락에서 내가 겪은 감정이 나 혼자만의 것은 아니라는 점이다. 우리(그러니까 니체의 말처럼 아직 나 자신이 되지 못한 많은 수의 우리)는 혼자 있을 때면 우리가 해보고 싶어하는 여러 가지 일을 그려보면서 스스로 세상을 더 낫게 바꿀 수 있는 방법을 알고 있다고 생각하곤 한다. 자신에게 더 도취되어 있을 때면, 심지어 가게 처마는 어떤 모양이어야 하고, 새로운 서비스의 광고는 어떤 식으로 써야 하는지까지 꼼꼼하게 생각해보기도 한다. 이런 유쾌하고 시간 가는 줄 모르게 하는 백일몽은 우리 인격 가운데 한 측면, 그러니까 어린 시절에 부엌 한 구석에 식료품점을 차려놓고 기뻐하거나 정원에 판지 상자로 호텔을 짓고 만족하던 바로 그 측면에서 나오는 것 같다. 그리고 보면 우리 안에 깊이 자리 잡은 어떤 열망과 통찰에 창업이라는 형식을 부여하고 싶은 인간적

충동은 태어날 때부터 평생 동안 끈질기게 지속되는 것인지도 모르겠다.

　나는 언젠가는 내가 직접 만든, 물에 뜨는 신발을 들고 그 박람회장을 다시 찾아가보겠다고 다짐했다.

Ten

항공 산업

1

뭘 쓰는 것이 어려워, 내가 하는 일이 무슨 의미가 있을까 생각하
며 침대에서 하루 종일 뒹굴곤 하던 때에 생전 처음 들어보는 슬
로베니아의 어느 신문사에서 전화를 걸어와 파리에 가서 르 부르
제 공항에서 열리는 에어쇼에 관한 기사를 써줄 수 있겠느냐고 물
었다. 이 에어쇼는 2년에 한 번 열리는 항공업계 주요 행사로, 제
조업자들이 세계의 여러 항공사와 공군 앞에 모여 바퀴, 레이더,
미사일, 선실 커튼으로 그들의 관심을 끌려고 노력하는 자리였다.

편집자는 그의 독자들, 즉 류블랴나와 그 주변 구릉지대에 사는
약 10만 명의 사람들에게, 그의 표현을 빌리자면 "비행의 환희"를
전해달라며, 항공 경험을 바꾸어줄지도 모르는 혁신적 기술("공중
에서 샤워도?" 그는 하나의 예로 그렇게 말했다)도 눈여겨봐달라고 말했
다. 그는 얼마 안 되는 원고료와 파리의 고속도로를 굽어보는 값싼
호텔 예약을 사과했지만, 그럼에도 여러 중요한 기자회견에 참여
할 수 있는 통행증이 나올 것이라고 덧붙였다. 그 기자회견 가운데
는 아부다비의 왕족인 셰이크 아메드 빈 사이프 알 나히안이 A380
22대 주문을 발표하는 자리도 포함되어 있었다. 그는 이 계획을 발

330

판으로 자신의 토후국을 세계의 무관세 지도에서 가장 앞서 나가는 곳으로 공고하게 자리 잡게 하겠다는 의도를 갖고 있었다.

이 박람회는 적어도 처음 이틀 동안은 항공 전문가와 기자들에게만 공개되었기 때문에, 결혼식 하객들 사이에서 느낄 수 있는 차분하고 편안한 연회의 분위기가 감돌았다. 생수를 사려고 늘어선 줄에서 사람들과 잡담을 하거나, 일-드-프랑스의 하늘을 급선회하는 G550 정찰기 소리를 들으면서 옆자리에서 팽 오 쇼콜라를 먹는 낯선 사람과 대화를 시작하는 것도 드문 일이 아니었다. 또 그런 덕분에 새로운 지평, 예를 들어 가봉에서 공군 대령으로 영위하는 삶에도 눈을 뜰 수 있었다.

활주로 옆의 전시장은 나라별로 나뉘어 있어, 비행기 부품에 표현된 나라별 기질도 드러났다. 스위스는 비행용 계기가 전문이었고, 브라질은 프로펠러가 두드러졌으며, 우크라이나는 많은 곤란을 무릅쓰고 랜딩 기어와 금속 합금 쪽에 손을 대고 있었다.

판매되는 물건들은 매우 비쌌지만, 비행기 장비 거래를 하는 사람들도 번화가 쇼핑몰에서 사용하는 기술에 무감각하지는 않아 고양이 차림의 전 미스 스웨덴이 나와 호소를 하기도 했고, 당첨되면 유로 디즈니 주말 무료 이용권을 주겠다는 곳도 있었다. 점심시간이 되자 많은 회사가 부스를 치워 공간을 만들고 자기 지역의 음식을 내놓았다. 갈리시아 부스에서는 공중 급유기를 사지 않겠다고 결정한 미래의 구매자가 절여 말린 햄 조각을 먹고 난 뒤에 다시 한 번 우호적인 눈길을 보내주기를 기대하는 눈치였다.

우랄 남부의 공장에서 나온 사람들은 아마포로 싼 커다란 치즈를 가져왔다. 그들은 펜나이프로 그것을 작은 입방체로 잘라 러시아 연방 깃발의 받침대를 둘러쌌다. 이 회사의 주요한 제품인 군용 화물 수송기를 위한 바퀴 버팀대에 호의를 가져달라는 뜻이었다.

사람들이 잘 찾지 않는 부스 몇 곳을 중심으로 자연스럽게 서글픈 분위기가 형성되었다. 항공 산업의 어떤 분야도 나만큼은 궤멸적인 경쟁에서 벗어날 수 있다고 자신하지 못하는 것 같았다. 심지어 미세한 전문분야—예를 들어 보조 날개를 위한 항산화 시스템—에도 경쟁하는 구혼자들이 없다는 보장은 받을 수 없었다. 세상 어떤 물건이라도 이미 다섯 개의 다른 제조업체에서 동시에 생산에 착수했다고 보면 맞을 것 같았다. 그러나 사업의 파산 가능성조차도 그 사업을 시작하는 것을 막기에 충분한 논거는 되지 못했다. 사우디아라비아 정부의 고위층은 자국의 항공 산업을 알릴 수 있는 부스를 예약하라는 결정을 내렸다. 물론 공정하게 말하자면, 이 나라에 항공 산업이라는 것은 사실 존재하지 않는다. 보통 부스보다 두 배 큰 사우디아라비아 부스는 샹들리에, 가죽 소파, 타이프 산맥의 색깔이 연상되는 모래 빛 펠트를 덮은 벽을 자랑했다. 그러나 밤색 양복에 타이를 맨 부스의 매니저는 할 이야기가 없었기 때문에 대개 혼자 앉아 말없이 대추야자가 담긴 스테인리스스틸 쟁반만 살피고 있었다. 만일 파리에 오는 것을 포기했다면, 그것은 곧 사우디아라비아가 비행기를 만들지 않으며, 따라서 기술적 혁신에도 관심이 없고, 앞을 내다보는 나라로 꼽힐 권리도 포기했다는 사실을 받아들이는 것이나 다름없다. 그러나 파리 박람회에 참석을 한 것, 그것도 이런 식으로 참석을 한 것은 이 부스가 과감하게 답을 제시하려 했던 바로 그 문제를 은근히 확인만 해주는 꼴이었다.

러시아와 그 자매국가들의 부스는 더 기운을 내 자신들의 어려움을 해결하려고 했다. 좀 더 서쪽의 나라들에서라면 지루한 관료적 규제를 통과해야 했을 항공 구매가 이곳에서는 쾌활한 분위기 속에서 착착 진행되었다. 미사일 시스템이나 소비에트 시대의 위성을 사기 위한 계약금을 바로 낼 수도 있었다. 이런 물품은 짧은 필름으로 홍보하는 경우가 많았다. 어쩌면 이곳 담당자는 영화 촬영 공부를 했던 사람인지도 몰랐다. 이 필름은 기계들이 공중에서 터지는 광경을 보여주었고, 거기에 근육질의 미국식 억양으로 설명이 따라붙었다. 그토록 오랫동안 영업 기술을 무시해오던 나라에서, 이제 《성공하는 사람들의 일곱 가지 습관 The Seven Habits of Highly Effective People》의 번역판을 열심히 읽은 사람들이 전혀 주저 없이 그 기술을 실행에 옮기고 있었다. 그러나 안타깝게도 소비자 세계의 아주 많은 곳에서는 그런 필름보다도 금방 알아볼 수 있는 상표명이 믿음을 주는 핵심적 수단이었는데, 이 문제만큼은 '볼가 고급 여객기 회사'도 피해갈 방법을 찾지 못한 것 같았다.

나는 신문사에서 요구한 기술 혁신을 찾아 일본 제조업체의 신제품 70석 통근 비행기 전시장으로 갔다. 이 비행기는 날개 설계에서 어떤 개선을 이룬 덕분에 운영비를 상당히 절감해줄 것이라고 약속했지만, 그 개선이 어떤 것인지는 금방 파악할 수가 없었다.

어쨌든 요코하마에서 실물 크기의 실내 복제품을 상자에 넣어 파리로 실어왔기 때문에, 미리 시간 약속을 하면 내부를 답사해볼 수 있었다. 명함을 교환한 뒤에 나는 판매와 마케팅을 맡고 있는 수줍음이 많은 두 남자의 안내를 받아 안으로 들어갔다. 그들은 안으로 들어가자 제트기 모형의 문을 잠그고, 통로 양편의 좌석에 앉아 말없이 조종실이 있을 만한 곳을 물끄러미 바라보았다. 나는 이 기계가 유원지에서 쓰는 수법을 이용해 곧 하늘을 날아가는 듯한 느낌을 줄 것이라고 기대했으나 그런 일은 일어나지 않았다. 이 방문(예의 때문에 꽤 긴 시간 지속되어야 했다)에는 어떤 특별한 주제나 초점이 있는 것 같지 않았다. 그냥 손님에게 의자의 상태나 취사실을 살펴보게 해주는 것이 전부인 것 같았다. 나는 의무감에서 그 품질을 칭찬해주었다. 마치 그 두 사람이 그것을 만들기라도 한 것처럼. 문이 닫힌 상태라 박람회장의 소음은 들리지 않았으며, 그 때문에 우리 셋은 곧 인간 소통의 어려움을 불편하게 의식하게 되었다. 나는 우리가 실제로 파리 외곽을 떠나 하늘을 나는 중이라고 상상하기 시작했다. 옆의 프랫 & 휘트니 부스에서 나와 유리창으로 쏟아져 들어오는 자주색 빛은 성층권의 특유의 빛이거니 생각했다. 기나긴 시간이 흐른 뒤 문이 다시 열렸고, 우리는 밖으로 나갔다. 마케팅 책임자가 나에게 비행기 그림엽서 한 묶음을 주면서 다시 만나기를 고대한다고 덧붙였다. 그러나 나는 이 회사를 둘러싼 우울한 분위기 때문에, 과연 이 회사가 중형 규모의 지역 제트기 시장에서 그들이 원하는 최고의 위치에 이를 수 있을지 의문을 품게 되었다.

340

세계에서 두 번째로 큰 엔진 제조업체의 부스에서 나는 유난히 매력적인 젊은 여자 영업사원을 관찰하며 몇 분을 보냈다. 베이지색 양장 차림인 그녀는 밤색 머리카락이 어깨까지 내려왔으며, 늘씬한 다리를 꼬고 커다란 팬 날개에 몸을 기댄 채 왼쪽 검지 손톱을 물어뜯고 있었다. 이날 내가 이런 유형의 여자를 처음 본 것은 아니었다. 그러나 그녀 특유의 어떤 분위기 때문에 나는 생각에 빠져들게 되었다. 그때까지 나는 파는 쪽에서 의도적으로 자꾸 여성의 매력에 의존하는 것이, 물품을 구매하면 그 여사원과도 더 친해질 수 있을지 모른다는 암묵적 암시를 통해 잠재적 구매자인 항공사 임원들의 마음을 얻어보려는 천박한 전략에 불과하다고 생각했다. 그런데 이제 나는 이 문제를 달리 보기 시작했다. 아무리 큰 이익을 남기는 주문을 하더라도 실제로 구매자가 이 여자들을 마음대로 할 수 없다는 것은 분명하니, 여자들이 부스에 있는 것은 더 통렬하고 상업적인 의미를 띠고 있었다. 이 여자들의 진짜 기능은 중년의 곤경에 처한 표정의 남성이 압도적인 비율을 차지하는 고객들에게 아름다움이 그들 마음대로 할 수 없는 것임을 일깨워주는 것이었다. 이 여자들은 남자들에게 모든 낭만적인 야망은 옆으로 밀어두고, 사업과 기술적 사안에만 초점을 맞추라고 몰아대고 있었다. 이들은 유혹하는 여자들이라기보다는, 승화를 시키라고 자극하는 존재들이었다. 구매자들이 전시장에 놓인, 정밀하게 제작된 수천 가지 장비에 집중을 하려면 잊어버리는 것이 훨씬 좋을 모든 것을 상징하는 셈이었다.

나는 슬로베니아 신문이 맡긴 일 때문에 기자회견장 몇 군데에 들렀다. 처음에는 거의 언제나 마이크에 문제가 생겼다. 그들 각자의 회사 깃발로 장식된 탁자에 앉은 남자들은 소수의 기자들 앞에서 거래를 발표했다. 그런 협정의 의미가 무엇인지 알기 어려운 경우도 많았다. 일반 언론의 부담스럽지 않은 기사에 익숙한 사람들의 호기심을 물리쳐버리는 약어로 짜여 있었기 때문이다. 나는 《플라이트 데일리 뉴스*Flight Daily News*》에서는 UPS가 다음 세대 항공전자공학으로 ADS-B를 선택했다는 기사를 읽었고, 《에비에이션 인터내셔널*Aviation International*》에서는 클리모프가 P&WC PT6에 대항하여 VK800을 내놓았다는 기사를 읽었다. 여러 대륙의 많은 공장에서 일하는 사람들의 생계가 달려 있는 이런 사건들의 불투명함은 일간신문에서 보통 발견되는 기사들이 얼마나 주변적인 것인지 강조하는 역할을 할 뿐이었다. 일간 신문은 사실 살인, 이혼, 영화에 초점을 맞출 수밖에 없다. 그 독자들이 과학과 경제학의 영역에서 불투명하게 펼쳐지는 발전, 우리의 미래가 달려 있는 진짜 발전을 자세하게 이해할 수 있을 것이라고 기대하지 않기 때문이다.

여러 나라가 새로운 장비를 살피고 주문을 넣으려고 공군 대표단을 보냈다. 호텔에서 박람회장으로 가는 길에 세계에서 가장 가난하다고 손꼽히는 나라의 공군 고위 인사가 통근 열차에 앉아 있는 모습을 발견하는 것도 드문 일이 아니었다. 그의 가슴에 줄줄이 달라붙은 훈장은 사무실로 향하는 동료 승객들의 일상과는 아주 먼 거리에서 이루어진 무공을 암시하고 있었다. 에어쇼의 마지막 날 아침 나는 바로 그런 열차에서 중앙아시아의 한 공화국에서 온 대표 세 명과 이야기를 나누게 되었다. 그들 모두 자그마한 가방을 하나씩 들고 있었는데, 거기에는 수건과 갈아입을 속옷이 들어 있었다. 그들의 호텔의 보일러가 고장이 났는데―그 말을 듣고 나는 내가 묵던 호텔을 다시 평가할 수밖에 없었다―전시회장에 샤워 시설이 있다는 이야기를 들었다는 것이다.

그들은 주로 쌍발 공격용 비행기에 관심이 있었다. 그들은 '타이푼 유로파이터'를 사는 데 필요한 돈이 있다고 주장할 수는 없었지만, 그럼에도 노련한 협상자다운 자신만만한 모습으로 그 제조업체에 다가가, 수틀리면 다른 데 가서 삼각익 비행기를 얼마든지 구할 수 있다는 식으로 튕길 수는 있었다.

유로파이터의 영업사원은 그들을 이끌고 조그만 사다리를 올라가 조종실로 갔다. 아시아 남자들 사이에서 누가 선임자인가를 놓고 싸움이 벌어지는지 거친 목소리가 오가다가 마침내 조종석으로 가는 차례가 정해졌다. 그들은 혼자 남아 기다리게 될 때마다 나머지 두 동료를 의심하는 눈으로 바라보았다. 혹시나 자기만 따돌리고 다른 일을 하는 것은 아닌지 잔뜩 긴장하고 지켜보는 것이었다. 유리 덮개를 통해 활주로 너머에 일렬로 늘어선 작은 연립주택들이 보였다. 빨랫줄에 빨래가 걸려 있는 집이 많았다. 그러나 나의 새로운 친구들이 조이스틱을 잡을 때 그들의 눈은 완전히 다른 곳을 보는 듯했다. 어쩌면 마하 2의 속도로 파미르 산맥 위를 날아 페

드첸코 빙하를 따라 내려가고 있다는 상상을 하는지도 몰랐다. 그들은 조금 전에 적의 머리 위에 스톰 새도 공대지 미사일을 한 바탕 퍼붓고 오는 길이다. 그로써 지금까지 벌어졌던 수치스러운 분쟁은 끝이 났다. 그와 더불어 동굴에서 맞이하던 얼어붙을 듯이 추운 밤과 이슬 내리는 새벽의 낙타 숨 냄새와도 작별할 수 있었다.

에어쇼의 마지막 오후 세션이 끝날 무렵 나는 셰이크 아메드 빈 사이프 알 나히안이 가장 아끼는 매 한 마리가 병이 드는 바람에 방문을 취소하고, 대신 220억 달러 구매의 요점을 정리한 보도자료를 내놓을 예정이라는 소식을 들었다. 나는 텅 빈 호텔방으로 돌아가는 일을 가능한 한 미루고 싶었기 때문에 에어버스의 부스를 어슬렁거리며 아직 제작되지 않은 비행기의 속을 들여다볼 수 있는 모형 동체를 살펴보았다. 그 안에는 감탄할 만큼 정교하게 작은 의자들이 줄줄이 배치되어 있었다. 나는 그 의자들을 보면서 미래에는 비즈니스 클래스를 타고 다닐 수 있도록 이런저런 일을 하겠다는 야심만만한 계획을 세워보기도 했다. 이제 대표단이 대부분 떠났기 때문에 청소부들이 와서 엔진에서 지문을 닦고 카운터의 브로슈어를 정돈하는 일을 하고 있었다. 진공청소기에서 집요하게 울려대는 웅웅 소리는 방금 에어버스 제조업체에서 그 비행기들에 관해 선전한 말의 의미에 의문을 제기하는 것 같았다. 그 순간 나도 며칠 만에 처음으로 항공 이외에 다른 것을 생각하기 시작했다.

사실 저녁 시간을 걱정할 필요는 없었다. 호텔로 돌아갔을 때 폐막 축하연이 진행되고 있었기 때문이다. 투숙객 다수가 에어쇼

와 관련이 있다는 것을 알고 있는 호텔 경영진이 이 기회를 이용해 바에서 각자 돈을 내고 먹는 파티를 열어 추가 수입을 올리기로 한 것이다. 그 덕분에 나에게도 지난 며칠 동안 두루마리 화장지 돌아가는 소리, 또는 우리를 나누고 있는 얇은, 심지어 휘기까지 하는 벽 너머에서 휴대 전화에 대고 말하는 소리에 근거해서 상상만 해보던 사람들을 실제로 만나볼 기회가 생긴 것이다. 이 호텔에서는 비행기를 사거나 팔 만한 위치에 있는 사람은 고객으로 받지 못한 것 같았다. 그런 고위 인사는 파리 중심부의 크리용 호텔에 묵었고, 지금은 시테 섬 주변에서 보잉의 후원을 받는 유람선 만찬을 즐기면서 1240년대에 석공들이 처음 짓기 시작한 노트르담의 불이 밝혀진 부벽(扶壁)에 관해 어떤 말을 하면 적당할지 궁리하고 있을 터였다. 반면 이곳은 업계에서는 3층 또는 4층 공급업자라고 알려진 사람들, 항공기에서 비교적 작고 단순한 부품의 제조와 관련된 일을 하는 사람들, 심지어 최종 생산물과 한참 떨어져서 그런 부품을 만드는 데 필요한 장비를 만드는 데 관여하는 사람들이 좋아하는 숙소였다.

나는 '오렌지나'를 기본으로 한 칵테일을 마시며 텍사스 주 포트워스 출신의 영업사원과 이야기를 나누었다. 그의 회사는 상용 제트기 주위에 산소, 연료, 오일을 순환시키는 고무호스를 생산했다. 그는 의도한 것은 아니지만 상당히 서정적인 표현으로, 승객들이 아무 생각 없이 목적지를 향해 구름 덮인 바다 위를 날고 있는 동안 그들의 의자 밑으로 이 인공 핏줄을 통해 유체들을 흘려

보낸다라고 설명했다. 그는 내가 흥미를 보이자 허리를 굽혀 좀 크다 싶은 서류가방에서 브로슈어를 꺼냈다. 댈러스-포트워스 공항 근처 산업지구에 자리 잡은, 지붕의 윤곽을 가로질러 빨간 줄무늬가 있는 회색 창고 세 채가 보였다. "다른 어떤 회사도 수평 통합 연료 솔루션을 제공한 실적에서는 우리 회사에 미치지 못합니다." 브로슈어는 그렇게 선언했다. 물론 이 영업 책임자가 선택한 호텔을 보면 모든 잠재적 고객이 그 당찬 자기 평가에 동의해주지 않는다는 것을 알 수 있었다.

이 마지막 행사로 며칠에 걸친 힘든 일이 끝이 났음에도 불구하고, 파티 참석자 다수는 불안해하고 있었다. 주문 때문인지, 재고 비축량 때문인지, 민간 항공국 규제 때문인지, 변덕스러운 달러 환율 때문인지는 알 수가 없었다. 노스롭 그러먼이 조달 절차를 혁신할 계획이라는 소식에 특히 괴로워했다. 부식(腐蝕) 확인을 전문으로 하는 어떤 남자는 나에게 와이오밍 주 체이엔 근처에 있는 집을 새로 꾸미기로 아내와 합의를 했는데, 최악의 시기를 고른 것 같다고 털어놓았다. 그 지명을 듣자 나는 어이없게도 원형적인 통나무 오두막의 이미지를 떠올렸다. 얼마 전에 화가 토머스 콜이 그린 아주 커다란 19세기 미국 풍경화에서 본 오두막이었다.

괴롭게도 배가 찰 만한 음식이 없었기 때문에, 나는 대화를 나누면서 포테이토칩과 소금을 친 너트를 후회할 만큼 많이 먹었다. 우리는 또 칵테일 메뉴도 여러 번 들추었는데, 어차피 그날 밤에 우리 문제들을 다 해결할 수는 없다는 것을 알았기 때문에, 차라리 화학 물질의 도움을 받아 몇 시간 동안 그것을 잊는 것이 더 나을지도 모른다고 생각했던 것이다.

세 번째 잔을 들고 바에서 우리 테이블로 돌아오다가 나는 갑자기 심오한 깨달음을 얻은 듯한 충격을 받았다. 이 에어쇼는 지금 이 순간 전 세계에서 열리고 있는 각 산업 관련 행사 수백 개 가운데 하나에 불과하다는 사실이 떠오른 것이다. 그 덕분에 공항 대합실이 대표들로 붐비고, 바퀴 달린 옷가방 제조회사에 주문이 들어오고, 고속도로변 모텔에 생기가 넘치고, 포르노그래피 영화 산업에 진출한 사람들에게 일거리가 생기고 있었다. 해변 콘도와 치과 장비, 쓰레기 처리와 약품, 결혼과 캐러밴 등을 전문으로 하는 박람회가 다 따로 있었다. 이런 박람회 뒤에서는 확인 팩스가 셰라톤 호텔과 베스트 웨스턴 호텔로 날아가고, 가끔 피클로 장식을 하기도 한 룸서비스 쟁반이 크라운 플라자 호텔과 페어필드 인 & 스위트 호텔의 주방으로부터 음침한 통로를 따라 객실로 옮겨졌다.

디스코 볼이 빙글빙글 돌기 시작하더니 아바의 노래가 흘러나왔다. 긴 하루를 보냈고, 우리 누구도 다시 만날 가능성이 없는 것 같았기 때문에, 같이 춤을 추는 것도 그리 나쁠 것 같지는 않았다. 게다가 스피커에서 〈수퍼 트루퍼〉가 쿵쾅거리며 흘러나오고 있으니 말해 무엇하랴. 이 노래의 모호한 가사는 우리가 이렇게 모이게 된 바로 그 비행기들 때문에 촉진된 어떤 국제적 관계를 암시하고 있었다.

대표들은 영업직의 불안을 잊고, 업계 뒷공론에서 생긴 초조한 예상을 떨쳐버리려고 춤을 추었다. 항공의 역동적인 미래에 관한 생각을 멈추려고 춤을 추었다. 다음 세대의 애프터버너와 전자기계적 비행 데크, 저연료 엔진과 나노테크놀로지 날개에 대한 약속을 다 잊으려는 것 같았다. 디스코 볼 덕분에 우리는 공장과 컨벤션 센터들로 이루어진 산업적인 도시 풍경 한가운데 있는 고속도로변의 침침한 조명을 밝힌 호텔 바라는 불완전한 현재로 돌아올 수 있었다. 우리는 서로 축축한 손바닥을 잡고 타일이 깔린 바닥을 가로지르며 몸을 흔들면서, 공통의 인간적 속성—너트를 너무 많이 먹어 위가 부풀어올랐고, 허리선이 팽창하고 있었고, 소화는 잘 안 되었고, 숙면이 힘들었고, 출장비는 숫자를 조작해야 했다—에서 안도감을 얻었다. 우리는 가끔 별들을 쳐다보지만, 기본적으로 또 도전적으로 땅에 묶여 있는 피조물들이었다.

2

에어쇼 경험은 오래갔다. 나는 비행기를 달리 보기 시작했다. 비행기를 타면 의자의 커버, 보조 날개, 조명 장치를 살피고, 그런 것이 이 비행기에 장착된 배후에서는 어떤 일이 벌어졌을지 생각하게 되었다. 명함의 교환, 회색 창고, 영업사원의 옷가방, 전시회 부스의 쟁반에 가지런히 놓인 사각형 치즈. 이제는 창을 둘러싼 플라스틱 테두리도 불가피하게 느끼거나 자연스럽게 여기지 않았다. 그것은 앞에 깃발이 놓인 연단에서 두 사람이 합의를 하고《플라이트 데일리 뉴스》의 사진 기자가 사진을 찍은 뒤에 제조 공정을 통과하기까지 끈기 있게 공을 들인 결과였다.

반년 뒤 나는 베이커스필드 캘리포니아 주립대학에서 강연을 해달라는 초청을 받았다. 로스앤젤레스의 내 숙소에서 북쪽으로 차를 몰고 두 시간 가야 하는 거리였다. 원래는 하루에 다녀올 계획이었는데, 참석자들이 거의 만장일치로 결석을 해버렸다는 점에서 특기할 만한 강연을 마치고 오후 무렵 베이커스필드를 빠져나오다가 엉뚱한 출구로 나오는 바람에 상하행선이 나뉜 고속도로를 타고 돌이킬 수 없이 남동쪽 방향으로 모하비 사막까지 가고 말았다. 문명의 표시는 급속히 사라지고, 들판에는 황량한 달의 계곡이 끊임없이 되풀이 되었다―황량함이 달만의 특징도 아닌데, 풍경이 달을 닮았다는 이유로 달에게 황량함의 책임을 전가하는 것은 부당한 일이라는 생각도 들지만. 머리 위에서는 독수리들이 맴을 돌았다. 마지막 빙하시대가 끝난 이래 변하지 않은 지형이 몇 킬로미터 이어지다가, 이따금씩 인간이 존재한다는 새로운 증거가 다시 나타나곤 했다. 그럴 때마다 우리 종의 이상한 면, 특히 가장 황량한 지역에도 '싸고 맛있는 파히타'이라는 광고판을 세우는 경향에 새삼스럽게 놀라기도 했다. 폐허도 여기저기 흩어져 있었다. 지붕과 창문이 사라진 돌 오두막은 천천히 무너져 사막으로 돌아가고 있었다. 너무 오래되어 보여 겨우 1880년대에 금을 캐던 사람들이 세웠다고는 생각도 할 수 없을 것 같았다. 차라리 그리스도가 태어나기 몇 백 년 전에 세상을 편력 중이던 로마 재향군인회 회원들이 세웠다면 모를까.

　나 자신의 어리석음에 분통을 터뜨리며 한두 시간 차를 몰고 맴을 돌다가, 결국 그날 로스앤젤레스로 돌아간다는 희망을 버리고, 작은 도시 모하비의 모텔로 들어갔다. 어두침침한 현관에서 킴벌리는 인사말 비슷하게 날씨 이야기를 몇 마디 하더니, 수영장이 내다보이는 특실을 고를 것인지, 주차장 위쪽의 일반실을 고를 것인지 물었다. 그러면서 기차 때문에 일반실이 더 좋을지도 모르겠다고 덧붙였다.

　설명을 들을 겨를도 없이, 마치 멜로드라마에서처럼 갑작스럽게 포효가 호텔을 삼켜버려, 다음 4분 동안 말을 할 수도 들을 수도 없었다. 그 소리는 골짜기에서 울려퍼지다 테하차피 산맥의 절벽에 부딪혀 메아리를 쳤다. 이 도시가 얼마나 광대한 모래 분지 안에 놓여 있는지 분명히 알려주는 것 같았다. 모하비는 이 나라에서 가장 혼잡한 철도 교차점으로 꼽히는 곳에 자리잡고 있었다. 열차 백 량 정도는 보통 달고 다니는 화물 열차가 낮이나 밤이나 화학약품과 골재, 과일 통조림과 텔레비전, 죽은 소와 옥수수가루를 실어 날랐다. 기차들은 롱비치의 항구로부터 덴버와 시카고의 창고까지 북과 동으로 움직였으며, 워낙 짐이 많았기 때문에 기차마다 기관차가 여덟 대씩 달라붙어도 시속 50킬로미터 이상을 내는 경우가 드물었다. 흐린 밤이면 모하비에서 베이커스필드로 가는 협곡에서 멕시코 도적떼가 이 굼뜬 기차에 올라타 귀중한 화물을 탈취하곤 했다. 매달 그런 도둑 한두 명이 사막 바닥에서 주검으로 발견되었다. 그 주위에는 바위와 크레바스 사이에서 길을 잃은 베트남산 운동화가 가득 든 즈크* 부대들이 널려 있었다. 킴벌리는 지역 신문에 실린 바로 그런 사건의 기사를 나에게 보여주었다. 기사는 복수심에 찬 확고부동한 목소리로 거리낌 없이 신발 편을 들고 있었다.

기차를 경험하자 외려 떠나기가 어려웠다. 술집에서 어떤 여자를 유혹했는데, 여자가 춤을 추거나 화장실에 가려고 일어섰을 때에야 다리가 하나밖에 없다는 사실을 알게 된 상황과 비슷했다. 나는 킴벌리에게서 열쇠를 받아 내 방으로 향했고, 바로 곯아떨어지기 직전까지는 그 방을 피해야 한다는 사실을 즉시 깨달았다. 나는 수영장에나 들어가려고 뒷계단으로 향했다. 십대 소녀 하나가 수영장 가장자리의 일광욕 의자에 앉아 발톱을 깎고 있었다. 발톱은 청록색 콘크리트 바닥을 가로질러 놀랄 만큼 먼 거리를 날아갔다. 안타깝게도 수영장에 쓸 예산은 도로변의 거대한 조명 광고판에 수영장이 존재한다는 사실을 알리는 데 거의 다 들어간 나머지, 실제로 수영장이 존재하게 하는 데 쓸 돈은 거의 남지 않았던 모양이다. 그것은 수영장이라고 부를 수 있는 가장 작은 크기로, 조금만 더 작았으면 목욕탕 범주에 들어갔을 것이다.

나는 다시 차로 돌아가 모하비를 둘러보기로 했다. 그러나 미국 서부의 많은 소도시가 그렇듯이, 이곳도 역사 이야기에 나오는 페리클레스 시대 아테네와는 달리, 시민들이 모여서 동료애를 나누

---

* 삼실이나 무명실 따위로 두껍게 짠 직물.

거나, 창던지기 시합을 하거나, 철학 토론을 할 수 있는 중심지가 없는 것 같았다. 심지어 월마트도 없었다. 이정표의 수로 판단해보건대, 가장 큰 볼거리는 공항이었다. 공항은 도시를 가로질러 대각선으로 놓여 있었으며, 오두막 몇 채, 격납고, 세스나기 두 대, 활주로로 이루어져 있었다. 늦은 오후의 창백한 하늘에 초경량 비행기 한 대가 골짜기 위에서 천천히 움직이고 있었다. 앞으로 나아간다는 느낌을 받을 수가 없었다. 그러나 계속 공항 주변을 돌아다니다 보니 그보다 더 매혹적인 광경이 눈에 들어왔다. 활주로 반대편 끝 지평선에 상당한 규모의 국제공항에나 들어갈 만한 항공기들이 날개를 맞대고 빽빽하게 주차해 있는 것이 보였던 것이다. 내가 미처 듣지 못한 어떤 재난 때문에 모든 대륙에서 이곳 캘리포니아 남부의 구석으로 대량 이주를 한 것 같았다. 네덜란드, 오스트레일리아, 대한민국, 짐바브웨, 스위스의 대표들이 다 와 있었다. 단거리용 에어버스도 거대한 747도 있었다. 더 괴상했던 것은 그 비행기들 주위에는 흔히 공항에서 볼 수 있는 지원 장비가 전혀 보이지 않는다는 것이었다. 플랫폼도, 버스도, 수하물 카트도, 연료 공급 트럭도 없었다. 비행기들은 돌봐주는 사람 없이 사막의 관목 속에 앉아 있었고, 승객들은 여전히 안에서 문이 열리기만 기다리는 것 같았다.

가까이 다가갔을 때에야 나는 그 비행기들 각각이 심한 부상을 당했다는 것을 알았다. 몇 대는 코가 없었다. 몇 대는 공기 흡입구와 센서 탐침이 은박지로 싸여 있었다. 두세 대는 착륙장치가 사라져, 상자로 지탱해놓고 있었다. 에어 인디아 737은 반이 뚝 잘린 채 모래에 박혀 있었다. 조종실은 하늘을 향했고, 동체 뒤쪽은 보이지도 않았다.

비행기들은 철조망 담장으로 둘러싸여 있었다. 그 한쪽 옆에는 원시적인 단층 행정 건물이 있었다. 혹시 가까이 가서 봐도 좋다는 허락을 얻을 수 있을까 해서, 나는 주름 잡힌 강철 문을 밀어 열고 사무실 안으로 들어갔다. 방 주인은 책상 밑에 쭈그리고 앉아 프린터에 생긴 문제를 해결하려고 애를 쓰고 있었는데, 보통 그런 곤경에 수반되기 마련인 변덕스럽고 음침한 기분에 푹 가라앉아 있었다. "안 됩니다." 그는 고개도 들지 않고 나에게 소리쳤다. 나는 차를 몰고 공항을 지나다가, 사막에 버려진 채 천천히 썩어가고 있는 거대한 기계들의 독특하고 황량한 아름다움에 사로잡혔다고 설명했다.

"꺼지쇼. 여긴 구경하는 데가 아니라니까." 그는 단호하게 대꾸했다.

나의 호기심의 더 깊은 근원과 만나면 그의 논리도 바뀌게 될 것이라고 확신한 나는 독백을 하기 시작했는데, 독자에게도 윤색을 한 개략적인 형태로나마 그 독백을 들려주는 것이 공정할 것 같다.

"이 반쯤 파괴된 대상들을 더 조사하고 싶은 나의 욕망은 그 성격이 개인적인 것이기는 하지만, 그럼에도 붕괴하는 문명의 잔재에 몰두하는 오랜 서양 전통과 통하는 것으로, 그 기원은 멀리 18세기까지 거슬러 올라갈 수 있습니다. 당시에는 괴테를 포함한 수많은 폐허 구경꾼들이 이탈리아 반도로 달려가 달빛을 받는 고대 로마의 잔재를 황홀한 표정으로 바라보며, 한때 웅장했던 궁궐과 극장이 이제 잡초로, 또 피난처를 찾는 이리나 들개로 덮여 있는 광경을 보고 위안을 얻었지요. 복합어를 만들어내는 일에는 늘 능숙하기 짝이 없는 독일인은 이런 새로운 취미를 묘사하려고 '루이넨루스트(Ruinenlust)', 즉 '폐허에서의 기쁨'이라는 말을 만들어냈습니다. 실제로 사회가 발전할수록 파괴된 것들에 대한 관심도 늘어나는 것 같아요. 거기에서 그들 자신의 성취의 덧없음을 떠올리며 정신을 차리고 구원을 얻는 듯한 느낌을 받기 때문입니다. 폐허는 권력과 지위, 소란과 명성을 향한 우리의 욕망과 정면으로 충돌하지요. 폐허는 있는 힘을 다해 미친 듯이 부를 추구하는 우리의 풍선 같은 어리석음에 구멍을 냅니다. 따라서 미합중국, 현대의 모든 사회 가운데 기술적으로 가장 발달한 이 사회를 찾아온 사람이 이 나라의 발전의 뒷면에 특별한 관심을 가지는 것은 참으로 이치에 맞는 일입니다. 내가 보기에 지금 당신 창밖으로 보이는, 부서져가는 콘티넨탈 에어라인즈 747은 젊은 에드워드 기번*이 본 로마의 콜로세움과 똑같다고 할 수 있습니다."

방 주인이 내가 방금 한 말의 울림과 문화적 폭과 심오함을 받아들이는 동안 침묵이 흘렀다. 초경량 비행기가 윙윙거리는 소리가 머리 위 높은 곳에서 계속 들려왔다. 그러나 이 남자는 천성적으로 푸짐하게 칭찬을 늘어놓지 못하는 사람인 것이 분명했다. 마

---

* Edward Gibbon, 영국의 역사가(1737~1794). 《로마제국 쇠망사The History of the Decline and Fall of the Roman Empire》(1776~1788, 전 6권)를 썼다.

침내 그의 입에서 다시 "꺼져" 하는 말이 튀어나왔기 때문이다. 이번에는 아까와는 다른 단호함이 섞여 있었다. 그는 모호한 구석이 전혀 남지 않도록 덧붙였다. "당장 여기서 꺼지지 않으면 엉덩이에 총알을 박아버리겠어."

이 말만 듣고 이 남자가 매우 비합리적이라고 생각할지 모르지만, 다행히도 그렇지는 않았다. 그는 돈의 가치를 잘 이해하는 사람이었으며, 내가 20달러짜리 지폐를 몇 장 내밀자 밤에 문을 닫을 때까지 마음대로 돌아다녀도 좋다고 허락을 해주었다. 그러나 그 전에 먼저, 바깥에 나가 위험한 상황 때문에 피해를 보더라도 내가(또는 내가 사망할 경우에 나의 친척들이) 그나 그의 상속인들을 절대 고소하지 않겠다고 다짐하는 긴 법적 문서에 서명을 해야 했다. 그 위험에는 절단한 비행기 날개의 면도날처럼 날카로운 조각, 불안정한 동체, 비행기의 주방이나 엔진이나 좌석 사이에 보금자리를 튼 모하비의 삼각형 머리 방울뱀 등이 포함되었다. 물론 그것이 다가 아니었다. 방 주인은 나를 전송하며, 놀랄 만큼 부드러운 말로 망가진 기계들 사이를 돌아다니는 사막 거북이에 대해서도 경고했다. 그의 말에 따르면 이 거북이들은 다수가 백 살이 넘었는데—그러면 '세인트루이스의 정신'이라는 이름을 가진 배가 대서양을 정복했을 무렵 이미 20대와 30대였다는 뜻이었다—낯선 사람들을 몹시 경계하여, 여차하면 방광의 근육을 놓아버리는 경향이 있었으며, 그렇게 되면 한 철에 마신 물 전체를 배설하여 생명이 위태로워질 수 있었다.

비행장으로 나가보니 비행기들은 상상했던 것보다 더 엉망이었다. 몇 대는 아직 온전했지만, 대부분은 이미 부품 재활용을 위해 내장을 들어내고 살을 발라내 흉곽만 온전하게 남아 있었다. 땅에는 착륙장치와 엔진, 좌석과 화물 상자, 보조익과 엘리베이터가 흩어져 있었다. 엔지니어와 고도의 훈련을 받은 정비공들의 응석받이로 긴 세월을 보내며 일을 했던 기계들이 죽어서는 전동 쇠사슬 톱과 굴착기에게 난도질을 당하고 있었다.

놀랄 만큼 시끄럽기도 했다. 음식 운반용 수레의 문, 안전벨트, 뒤집힌 변기가 바람에 딱딱거리는 소리를 내는 바람에, 꼭 폭풍이 몰아치는 해안 산책길 같았다. 많은 비행기가 기업의 오만을 증언하는 제복을 입고 있었다. 미드웨이, 브라니프, 노브에어, 아프리칸 에어 익스프레스, TWA, 스위스에어. 이들 대부분은 자금을 충분히 지원받는 국적기에서 시작을 했다가, 시간이 지나면서 항공 산업의 사다리를 미끄러져 내려와, 마침내 마지막에는 마이애미부터 산후안까지 갔다가 돌아오거나, 아디스아바바와 하라레 사이를 왕복하는 심야 화물 비행기 신세로 전락했고, 그러면서 한때 흠 하나 없이 깨끗했던 퍼스트 클래스 좌석에는 은색 덕트 테이프가 덕지덕지 붙어 있게 되었다.

소말리 에어라인즈 707 한 대는 옆으로 누워 있었는데, 날개는 하나만 붙어 있었다. 콴타스가 1966년에 도입한 이 비행기는 런던과 시드니 사이를 8년간 날아다니다가 말레이시아 에어라인즈에 팔렸다. 쿠알라룸푸르의 새 주인은 꼬리에 그려진 캥거루를 양

식화된 새 문양으로 바꾸고, 퍼스트 클래스 칸을 없애버렸다. 이 비행기는 홍콩을 10년간 다닌 뒤, 동체 뒤쪽에 심하게 때가 탄 몽골로 소말리인에게 넘어갔다. 그곳에서 이 보잉기는 비공인 부품의 도움을 받아 절뚝절뚝 하늘을 날아다니면서 모가디슈, 요하네스버그, 프랑크푸르트로 군인, 밀수꾼, 구호 요원, 관광객을 실어 날랐다. 그러다 모가디슈 공항에서 밴과 충돌하는 사고가 났고, 전투에 휘말려 봉기군의 총에 맞아 꼬리에 총상을 입기도 했고, 나이로비에서는 엔진 하나에 불이 나 비상 착륙을 하기도 했다. 항공사가 파산하고 그 최고경영자가 어설픈 강도 사건에서 총에 맞아 죽고 나자, 이 연약한 기계를 마지막 안식처로 보내자는 데 합의가 이루어졌다.

비행기가 얼마나 빨리 나이를 먹는지 정말 놀랍다. 여기 모인 비행기들 가운데 가장 늙은 것이 생산 라인에서 나온 지 50년이 지나지 않았는데도 벌써 그리스 신전보다 훨씬 나이가 들어 보인다. 객실 안에는 이제는 낡아버린 기술의 잔재가 보인다. 엄청나게 큰 베이클라이트 전화기, 뚱뚱한 전기 케이블, 한때 영사기가 장착되어 있던 천장의 큼지막한 상자. 조종실에는 항공 기관사의 자리가 있는데, 그 일은 곧 양장본 크기의 컴퓨터가 대신하게 되었다. 어떤 비행기는 여전히 프랫 & 휘트니 JT3D 엔진을 자랑하고 있었다. 1970년대에 위세가 등등했던 이 엔진은 당시에는 놀라운 17,500파운드의 추진력을 만들어냈다. 물론 불과 수십 년 뒤에 자신의 후계자들이 훨씬 적은 연료로, 게다가 소음도 훨씬 덜 내면

서, 다섯 배의 힘을 낼 수 있을 것이라고는 짐작도 못했을 것이다.

현대에 죽음에 대한 생각이 과거와 달라진 것은 죽은 뒤에도 기술과 사회가 계속 혁명적 변화를 겪을 것이라는 사실 때문이다. 이것 때문에 우리는 우리 노동의 영속성에 대한 믿음을 도저히 유지할 수가 없다. 우리 조상들은 시간이 흘러도 자신이 성취한 것은 유지될 가능성이 있다고 믿었다. 그러나 우리는 시간이 허리케인이라는 것을 알고 있다. 우리의 건물, 스타일에 대한 감각, 우리의 관념들, 이 모든 것은 곧 시대착오적인 현상이 될 것이다. 지금 우리가 크나큰 자부심을 갖는 기계들은 햄릿이 들고다니던 요릭의 두개골만큼이나 진부해 보일 것이다.

조종실과 바퀴가 사라진 TWA 비행기가 보이기에 동체 안으로 들어가 1C 자리에 앉아보았다. 군청색 고급 의자였지만 한가운데 커다란 얼룩이 있었다. 저녁 일곱시였음에도 여전히 밝았고 기분 좋게 따뜻했다. 단추를 눌러 지금은 죽었는지도 모르는 스튜어디스한테 코카콜라를 한 잔 주문하고 싶었다. 내 뒤로 몇 줄 지난 곳에, 머리 위에서 비상 산소마스크들이 내려와 있는 것이 보였다. 마스크들은 그것이 연상시키는 어떤 끔찍한 사고, 엔진에 불이 나고 문 주위에 비상 탈출 미끄럼대가 부풀어 오르고, 여자들은 정신이 없어 하이힐을 벗는 것도 잊어버린 상황 때문이 아니라, 그것을 잡고 있던 용수철 버팀대가 서서히 부식되는 바람에 아래로 늘어진 것이었다. 어쩌면 우리도 이렇게, 특별한 드라마 없이, 방연모를 쓴 소방관이나 활주로의 거품 없이, 집단 사고라는 위안과

아나운서의 동정어린 논평 없이, 분해라는 무미건조하고 느린 과정을 통하여 죽어갈 가능성이 늘 더 높은 것인지도 모른다. 이 마스크들도 사막의 바람에 한가하게 흔들리며 서서히 느슨해지고 낡아가고 있었고, 그 모습을 지켜보는 것은 방울뱀과 오줌을 잘 지리는 수줍은 사막 거북이뿐이었다.

내 생각은 이런 기계들을 만들고 거기에 생명을 불어넣은 사람들, 1968년 르 부르제 파리 에어쇼에서 명함을 주고받은 사람들에게로 흘러갔다. 이들은 뉴저지 주 트렌턴에서 베이클라이트 인터콤 전화기를 만들고, 이스턴 에어라인즈의 확장을 지켜보고, 캘거리 근처의 한 공장에서, 지금은 모하비의 먼지로 사라지고 있는 담요를 만든 사람들이었다. 나는 또 이디 아민이 권좌에 오르고 존 뉴콤이 세 번째로 윔블던에서 우승을 차지한 해인 1971년에 비행기가 카리브 해를 향해 날아가는 동안 은박지가 덮인 기내식을 갖다주는 스튜어디스와 짓궂은 농담을 주고받던 기장을 생각했다. 그의 금띠를 두른 모자와 조종사 선글라스, 검게 그을리고 털이 무성한 팔, 킹스턴의 활주로를 향해 하강하던 그의 모습, 공항 근처 선시커 클럽의 새로 개장한 수영장을 굽어보던, 자주색과 자홍색이 섞인 그의 방을 상상했다.

그 기장에게 자신의 죽음이란 얼마나 얼토당토않은 생각이었을까. 에어로빅 체조로 다져진 몸과 날카로운 정신에 얼마나 어울리지 않는 생각이었을까. 그에게도 옷가방을 들 때 무릎이 편안하게 구부러지는 회수가 한정이 되어 있다는 사실, 결국 가장 기본적인 생각들을 연결시키는 것도 너무 고된 일이 될 것이라는 사실, 그가 지금 그에게 남아 있는 만 개의 하루를 하나하나 헤쳐나가고 있을 뿐이라는 사실, 오헤어 공항의 혼잡이나 멕시코 만 상공의 악천후에 대처할 때 매일 조금씩 느끼는 불안이 언젠가는 임계질량에 이르러 피닉스의 한 교외 진입로에서 갑자기 가슴을 옥죄어 올 것이라는 사실을 그는 짐작도 하지 못했을 것이다.

할 일이 있을 때는 죽음을 생각하기가 어렵다. 금기라기보다는 그냥 있을 수 없는 일로 여긴다. 일은 그 본성상 그 자신을 지나치다 싶을 정도로 진지하게 받아들일 것을 요구하면서 다른 데로는 눈을 돌리지 못하게 한다. 일은 우리의 원근감을 파괴해버리는데, 우리는 오히려 바로 그 점 때문에 일에 감사한다. 우리가 이런저런 사건들과 난잡하게 뒤섞이도록 해주는 것에, 파리로 엔진 오일을 팔러 가는 동안 우리 자신의 죽음과 우리의 사업의 몰락을 아름다울 정도로 가볍게 생각하게 해주는 것에, 그것을 단순한 지적 명제로 여기게 해주는 것에 감사한다. 우리는 어쩔 수 없이 근시안적으로 행동한다. 그 안에 존재의 순수한 에너지가 들어 있다. 밤이 올 때쯤이면 죽을 것이라는 커다란 사실을 외면한 채, 서둘러 칠한 붓이 남긴 페인트 한 방울을 피해 창턱을 계속 열심히 가로지르려는 나방에게서 볼 수 있는 강렬하고 맹목적인 의지가 있다.

우리의 하찮음과 약함에 관한 이야기는 너무 뻔하고, 너무 잘 알려져 있고, 너무 지루해서 되풀이할 필요가 없다. 흥미로운 것은 우리의 과제가 넓게 보면 분명히 말이 안 되는 것임에도, 확고

한 결의와 진지함으로 그 과제에 다가간다는 것이다. 우리가 하고 있는 일의 의미를 과장하고자 하는 충동은 지적인 오류이기는커녕 사실 우리를 살아가게 하는 생명력 자체라고 할 수 있다. 건강이 좋으면 우리는 모든 나라의 모든 인간 경험과 동일시를 하고, 머나먼 땅에서 벌어진 살인에 한숨을 쉬고, 우리 자신의 수명의 한계를 훨씬 뛰어넘은 경제적 성장과 기술적 진보를 바란다. 우리가 악당 세포 몇 개만 거치면 바로 종말에 이르는 존재임을 잊어버리는 것이다.

우리 자신을 우주의 중심으로 보고 현재를 역사의 정점으로 보는 것, 코앞에 닥친 회의가 엄청나게 중요하다고 생각하는 것, 묘지의 교훈을 태만히 하는 것, 가끔씩만 책을 읽는 것, 마감의 압박을 느끼는 것, 동료를 물려고 하는 것, "오전 11:00에서 오전 11:15까지 커피를 마시며 휴식"이라고 적힌 회의 일정을 꾸역꾸역 소화해 나아가는 것, 부주의하고 탐욕스럽게 행동하다가 전투에서 산화해버리는 것—어쩌면 이 모든 것이 결국은 생활의 지혜일지도 모른다. 현자들이 가르친 대로 죽음에 대비하는 것은 죽음을 지나치게 존중하는 것이다. 발트 해를 가로질러 펄프를 운반하거나, 참치 머리를 자르거나, 구역질 날 정도로 다양한 비스킷을 개발하거나, 상담하러 온 사람에게 전직을 권유하거나, 한 세대의 일본 여학생들을 매혹시킬 위성을 쏘거나, 들판에서 떡갈나무를 그리거나, 전선을 놓거나, 회계 처리를 하거나, 탈취제 자동판매기를 발명하거나, 항공사를 위해 강도가 높아진 코일 튜브를 만드는

동안 죽음이 우리를 기습한들 어떠랴. 죽음의 물결에 대항하여 성 냥개비로 바리케이드를 쌓고 있을 때 우리를 발견한들 어떠랴.

우리의 모든 기획의 궁극적인 운명을 직접 목격한다면, 우리는 바로 몸이 마비되어 버릴 것이다. 그리스를 정복하러 떠나는 크세르크세스의 군대를 지켜보던 사람들, 칸쿤의 황금 신전을 건설하라는 명령을 내리던 마야의 타찬악을 지켜보던 사람들, 인도 우편 제도를 시작한 영국 식민지 행정관들을 지켜보던 사람들 가운데, 열정적으로 일하는 사람들에게 그들 노력의 궁극적 운명을 알려줄 용기가 있는 사람이 있었을까?

우리의 일은 적어도 우리가 거기에 정신을 팔게는 해줄 것이다. 완벽에 대한 희망을 투자할 수 있는 완벽한 거품은 제공해주었을 것이다. 우리의 가없는 불안을 상대적으로 규모가 작고 성취가 가능한 몇 가지 목표로 집중시켜줄 것이다. 우리에게 뭔가를 정복했다는 느낌을 줄 것이다. 품위 있는 피로를 안겨줄 것이다. 식탁에 먹을 것을 올려놓아줄 것이다. 더 큰 괴로움에서 벗어나 있게 해줄 것이다.

사진에 관하여

이 책은 에세이이기도 하지만, 동시에 포토 르포르타주로도 기획된 것이다. 나는 영광스럽게도 처음부터 사진작가 리처드 베이커와 함께 작업을 했으며(www.bakerpictures.com), 그의 눈과 더불어 위기의 순간에도 흔들리지 않는 쾌활한 태도에도 크게 빚을 졌다. www.alaindebotton.com/work에 가면 사진을 더 많이 볼 수 있다.

추가적인 사진 출처는 다음과 같다. 3장: 에드워드 호퍼,《뉴욕 영화관》, ⓒ Museum of Modern Art, New York. 6장: 스티븐 테일러의 사진들 ⓒ Ken Adlard, New Moon Photography, Norfolk; 나무 항공사진, Stephen Taylor(www.stephentaylorpaintings.com), Essex and Suffolk Gliding Club의 허가에 의함; 화랑 내부 사진, Vertigo, 62 Great Easter Street, London, 화가의 허가에 의함.

감사의 말

자신의 작업장 방문을 허락하고 나와 자신이 하는 일에 관하여 많은 시간 이야기를 나누어준 여러 기관과 개인에게 감사한다. 특히 마틴 가사이드, 글레니스 도슨, 프레드 스트로얀, 루시 펠햄 번, 메리얌 시나, 새라 마히르, 야시르 와히드, 마두 W., 날렘 무함마드, 셀마 아메드, 이브라힘 라얀, 프랑코 보나치나, 호세 로시, 브리짓 콤시, 제이슨 오턴, 이에인 매콜리에게 감사한다. 보호를 위해 몇 사람은 본문에서 이름을 바꾸기도 했다. 또 톰 웰던, 헬렌 프레이저, 존 매킨슨, 도로시 스트레이트, 조애나 니마이어, 댄 프랭크, 니콜 아라기, 사이먼 프로서, 캐럴라인 도네이, 샬롯 드 보통에게도 감사한다. 8장에 나오는 W. H. 오든의 시 "매니저들"의 인용을 허락해준 〈페이버 & 페이버〉와 〈랜덤 하우스〉 뉴욕에게도 감사한다.

가깝고도 멀게, '일'에 관한 입체적 명상

책의 제목이 좀 이상하지 않았는지 모르겠다. 《일의 기쁨과 슬픔*The Pleasures and Sorrows of Work*》이라니. 왠지 안 어울린다. 그렇다, 사랑의 기쁨이나 사랑의 슬픔이라면 딱 들어맞는 느낌도 들고, 실제로 어디서 많이 들어본 것 같기도 하다. 그러나 사랑의 보람이라는 말이 어색한 것처럼 일의 기쁨도 좀 어색하다. 물론 옮긴이가 어설프게 옮겨놓은 탓일 수도 있다. 《일의 즐거움과 괴로움》이라고 적당히 옮겨놓았으면 '자연스러운 우리말'에 한층 가까웠을 텐데. 그러나 좀 비겁해 보일지 모르지만, 이 책의 저자가 알랭 드 보통이라는 사실을 들어 서툰 번역을 변명할 뿐 아니라, 달리 바꿀 생각도 없다고 고집까지 부려보고 싶다. 알랭 드 보통이야 평소에 함께 다니지 않을 것 같은 것들을 한데 묶어놓고, 서로 낯선 것들이 만나서 벌어지는 여러 가지 효과를 살피며 기쁨과 슬픔을 느끼는 사람 아닌가. 그런 면에서, 물어보지는 않았지만, 알랭 드 보통이 이 책의 제목을 잡을 때도 '사랑의 기쁨과 슬픔'을 염두에 두었다는 것은 충분히 짐작할 수 있는 일이다.

그런데 왜 일을 기쁨이나 슬픔과 연결시키면 어색해질까? 아마 일이라는 것이 감정, 적어도 기쁨이나 슬픔과 연결시킬 수 있는 깊은 감정을 배제할 것을 요구하기 때문일 것이다. 과거에는 어땠는지 몰라도, 현대에 먹고사는 것과 관련된 일 — 특히 현대에 생겨난 일일수록 — 을 하려면, 기쁨이나 슬픔을 느끼고 있던 사람도 일단 그것을 정리하거나 멈춘 상태에서 일로 진입을 해야 한다는 것이 일반적인 상식인 것 같다. 따라서 일이나 일터는 감정이 배제된 영역이 되곤 한다. 일의 이런 규율에 맞추어 살다 보니, 일터에 있을 때 알던 사람과 일터에서 벗어났을 때 알게 된 사람이 도저히 같은 사람이라고 믿어지지 않는 경우도 흔하다. 그러나 그 사람의 입장에서 보자면, 그렇게 둘로 나뉘는 것이 그 사람이라고 어디 쉬운 일이겠는가. 어쩌면 그렇게 둘로 나뉘는 것만큼 정신적인 상처가 큰 일도 세상에 많지 않을지 모른다 — 본인이 의식하건 하지 않건.

이런 지극히 상식적이고 초보적인 생각도 알랭 드 보통의 일에 관한 명상으로 진입하는 작은 통로 정도는 될 수 있을지 모르겠다. 물론 이 통로로 들어가면 한 개인의 감정만이 아니라, 문명과 사회에 관한 깊고 은근한 통찰, 그러나 결코 개인감정의 미세한 움직임과 따로 놀지 않는 통찰들에 이른다는 것은 알랭 드 보통의 독자들이 늘 확인해온 것이고 이번에도 어김없이 확인할 수 있는 것이다. 거기에 재치와 유머와 서글픔이 보석처럼 박혀 반짝인다는 것은 굳이 옮긴이가 나서서 광고할 필요도 없을 것 같다. 다만 한 가지 옮긴이가 이 책에서 감탄한 점은 밝혀두고 싶다.

사실 일은 어떤 거리에서 보느냐에 따라 느낌이 확확 달라지는 것 같다. 일 안에 완전히 묻혀 있으면, 그 의미는커녕, 즐거움이니 괴로움이니 하는 것조차도 아예 사라져버린 상태가 될 것이다. 즐거움이니 괴로움이니 하는 말이 나오려면 어느 정도 거리가 확보되어야 할 것이다. 하물며 기쁨이나 슬픔이라는 말이 나오려면, 일을 원경으로 멀리서 보아야만 할 듯하다. 곧 관찰자의 시점으로 물러난다는 뜻인데, 우리가 일의 관찰자가 되는 것은 자의든 타의든 일에서 떠나 있게 되거나 일을 하는 것도 안 하는 것도 아닌 상태에 머물 때이다. 만일 다수가 타의에 의해 일의 기쁨과 슬픔을 느끼는 자리에 서게 된다면―이것이 지금 우리의 큰 문제이기도 하거니와―그것은 일의 비극이라고 불러야 하지 않을까. 물론 알랭 드 보통은 타의에 의해 관찰자가 된 것이 아니라 스스로 관찰자의 자리에 서게 된 경우다. 그가 스스로 그런 자리를 택하고 또 그 자리의 이점을 충실히 살려나가는 점도 훌륭하지만, 그의 장점은 일을 원경으로 포착하는 데만 있는 것은 아니다. 오히려 자유자재로 줌을 당겼다 놓았다 하면서도 초점을 놓치지 않는 것처럼, 원경, 중경, 근경을 자유자재로 오가며 입체감을 살려가면서 일을 명상한다는 것이 그의 진짜 장점인 듯하다. 그 덕분에 우리는 우리 마음의 미세한 떨림에 관한 이야기에 귀를 기울이면서 동시에 그 떨림이 놓인 크고 웅대한 맥락까지도 한눈에 조망할 수 있는 것이다.

알랭 드 보통의 책을 몇 권 번역하다 보니 옮긴이는 어느새 저자의 자잘한 변화에도 흥미를 느끼게 된 것 같다. 이번에는 뭐라

할까, 알랭 드 보통의 약간 '풀린' 면을 몇 번 목격했다고나 할까, 그런 느낌이 들었다―전혀 곁을 줄 것 같지 않던 사람이 술자리에서 의외로 약간 풀어진 모습을 보였을 때처럼. 누가 알랭 드 보통이 아바의 〈수퍼 트루퍼〉에 맞추어 춤을 추는 모습을 상상이나 했겠는가? 게다가 스쳐 지나가면서 아버지와 자식 이야기까지?……하지만 깐깐한 독자이시더라도 그의 약간은 방심한 듯한 모습을 가지고 너무 뭐라 하지는 마시기를. 저자인 알랭 드 보통도, 대단히 인상 깊은 사진을 찍은 사진작가 리처드 베이커도, 이 책을 번역한 옮긴이도, 또 이 책을 읽는 독자도 모두 일의 기쁨과 슬픔에 흔들리며 아슬아슬하게 살아가는 비슷한 사람들일 터이니.

정영목

알랭 드 보통 Alain de Botton

1969년 스위스 취리히에서 태어났다. 케임브리지 대학교에서 역사학을 전공하고 킹스칼리지런던에서 철학 석사를 받았으며, 하버드에서 철학 박사 과정을 밟던 중 작가로서의 길을 걷기 시작했다. 스물셋에 발표한 첫 소설《왜 나는 너를 사랑하는가Essays in Love》를 시작으로《우리는 사랑일까The Romantic Movement》《키스 앤 텔Kiss and tell》《낭만적 연애와 그 후의 일상The Course of Love》이 전 세계 20여 개국에 번역 출간되며 수많은 독자들을 매료했다. 철학 에세이와 픽션이 절묘하게 조합된 이 독특하고 대담한 소설들로 '이 시대의 스탕달' '닥터 러브'라는 별명을 얻은 바 있다. 이 밖에도 그는 철학이 필요한 다른 여러 삶의 영역들에 대해서도 폭넓은 통찰을 선보여왔다.《프루스트가 우리의 삶을 바꾸는 방법들》《철학의 위안》《여행의 기술》《불안》《행복의 건축》《일의 기쁨과 슬픔》《뉴스의 시대》등으로 이어지는 행보는 그에게 세계적 명성과 더불어 '일상의 철학자'라는 명실상부한 수식어를 안겨주었다. 이밖에도 그는 자신의 작품을 바탕으로 한 다큐멘터리 제작, 실생활을 위한 철학을 지향하는 '인생 학교' 설립 등 다양한 활동을 하고 있으며, 2003년 프랑스 문화부 장관으로부터 기사 작위를 받기도 했다.
작가 홈페이지 www.alaindebotton.com

옮긴이 정영목

번역가로 활동하며, 현재 이화여자대학교 통역번역대학원 교수로 재직 중이다. 2009년 제3회 유영번역상을 수상했다. 옮긴 책으로《왜 나는 너를 사랑하는가》《키스 앤 텔》《불안》《여행의 기술》《행복의 건축》《더 로드》《눈먼 자들의 도시》《책도둑》등이 있다.

일의 기쁨과 슬픔

1판 1쇄 발행 2012년 2월 29일
1판 12쇄 발행 2022년 9월 28일
개정판 1쇄 발행 2025년 5월 16일

지은이 · 알랭 드 보통
옮긴이 · 정영목
펴낸이 · 주연선

(주)은행나무
04035 서울특별시 마포구 양화로11길 54
전화 · 02)3143-0651-2 | 팩스 · 02)3143-0654
신고번호 · 제 1997-000168호(1997. 12. 12)
www.ehbook.co.kr
ehbook@ehbook.co.kr

ISBN 979-11-6737-548-3 03840